Ulrike Voss, *Das dritte Mal*

Ulrike Voss
Das dritte Mal
Erotischer Roman

Konkursbuch
Verlag Claudia Gehrke

Für Brigitte & Andrea und alle anderen

1

Ich hatte sie schon einmal gesehen. Als ich das realisierte, errötete ich. Versuchte zu lächeln. Sie sah aus, als würde sie sich über etwas lustig machen. Mein angestrengt nettes Lächeln war mir sofort peinlich. Sie kam ernst auf mich zu. Verkrampft lächelte ich weiter. Ich wäre am liebsten verschwunden.

»Guten Abend, Sie sind sicher Anna Schmidt.« Sie begrüßte mich als neu angekommene Teilnehmerin. Woher wusste sie, wer von den angemeldeten Teilnehmerinnen ich war? Sie hatte den Namen pointiert betont. Er klang aus ihrem Mund entsetzlich altmodisch. Meine Mutter hatte mir den Namen einer Großtante verpasst, die sie als Kind besonders gemocht hatte. Meinen zweiten Vornamen, der noch altmodischer klingt, verschweige ich grundsätzlich. Und wieso war mir bei der Anmeldung nicht aufgefallen, dass sie das Seminar leitete? Beate. Ihr Name war sofort wieder da. Hatte sie mich erkannt? Wie sollte das möglich sein? Während ich mich das noch fragte, erklärte sie, dass Frau Prof. Kammerer erkrankt sei und sie ihre Vertretung.

»Hoffentlich nichts Ernstes«, kam mir über die Lippen.

»Nein, eine Grippe.« Die anderen seien alle schon angekommen und hätten ihre Zimmer bezogen. Anna Schmidt, die Letzte. Daher wusste sie meinen Namen. Die anderen auf der Teilnehmerliste waren schon da. Sie konnte mich nicht erkannt haben. Selten kam ich pünktlich. Immer war vor einer Abfahrt auf einmal so viel zu erledigen, vergessene Mailantworten, nicht enden wollende Telefonate. Ich hatte einen Zug später nehmen müssen. Sie erklärte mir den Ablauf. In zwanzig Minuten solle der erste Teil des Seminars beginnen, Vorstellungsrunde, Austauschen von Erwartungen, die Einführung. Danach Abendessen, Freizeit. Die Kleinstadt sei nett, sie würde uns nachher einige Tipps geben, was sich hier unternehmen lasse. Außerdem sollten wir den Reader mit den eingesandten Texten lesen. Morgen und übermorgen ab zehn, den ganzen Tag, gemeinsames Mittagessen, abends wieder zur freien Verfügung. Abreise Sonntag am Abend oder Montag früh. Sie gab mir den Reader, eine Kopie der eingereichten Texte der Teilnehmer und einige Seiten Hintergrundinfo. Beim Reden sah sie mich ernst an. Kein Lächeln. Ich wurde mir fremd unter diesem Blick. Fühlte mich ertappt. Wobei? Ich dachte Unsinn. Mir war noch immer klar, sie konnte mich nicht erkennen. Zugleich blitzte ein völlig irrationaler Wunschgedanke auf. Dass sie ihre sachliche Rede unterbräche und sagte, »ach du bist es, jetzt erkenne ich dich erst!«, und mich kurz umarmte.

Ich flüchtete ins Zimmer. Schöner Ausblick von oben über Häuser, Terrassen, kleine Vorgärten auf den Fluss. Sollte ich noch duschen? Die Zeit war knapp. Ich fühlte mich verschwitzt. Statt zu duschen schippte ich mir kaltes Wasser ins Gesicht und unter die Achseln. Mein Hemd wurde nass. Ich fröstelte. Dann warf ich noch einen kurzen Blick auf die Papiere. Strengte mich an, nicht an meine Fantasien mit ihr zu denken. Versuchte, mich abzulenken, und dachte über ihre Arbeit nach. War sie nicht Hiwi bei Prof. Kammerer? Oder war sie inzwischen mehr? Sie war kaum älter als ich. Allerdings hatte sie, anders als ich, wenn ich die homepage richtig im Kopf hatte, schon lange ihren Magisterabschluss. Kann sie das Seminar überhaupt professionell leiten? Es gab inzwischen eine inflationäre Flut von Literaturwochenendseminaren und Schreibwerkstätten. Ob Frau Kammerer wirklich krank war? Wahrscheinlich macht sie solche Seminare nicht mehr selbst, wie noch vor ein paar Jahren, als ich das Stipendium für das Kurzprosawochenende im Schwarzwald gewonnen hatte und sie das Seminar leitete, sondern schickt grundsätzlich Vertretungen. Oder sie hat zu viel zu tun. Als sie zu dem Vortrag bei uns war, hatte sie über die unsägliche Verwaltungsarbeit geklagt. Das Leben als Dozentin im Zeitalter von Bachelor und Master bestehe nur noch aus Stress, da muss man ja krank werden, so hatte sie sich ausgedrückt. Gut, dass ich noch mit Magister abschließen konnte. Aber alle meine Versuche, mich gedanklich abzulenken, waren vergeblich. Als wäre es gestern gewesen, dabei lag es schon eine Weile zurück, mehr als ein Jahr. Ich riss mich zusammen und ging in den Seminarraum. Dachte, dass ich wohl erwachsen genug wäre, um mich nicht von albernen längst vergessenen spätpubertären Einschlaffantasien ablenken zu lassen!

Zwölf Teilnehmerinnen, kein Mann hatte sich angemeldet. So wenige! Ich fürchtete mich etwas. Ich war nicht gerne ausgesetzt; in einer größeren Gruppe ist es einfacher, unauffällig im Hintergrund zu bleiben, zuzuhören, ohne selbst viel beitragen zu müssen. Mein eingereichter Text kam mir schon jetzt schlecht vor. Wir saßen an einem großen Tisch, Beate mitten unter uns. Vorstellungsrunde. Wir duzten uns. Jede erklärte, wo sie gerade im Studium, in der Ausbildung oder im Leben überhaupt stand und warum sie an diesem Seminar teilnehmen wollte. Die meisten arbeiteten an ersten Romanen. Eine war Volontärin bei einer Zeitung und wollte lernen, Reportagen spannungsreicher aufzubauen. Daraufhin äußerte eine andere, dass das hier ein Literaturseminar sei und keins für journalistische Texte, außerdem glaube sie nicht, dass man Schreiben lernen könne, sondern entweder begabt sei oder nicht.

»Wieso sind Sie dann in dem Seminar?«, fragte Beate.

»Ich wollte mir sowas mal anhören. Wie andere schreiben, die eine Karriere als Autorin planen, interessiert mich auch«, gab sie zurück, »und sollten wir uns nicht duzen?«

Sie hatte sich mit »Candy, mein Nickname« vorgestellt und war mir auf Anhieb unsympathisch. Ihre Finger waren gespickt mit auffälligen Ringen, sicher an jedem zwei.

Beate gab eine Hausaufgabe: Wir sollten die Texte lesen und kritische Bemerkungen formulieren, und verteilte eine Liste mit Kriterien, auf die zu achten sei. Morgen werde sie vormittags einen Einführungsvortrag mit Beispielen aus der Literatur halten. Anschließend Kaffeepause und Fragerunde. Nachmittags würden wir die eingereichten Texte diskutieren. Die Aufgabe bei der Ausschreibung war gewesen, die ersten drei Seiten einer längeren Erzählung oder eines Romans einzureichen. Nur Beate wusste, welcher Text von welcher Teilnehmerin war, im Reader standen sie anonym.

Ein einziges Mal hatte sie die Andeutung eines Lächelns im Gesicht. Oder war es Belustigung? Als Candy sich vorstellte.

Als ich dran war, errötete ich wieder. »Ich bin Anna, lebe in Berlin, studiere Komparatistik und Anglistik, habe einen Hiwijob, schreibe gerade meine Magisterarbeit und möchte mich als Lektorin in einem Verlag bewerben und schreibe auch privat gerne …« Klang wie auswendiggelernt, außerdem langweilig. Ich verhaspelte mich, als ich anfügte, warum ich an diesem Seminar teilnehmen wollte. »Ich verheddere mich, also ich schreibe in Nebensträngen, also ich komme immer wieder vom Thema ab, verliere mich in unwesentlichen Argumentationsketten. Als ich … das ist nicht wichtig.« Zweimal »also« in einem Satz, peinlich, Beates Blick auf mir brannte.

Sie sagte, »wir möchten das aber hören.«

Ich hatte erwähnen wollen, was die Begründung für das kleine Förderstipendium damals gewesen war, es kam mir auf einmal unnötig und angeberisch vor, ich ließ es und sagte: »Meiner Meinung nach reichen Inspiration und eventuelle Begabung allein nicht aus. Handwerkliches Können gehört auch dazu, und das lässt sich lernen …«

Candy, die mir direkt gegenüber saß, bemerkte die Spitze und reagierte prompt: »Vielleicht musst du was lernen.« Sie grinste mich an.

Dass ich schon ein paar Lyrikveröffentlichungen in abgelegenen Anthologien hatte, erwähnte ich nicht. Auch nicht, dass mein Chef die Professorin, die unser Seminar eigentlich hatte halten sollen, zu einem Gastseminar ins Institut einladen wollte und mir zugeredet hatte, hinzufahren und vorzufühlen. Ihm hatte der Vortrag, den sie bei uns gehalten hatte, gut gefallen. Ein weiterer, der wichtigste, Grund für meine Anmeldung zu diesem Seminar war, dass ich endlich einmal raus aus Berlin wollte, möglichst weit weg, und keine Lust hatte, alleine zu verreisen und einsam Landschaften oder Kirchen anzuschauen. Das alles macht nur Spaß, wenn es geteilt werden kann. Und Vera hatte überraschend ihre Familie besuchen müssen, weil ihre Mutter erkrankt war. So konnten wir nicht zusammen, wie wir uns vorgenommen hatten, ein paar Tage an die Ostsee fahren. Berlin ging mir gerade gewaltig auf die Nerven. Ja, ich wollte weg aus der Enge meines Berliner Lebens. Allerdings kamen zwei Drittel der Seminarteilnehmerinnen auch aus Berlin. Beate wandte sich der Letzten in der Runde zu. Sie hieß Dorothea und war älter als wir anderen. Sie arbeitete schon seit Langem als freie Lektorin und Korrektorin und hatte bereits viel veröffentlicht. Vor allem in Anthologien, auch Romane in unterschiedlichen kleinen Verlagen. Keines ihrer Bücher sei über ein paar Hundert verkaufte herausgekommen, erzählte sie. Sie gefiel mir auf den ersten Blick. Eine schmale große Person mit grauschwarzem lockigem elegant geschnittenem Haar,

Lesebrille und einem verführerischen Lächeln. Ihre selbstironischen Bemerkungen zu den Gründen, warum auch jemand Schreiberfahrenes wie sie an einem solchen Seminar teilnehmen könne, waren sehr sympathisch. Ich nahm mir vor, mich auf sie zu konzentrieren. Bloß nicht an Beate denken. Nach der Einführungsrunde würde ich Dorothea fragen, ob wir zusammen die Stadt erkunden wollten. Oder würde etwa die gesamte Gruppe gemeinsam zu einer Stadtbesichtigung aufbrechen? Das wäre schrecklich. Ich lenkte mich die restliche Sitzungszeit von Beate ab, indem ich Dorothea beobachtete. Sie schien, wie die meisten anderen auch, alleine hier zu sein. Nur Candy hatte Begleitschutz mit. Eine unscheinbare blasse Frau mit rundlichem Gesicht, die immer wieder von der Seite aus anhimmelnd und unterwürfig zu Candy hinsah, als wartete sie auf einen Befehl. Und tatsächlich, er kam. Wir sollten zum Abschluss der Runde eine halbseitige Glosse verfassen. »Holst du bitte mein Schreibzeug aus dem Zimmer!«, sagte Candy zu der Runden, die, soweit ich mich erinnere, Anita hieß und sofort aufsprang.

»Mein erstes Mal« gab Beate uns als Thema. Sie erläuterte, es gehe ihr darum, ob wir auf die Schnelle pointiert und knapp schreiben könnten. Welches erstes Mal wir beschrieben, sei egal, also der erste Kuss, das erste Seminar, der erste Tag an der Uni, in einem neuen Job, das erste Mal an einem bestimmten Ort, der erste Mord, der erste Einsatz als Kriminalkommissarin. Das Typische von »ersten Malen« solle hervorgehoben werden, egal in welchem Lebensbereich. Wir hatten zwanzig Minuten Zeit. Sie stellte einen Handywecker auf den Tisch. So schnell kann einem doch nichts einfallen!, dachte ich zunächst. Aber jeder von uns fiel etwas ein.

Ich schrieb über die ersten Peperoni. In unserer Familie wurde nicht scharf gekocht. Auch nicht mit Knoblauch. Pfeffer war das Äußerste an Schärfe. Ich war fünfzehn und schwärmte für eine ältere Mitschülerin, eine quirlige Bilderbuchschönheit mit goldfarbener Haut und schwarzen Augen. Sie kam aus Italien oder aus Südamerika, ich weiß es nicht mehr. Eines Tages durfte ich sie und ihre Clique in eine mexikanische In-Kneipe begleiten. Alle bestellten einen Cocktail und Gambas al ajillo. Ich hatte keine Ahnung, was das ist, und bestellte es auch. Strengte mich an, intelligent und unterhaltsam zu wirken und sehr erfahren. Das Übliche, wenn man einem Schwarm das erste Mal näherkommt. Als hätte ich schon immer Gambas gegessen und Cocktails getrunken, bestellte ich souverän einen Cocktail mit besonders vielen verschiedenen Sorten Alkohol. Eigentlich ekelte ich mich zu der Zeit noch vor Muscheln und Krabben und Ähnlichem. Ich aß mit vorgespieltem Genuss. Mir war bereits schlecht vom ungewohnten Knoblauch und schwindelig von den ersten Schlucken Cocktail, doch gab ich mich weiterhin angestrengt fröhlich. Aber keine reagierte auf mich, sie sprachen miteinander, ohne auf meine Bemerkungen einzugehen. Ich starrte in meine Gambasschüssel. Unten in der Soße schwammen noch zwei kleine rote Dinger. Ich spießte eins auf die Gabel und beäugte es eine Weile. In dem Moment wurde die kichernde und schwatzende Runde still. Alle sahen zu mir. Ich nahm das Ding in den Mund und biss zu. Ich dachte, ich müsste sterben. Sie prusteten los. Besonders laut lachte das Mädchen, das ich so sehr verehrte. Ich weiß nicht mehr genau, was ich gemacht habe. Ich glaube, zunächst habe ich den Cocktail auf Ex ausgetrunken. Das machte das Verbrennungsgefühl viel schlimmer. Der Kellner brachte mir eine große Menge Brot und sagte: »Iss das, das hilft!« Am genauesten erinnere ich mich daran, wie das von mir bewunderte Mädchen mich auslachte. Am nächsten Tag war ich krank. Der Cocktail auf Ex, der ungewohnte Knoblauch, ich hatte mich die halbe Nacht lang übergeben. Die Schärfe hatte ich überstanden und koche heute selbst sehr scharf.

In ersten Malen – so beendete ich meinen Text wie eine Erörterung in der Schule mit Resümee am Schluss – verbirgt sich ein Abgrund aus möglichen Missgeschicken und Peinlichkeiten. Ich dachte gerade darüber nach, ob ich noch etwas anfügen sollte. Etwas über die Glücksversprechen, die in jedem ersten Mal angelegt sind. Da ertönte laut der Song »Sweet Dreams«. Ihr Wecker. Wir gaben unsere Aufsätze ab.

Zum Abschluss dieser ersten Seminarsitzung lasen wir die Texte vor. »Bitte fasst euch auch in euren Anmerkungen zu den Texten kurz«, sagte Beate. Nachdem ich vorgelesen hatte und in die Runde schaute, äußerte zunächst keine etwas, was mir sehr unangenehm war, bis Candy ansetzte, Beate sie im Ansatz unterbrach und knapp sagte, dass ich den Schlusssatz streichen solle. Ich errötete wieder.

»Candy, mein Nickname« kam als Letzte dran. Sie hatte das Thema Mord aufgegriffen und einen brutalen ersten Mord und das langsame Sterben des Opfers geschildert. Dazu sagte Beate nichts, die Zeit war um. Sie gab uns ein paar Tipps für nette Kneipen in der Stadt.

Dorothea hatte von ihrem ersten Kuss geschrieben. Sie schien lesbisch zu sein, wie schön!

2

Den ersten Abend verbrachte ich mit Dorothea und zwei anderen Frauen aus der Gruppe. Dorothea sah nicht nur nett aus, sie war auch mitreißend sympathisch. Wir kamen aus dem Lachen kaum mehr heraus. Ulrike, die Zeitungsvolontärin, kannte die Stadt schon von früheren Besuchen und erzählte uns Gruselgeschichten von düsteren Gewölbekellern, die sich unter der gesamten Altstadt entlangzogen. Alles an der Stadt fanden wir nach einer Weile komisch. Die engen Gassen. Die Unmengen von Menschen, die überall draußen saßen. Die Kneipen waren überfüllt, es gab kaum einen freien Platz, die Leute saßen auf Treppen und Plätzen, auf Brunnenumrandungen und Mauern. Wir fanden das Schloss zum Lachen, ein Schloss, das man nicht besichtigen konnte. Den Blick von oben. Die schwäbischen Laute in den Altstadtkneipen, die uns Beate empfohlen hatte. Die Wirte, die gespielt unfreundlich waren, in Wirklichkeit aber sehr gut auf ihre Kundschaft reagierten. In einer der Kneipen – ich würde sie Kaschemme nennen, so mufflig und vergilbt, wie dieses Lokal wirkte, vermutlich wurden hier vor dem Rauchverbot Millionen von Zigaretten geraucht, jetzt roch es nach Schweiß und Küche –

hatten wir Glück, dass ein Tisch frei wurde; wir aßen schwäbische Linsen und tranken viel Bier. Cliquen von Studienanfängern an den Nachbartischen. Wir lästerten über nicht Anwesende aus der Gruppe, besonders über »Candy, mein Nickname«. Danach zogen wir weiter. In einer Kneipe trafen wir kurz nach Mitternacht ausgerechnet auf Candy und ihren Begleitschutz; sie sahen aus, als würden sie streiten. Candy wirkte verheult. Als wir auf ihren Tisch zukamen, lachte Candy sofort und legte demonstrativ einen Arm um die Freundin, die jetzt am Abend und von Nahem sympathischer wirkte als in der Seminarrunde. Wir setzten uns dazu und Candy hielt einen Vortrag über ihre Erfahrungen mit anderen Schreibseminaren und wie schlecht viele Dozentinnen seien. Sie könne das weit besser. Ich wunderte mich, wieso sie, die davon ausging, sie könne »von selbst« schreiben und auch selbst unterrichten, so viele Seminare besucht hatte.

Dorothea und ich verabschiedeten uns vor unseren Zimmern, die nebeneinander lagen. Inzwischen wusste ich auch, dass sie seit Jahren in stabiler Beziehung mit einer Lehrerin war. Ich hatte schon an diesem Abend das Gefühl, dass eine lange Freundschaft begann.

Beates Vortrag am Samstagmorgen behandelte anspruchsvolle Spannungsliteratur, besonders angetan hatten es ihr Autorinnen wie Patricia Highsmith und Celia Fremlin und von den jüngeren Regina Nössler, bei denen sich die Suspense-Gefühle aus dem Alltag heraus entwickeln. Sie analysierte, mit welchen Finessen die von ihr ausgewählten Romanbeispiele aufgebaut wurden.

Ich konnte dem Vortrag kaum folgen, war doch das Bild wieder in mir. Das Begehren entflammt. Es kann nicht sein, sagte ich mir, ich habe es längst vergessen. Ich habe eine Freundin. Unter dem Tisch klemmte ich die Beine übereinander, meine Lippen zu verschließen, die dumme nasse Gier zu stoppen, die sich anbahnte. Ich hatte das Gefühl, mich im Inneren in Saft aufzulösen, und befürchtete, Zeichen davon könnten nach außen dringen, selbst das Wasser im Mund lief mir zusammen, als hätte ich Hunger. Ich versuchte mich abzulenken, indem ich Candy und ihre Freundin beobachtete und nach Hinweisen suchte, ob Candy nachts weiter geheult hatte, ob da irgendein Unglück lauerte. Aber Candy wirkte selbstsicher und schaute, als sie meinen Blick bemerkte, zu mir herüber und lächelte. Dorothea lauschte konzentriert. Auch alle anderen waren gebannt. Nur ich, schien mir, war abgelenkt von der Wiederkehr einer unsinnigen Lust. In der Mittagspause ließ ich mir von Dorothea einige Details des Vortrags wiedergeben, die ich verpasst hatte. Warum ich nicht richtig zugehört hatte, sagte ich ihr nicht.

Am Nachmittag diskutierten wir über die Texte aus dem Reader. Jede konnte nur ihre eigene Einsendung erkennen. Beate, die natürlich wissen musste, welcher Text von wem war, hielt sich in der Diskussion zurück. Mein Romanbeginn wurde verrissen. Wie hart potentielle Kolleginnen Texte von anderen rannehmen konnten! Die Einzigen, die sachlich und moderat analysierten, waren Dorothea und Ulrike. All das perlte an mir ab. Mein Text war mir inzwischen fremd. Candy lobte einen der Texte besonders auffällig. Dorothea grinste anzüglich zu mir herüber. Sicher hatte Candy ihren eigenen Text gelobt. Nach der Sitzung verabschiedete sich Beate und empfahl uns ein Openair-Kino, in dem man auch essen könne. Der Film von heute sei gut.

Dorothea versuchte, mich zum Mitkommen zu überreden. »Die Atmosphäre in diesem Areal soll besonders sein. Und der Film ist sicher interessant. Spielt in Indien. Ich würde mir das nicht entgehen lassen.« Auch Candy machte einen Versuch, mich zu überzeugen: »Stell dir vor, das Kino ist in einem Schlachthofgelände. Die perfekte Atmosphäre für Horrorfilme! Sicher inspirierend für werdende Autorinnen!« Ich konnte mir nicht verkneifen zu sagen: »Ich glaube nicht, dass dieser Film über Indien Gruselatmosphäre hat.« Auch weitere Argumente von anderen aus der Gruppe überzeugten mich nicht. Sie schauten mich an, als wäre es

Verrat, den Abend nicht mit allen verbringen zu wollen, nachdem der Tag aus intensiver Gruppenarbeit bestanden hatte. Aber ich hatte keine Lust auf Gruppe und Menschenmassen und Kino und keine Lust auf einen Film über Indien, auch wenn der Film x-fach oscargekrönt war. Dass Dorothea so gruppenkonform war, ärgerte mich. Ich hatte mich auf den Abend mit ihr gefreut, darauf, dass sie so unterhaltsam wie gestern über den heutigen Tag herzog, dass wir uns gemeinsam über die anderen lustig machten. Ich hatte darauf gehofft, wieder so viel zu lachen, dass ich meine blödsinnige Obsession vergessen konnte. Dorothea hätte mich sicher in die Realität zurückgeholt, dachte ich, während ich alleine durch die Stadt schlenderte, aber wahrscheinlich hatte sie einfach Lust auf den Film und Abschalten im Kino. Dass sie aus Gruppenzusammenhaltsgefühl mitgegangen war, konnte ich mir bei längerem Nachdenken kaum vorstellen. Sie hatte meine Verärgerung bemerkt und vorgeschlagen, dass sie, sobald sie zurück sei, kurz an meine Zimmertür klopfen könne. Wir könnten noch ein Bier miteinander trinken, wenn ich noch nicht schliefe und es in diesem Tagungshaus überhaupt was zu Trinken gäbe.

Ich landete in einem Lokal am Rand des Zentrums, das nicht so überfüllt war wie die Kneipen mittendrin. Tische an einem winzigen Kanal, der aussah wie ein Abwasserrinnsal. Das Essen eine Mischung aus Schwäbisch und Italienisch. Die Pizza schmeckte nicht.

Ich hatte gerade das zweite Glas Wein auf dem Tisch, als Beate vor mir stand.

Mit der Andeutung eines Lächelns im Gesicht fragte sie, ob sie sich zu mir setzen könne. Sie habe zwar nur etwas spazieren gehen wollen, aber einen Wein könnte sie schon noch trinken. »Wo sind denn die anderen? Sind sie alle brav meinem Kinotipp gefolgt?«, fragte sie dann. Ihre Augen dunkel wie auf dem Bild.

Tags hatte ich bemerkt, dass ihre Augen grün oder ein blasses Braun waren, und nicht dunkel, fast schwarz, wie sie damals auf mich gewirkt hatten. Mir schoss die Hitze ins Gesicht. Ich hatte Angst, mich zu verraten; in mir tobte es, während ich cool über den Seminartag zu reden versuchte. Ich war inwendig nur noch weiche Masse, die um diese große Frau geflossen sein wollte. Diese flüssige Masse wollte, dass es schon passiert wäre, dass diese furchtbare und wahnsinnig schöne Gier nach Berührung aufhörte, dass sie sich wieder verfestigen konnte. Von dem, was sie erzählte, bekam ich wie im Seminar maximal die Hälfte mit. Alle meine nächtlichen Fantasien wurden zum Leben erweckt. Ich muss es ausgestrahlt haben, ich muss geglüht haben, meine Augen sie verschlungen, während ich auch beim nächsten Weißwein Belangloses redete. Auf einmal beugte sie sich vor und unterbrach mich mitten im Satz: »Was machen wir jetzt?«

Wieder hatte sie den Hauch eines Lächelns im Gesicht. Wieder wusste ich nicht, ob sie unterdrückte, dass sie sich über mich lustig machte. Ihr leichtes Lächeln, als Candy sich vorstellte, hatte nicht anders ausgesehen. Wieso musste ich ausgerechnet an Candy denken? Ihr Blick löste sich nicht von mir; der belustigte Ausdruck, das Lächeln, was auch immer, war verschwunden und hatte einem Ausdruck der Vorfreude Platz gemacht. Freute sich Beate auf das, was passieren könnte? Man macht es nicht beim ersten Mal, kam mir in den Sinn. Es war nicht das erste Mal. Das erste Mal war ein Donnerstag vor mehr als einem Jahr, der Tag, an dem mich ihre Gestalt überfallen hatte. Obwohl ich nichts anderes wollte, als es zu tun, und es mir eher wie ein Märchen vorkam, dass es Wirklichkeit werden könnte, dachte ich diese und viele anderen blödsinnigen Sätze. Und dann dachte ich: Wie komme ich überhaupt auf solche Vermutungen? Wahrscheinlich bedeutete ihre Frage einfach nur, dass wir in ein weiteres Lokal gehen, noch einen Wein zusammentrinken könnten, die Nacht vor dem dritten Tag des Seminars mit Reden und Rausch verbringen.

Alle Lokale der Kleinstadt waren um diese Uhrzeit schon geschlossen, auch das Lokal am Kanal, in dem wir saßen; unsere Stühle hatten sie freundlicherweise stehen lassen. Es war noch immer sehr warm. In der Ferne leises Donnern. Ein Gewitter kam näher. Sollte nicht heute Vollmond sein? Noch war der Mond nicht aufgegangen. Trotz der Straßenbeleuchtung kam es mir sehr dunkel vor. Unheimlich. Nachdem die Stadt vorher so voll gewesen war, war jetzt in dieser Straße kein einziger Mensch mehr unterwegs. In immer kürzeren Abständen zuckten die Blitze am Himmel.

Musste sie nicht ausgeschlafen sein für das Seminar?

Sie hatte in den Stunden, die wir zusammen an dem Tisch am Rinnsal saßen, viel von sich erzählt. Dass sie ihre Kindheit in der ehemaligen DDR verbracht hatte, in einem Kaff in Brandenburg. Dass sie schon sehr früh von zu Hause ausgezogen war. »Ausgezogen« sei das falsche Wort. Sie war erst dreizehn, noch kurz vor der Wende, als sie von ihren Eltern fortgeschickt wurde, in eine Ausbildungsstätte für Gärtner. Sie hatte in der Anlage gewohnt. »Mädchen und Jungs in getrennten Flügeln.« Dann war die Wende gekommen, die Ausbildung noch nicht abgeschossen, doch die Schule löste sich auf und sie musste zurück in ihr Elternhaus. Was sie danach machte, hatte ich verpasst. Später zog sie weit weg von ihrem Herkunftskaff und ihrer Familie, nach Süddeutschland, machte das Abitur nach, studierte Germanistik und Medienwissenschaften. Sie hatte auch von ihren Schwerpunkten beim Germanistikstudium erzählt, die nicht mit Spannungsliteratur, sondern mit Satire, mit Tucholsky und mit expressionistischer Lyrik von Autorinnen wie Claire Goll und Else Lasker-Schüler zu tun hatten. Offiziell arbeite sie noch immer an ihrer Promotion, in Wirklichkeit habe sie aber noch keinen Strich davon geschrieben. Mit VHS-Kursen, Lehraufträgen und Seminarleitungen konnte sie sich gut über Wasser halten. Manchmal schreibe sie auch für Zeitungen. Sie sei froh gewesen, die Vertretung von Prof. Kammerer übernehmen zu können.

Von ihren Liebesgeschichten hatte sie nichts erzählt. Wieso auch hätte sie mir Intimes berichten sollen? Ich war eine Fremde für sie. Sie trug einen Ring. Sie erzählte gerade, dass sie manchmal darüber nachdenke, ob sie sich nicht wieder ihrer ersten Ausbildung zuwenden solle, Gartenbau, als das Gewitter angekommen war.

Von einer Sekunde auf die andere begann es zu gießen. Es donnerte laut. Wir stellten uns an eine Wand. Sie schützte uns nicht, der Regen kam von vorne, dicke Tropfen trafen uns. Wir standen sehr nah beieinander. Unsere Arme berührten sich. Ich zitterte.

Wir blieben das ganze Gewitter über an der Wand stehen.

»Nässe, Blitze und Dunkelheit, was soll das bedeuten?«, bemerkte sie nach einer Weile und lachte mich an. »Frierst du?«, fragte sie dann und drehte sie sich zu mir um.

Und ich wusste – sah ich es in ihren Augen, die doch nur das Straßenlicht und den Regen spiegelten? –, etwas war da, eine Vibration vielleicht, das vor der Berührung ankam, der Atem stockte mir und ich hatte das Gefühl, dass ich mich ausdehnte, meine Brüste schwollen, mein Bauch wurde größer, meine Hüften rundeten sich, ich wuchs ihr entgegen. Diese Momente beinhalten das Ganze und ähnliche vorangegangene und zukünftige Augenblicke. Eine Sekunde, und sie umfasste meine Schultern. Rieb meine Arme, bis sie glühten. »Bist du jetzt warm?«

Dann lag ihre Hand in meinem Nacken und ich lehnte mich an sie, fühlte mich aufgehoben, als kennten wir uns schon, und sie fragte, »möchtest du mit zu mir kommen?« Wieder dachte ich, das kann ich nicht!, wenn sie wüsste; da waren ihre Lippen an mir, ihre Hand an meinem Hosenbund, sie zerrte die Jeans nach oben, dass sie zwischen meine Beine schnitt.

Das kann nicht sein, nie geht es so schnell. »Du bist erregt, du willst mit mir kommen«, sagte sie, »das ist nicht zu übersehen! Wie du mich angeschaut hast, schon die ganze Zeit.« Und dann flüsterte sie mir ins Ohr, »ich habe das Gefühl, du kannst nicht warten«, griff zwischen meine Beine und mir schien, die Nässe tropfte schon aus der Hose in sie, sie verschloss meine Lippen mit einem festen Griff und meine Möse drängte in ihre Hand, wollte die Jeans sprengen, mein Venushügel drückte sich in sie, meine Klit, ich hielt es nicht mehr aus, ich jammerte vor mich hin, »das geht nicht, so schnell, das kann nicht sein«, sie grinste, es ist unglaubwürdig, nicht jetzt, es kann nicht sein, dass sich meine albernen Fantasien wirklich erfüllen, ich darf ihr nicht sagen, wann die Erregung eigentlich losgegangen war, das alles dachte ich und viel mehr – in diesem Moment eröffnete sich eine neue Geschichte und ich wollte nur noch gevögelt werden, wollte alles von dieser fremden Frau. Auch hier, auf der Straße, jetzt sofort, im warmen Regen! Da zog sie ihre Hand fort. Ihre Augen leuchteten im Dunklen.

3

Es war länger als ein Jahr her. Mein Chef, Professor Weilmann, hatte mich gebeten, die Tagung vorzubereiten. Ich hatte die vorgeschlagenen Rednerinnen und Redner recherchiert, schrieb Mails und fragte an, für wen der avisierte Termin in Frage käme. Draußen schönster Sonnenschein. Frühsommer. Damit es nicht blendete, hatte ich das Rollo ziehen müssen und saß allein im Halbdunkel des hässlichen Uniraums. Die Seite der Spezialistin für Spannungsliteratur, die er sich gewünscht hatte, eine Professorin für neue deutsche Literatur, die sich auch mit Krimis und Fantasyromanen beschäftigte, fand ich nicht auf Anhieb. Ich kannte sie. Vor Jahren hatte ich einmal an einem Kurzprosa-Wochenendseminar von ihr teilgenommen. Ich musste mich durch mehrere Seiten klicken, bis ich herausfand, dass sie zwischenzeitlich an einer anderen Uni war. Dann klickte ich auf ihre Seite. Wurde von dort auf die Seite ihrer Sekretärin geleitet. Sie wollte wohl nicht zu viele Mails direkt bekommen. Ein Foto. Eine Frau schaute mich an. Ein intensiver Blick, der in mich hineinfuhr. Das Dämmerlicht, die weggesperrte Sonne. Dunkle Augen. Das Foto war schwarzweiß. Sehr kurz geschnittene Haare.

Sie trug ein Männerhemd mit Streifen, Jeans, ein Bein über das andere geschlagen, die Hände vorm Knie. Große kräftige Hände. Gefährliche Hände.

Der Schreibtischstuhl quietschte.

Ich wollte das Bild nicht mehr anklicken und klickte es danach doch immer wieder an, die ganze Zeit über, in der ich die Tagung organisierte, Bahnfahrten und Hotelzimmer buchte. Immer wieder. Ich wollte vergessen, was mich da angesprungen hatte. Aber manchmal gibt es einen Moment, in dem sich eine Geschichte anbahnt und in dem das nicht in Frage steht.

Ich wollte nicht wahrhaben, dass sich ein solches Begehren, das ich zuvor nur nach realen Begegnungen und das erst bei einem zweiten oder dritten Mal empfunden hatte, durch eine Fiktion, durch nichts als ein Foto im Internet in Bewegung gesetzt hatte.

Beim Einschlafen stellte ich mir ihre Hände vor. Und ihre Figur. Ich stellte sie mir groß vor, obwohl ich das auf dem Foto ja nicht genau hatte sehen können. Sie stand in meinen Fantasien streng und aufrecht vor mir und versetzte mich durch heiße Worte und knappe harte Berührungen in Erregung. Ich brauchte fast keine Selbstberührung mehr, um mich Richtung Höhepunkt zu treiben. Ich stoppte kurz davor, beschimpfte meine Fantasien als idiotisch, und machte weiter. Ich begann mir vorzustellen, dass sie mit ihrer Professorin zu der Tagung käme, dass ich wirklich mit ihr im Bett landen würde. Sabrinas Gesicht schob sich vor das Gesicht des Fotos. Meine Lust galt Sabrina, meiner letzten Freundin. Für sie wollte ich die Lust aufheben. Wieso? Sabrina hatte sich von mir getrennt. Was waren das überhaupt für unsinnige Gedanken? Lust ist ein Fluss, etwas aufzubewahren oder zu kanalisieren, ist nicht gut. Das ist kapitalistische Spar- und Optimierungsmoral! Darüber dachte ich nach. Und dann trieb es ich weiter mit mir, mit ihr, mit einem Foto im Kopf. Ich dachte über sie nach. Wie war ihre Stimme? Was machte sie vielleicht im Moment? Ich hatte natürlich ihre Arbeitsschwerpunkte auf der Seite gelesen, aber außerhalb dessen? Jeden Tag dachte ich an sie. Beate. Was für ein schöner Name! Und versuchte angestrengt, nicht dauernd während meiner Arbeit am PC auf die Seite zu klikken. Und klickte dauernd. Am Tag wartete ich auf die Nacht, auf meine einsamen Orgien. Ließ die Erregung wachsen. Früher hatten meine Freundin und ich daraus manchmal ein Spiel gemacht. Uns am Telefon heiße Dinge in den Hörer gehaucht, dann gegenseitig das Versprechen abgenommen, zu warten, bis wir uns sahen. Manchmal hatten wir uns am Telefon bis knapp vor einen Orgasmus getrieben, abgebrochen und uns am Abend getroffen. Manchmal auch erst ein paar Tage später. Eine solche Erregung mit mir herumzutragen, führte, wenn wir bei unseren Treffen nach ausgiebigem Vorgeplänkel endlich im Bett gelandet waren, zu großartigen sexuellen Höhenflügen. Die brauchten auch keine ausgefeilte Technik oder SM-Spiele mehr.

Es war nur ein Bild, nichts Reales, reine Fantasie, wieso verhalf mir das zu solch intensiven Erregungszuständen? Ich kam immer schneller, ich erfand keine Geschichten mehr, sondern sah das Bild vor mir, versetzte es sekundenlang in Bewegung, das reichte. Idiotisch. Noch wenige Tage vor diesem Wahn hatte ich mir ausschließlich Sabrina beim Einschlafen vorgestellt. Dass sie mich einfach verlassen hatte, wollte ich nicht wahrhaben, hoffte, die andere, in die sie sich angeblich ernsthaft verliebt habe, erwiese sich als Strohfeuer und sie käme zu mir zurück. Ich schrieb ihr regelmäßig, bat sie um ein Gespräch. Ging meiner Mitbewohnerin Katharina auf die Nerven, in dem ich ihr nächtelang mit Liebeskummer in den Ohren lag. Wir saßen in der Küche, ich jammerte, Katharinas Katze Molly lag auf meinem Schoß und ließ sich davon nicht stören, ich streichelte sie automatisch, sie schnurrte. Katharina versuchte sich in mütterlichen Ratschlägen.

Auch Esther, die elfjährige Tochter von Katharina, bekam meinen Kummer mit und bemerkte einmal »Tante Anna, die Sabine, die dich immer besucht hat, war doch gar nicht nett!«

»Sie heißt Sabrina! Und sie ist nett.«

Katharina und ich kannten uns seit Studienbeginn und wohnten seit dieser Zeit in einer WG zusammen. Auch ihre Liebesdramen mit verschiedenen Männern hatte ich in der Küche ausführlich erzählt bekommen. Mollys Vorgängerin Kitty auf Katharinas Schoß. Esthers Vater war ein One-Night-Stand gewesen. Kurz vor ihrem Abi. Sie hatte die Schwangerschaft nicht gleich mitbekommen, da sie ihre Blutung anfangs noch hatte. Für eine Abtreibung wäre es, nachdem sie es wusste, noch nicht zu spät gewesen; sie entschied sich, das Kind zu bekommen. Der One-Night-Stand war entsetzt und ließ nichts mehr von sich hören. Esther kam auf die Welt und Katharina begann ihr Sozialpädagogikstudium mit Baby. Ihre Eltern konnten es ihr finanzieren. Sie bemühte sich nicht, von dem Typen Unterhaltszahlungen zu bekommen. Als wir zusammenzogen, war Esther drei. Esther nannte mich »Tante«. Die Tantenrolle übte ich gerne aus. Bei mir durfte Esther fernsehen, wenn Katharina am Abend unterwegs war und sie nicht schlafen wollte. Und Katharina war oft unterwegs.

Anfangs wohnte noch eine Frau mit in der Wohnung. Sie war vor einem Jahr ausgezogen. Wir hatten ihr Zimmer nicht neu besetzt und gönnten uns den Luxus eines gemeinsamen »Wohnzimmers«. Katharina hatte inzwischen einen festen Job in einem Seniorenzentrum.

Ich glaubte, Sabrina wirklich zu lieben, glaubte, dass wirkliche Liebe auch erwidert würde und all diesen romantischen Schwachsinn. Am Anfang unserer knapp vier Jahre andauernden Beziehung hatten wir sehr viel Sex. Einmal hatte Esther gefragt, sie war zu dem Zeitpunkt noch keine sieben, »was macht ihr denn da?«

Ich errötete und antwortete: »Turnübungen!«

»Quatsch«, sagte Esther darauf.

Seit sich Sabrina von mir getrennt hatte, fantasierte ich sie mir fast jede Nacht zum Einschlafen herbei. Ich war mir sicher, wenn sie nicht zu mir zurückkäme, würde ich niemals wieder so schönen Sex haben können. Ich stellte mir zum Einschlafen vor, wie sie in mein Zimmer in der WG käme, die Tür öffnete, mich hier im Bett vorfände und zu mir unter die Decke käme und mich zu streicheln begann. Ich hing an ihr und litt. Nun, auf einmal, war Sabrina ersetzt. Durch eine Fiktion.

Die Zeit der Tagung näherte sich. Ich strengte mich an, das Foto aus meinen inneren Bildern zu löschen. Es gelang nicht. Was würde passieren, wenn sie ihre Professorin wirklich begleiten würde? Gebucht hatte die zwar nur ein Zimmer für sich. Aber manchmal brachten die Tagungsredner

Freundinnen und Freunde mit. Einerseits hoffte ich, dass sie nicht mitkäme. Damit ich nicht in die peinliche Situation gebracht würde, ihr zu begegnen und wie eine Idiotin herumzustottern. Andererseits wünschte ich es mir mit aller Kraft. Fantasierte in zarten Tagträumen von Gesprächen. Ich dachte natürlich nicht immer an Sex, sondern träumte von einer intellektuellen Annäherung. Es wäre sicher furchtbar für sie, wenn sie wüsste, was mir bei Betrachtung ihres Fotos passiert war. Oder war sie sich bewusst darüber, wie sexy sie darauf aussah? War sie überhaupt lesbisch? Ihr Blick! Ob sie von einer Freundin fotografiert worden war, die sie heiß liebte? Es könnte natürlich auch ein Mann gewesen sein, in der Copyrightanmerkung unter dem Foto war der Name abgekürzt, Ch. R.. So intensiv, wie sie in die Kamera sah, musste sie etwas mit der Fotografin oder dem Fotografen verbinden. Ich konnte nicht aufhören, darüber nachzudenken, ob sie liiert war. Nie dürfte sie erfahren, was ihr Bild in mir ausgelöst hatte. Wenn ich wüsste, dass jemand auf ein Foto von mir so reagiert hätte, wäre mir das mehr als unangenehm. Ich würde die Person ein widerliches Schwein nennen. Wenn sie wirklich mitkommt, darf ich keinesfalls zeigen, dass mir ihr Foto so nahegekommen war. Und hoffentlich ist sie ganz anders als das Bild!

Der Anreisetag. Ich holte unsere Gäste nach und nach vom Bahnhof ab. Die Professorin nicht. Sie wolle mit dem Auto anreisen, hatte sie mir gemailt. Mein Chef bemerkte daraufhin: »Sicher will sie nur das Kilometergeld!« Er war gegen Autofahren. Eine Person in einem Auto, dann noch eine solch weite Strecke, sei umweltfeindlich und dazu unverhältnismäßig teuer. Die Reisen der anderen hatte ich langfristig vorher mit Spartickets buchen können. Die Professorin kam aus Süddeutschland, also hatte sie eine wirklich lange Autoanfahrt nach Berlin. Sie würde auf dem Rückweg die Fahrt immer gerne zu kleinen Ausflügen nutzen, das sei mit dem Auto einfacher, hatte sie mir auf Nachfrage erklärt. Ich hatte ihr die Wegbeschreibung zum Hotel gemailt und wusste auch am ersten Tag der Tagung noch immer nicht, ob sie alleine gekommen war. Vielleicht war ihre Assistentin ja ihre Freundin. Meine Fantasien hatten sich im Nachdenken über eine mögliche reale Begegnung zurückgezogen. Vor dem Einschlafen dachte ich an Organisatorisches für den nächsten Tag. Nicht an Sex. Die Professorin war alleine gekommen.

Doch meine einsame Erotik mit einem Foto hatte mir ermöglicht, mich innerlich endlich von Sabrina zu trennen. Die Sehnsucht nach ihr war verschwunden. Auch das Gefühl, nur mit ihr guten Sex haben zu können, hatte ich nicht mehr. Kurz darauf begann eine neue Affäre, keine große Liebe, aber immerhin war ich mal wieder verliebt. Verliebt in die kleine warmherzige Wiera. Wiera, eine Studentin aus Krakau, schrieb ihren Namen wie die deutsche Variante Vera, damit sie nicht dauernd gefragt würde, woher sie komme. Die Affäre wurde zu einer Beziehung.

4

Wir gingen in Richtung ihres Hotels. Es lag auf einem Berg. Das Gewitter war weitergezogen, es blitzte in der Ferne. Sie habe mit Absicht nicht in dem Tagungshaus gebucht, erklärte sie, sie müsse nicht auch noch beim Frühstück das ganze Seminar sehen. Sie ging sehr schnell. Als wir die enge Gasse zu ihrem Hotel hochliefen, kam ich ins Keuchen. Ich war aufgeregt und sie erzählte mir beim Gehen unterhaltsame Anekdoten aus anderen Seminaren. So musste ich nichts reden. Sie hatte auf mich bisher – trotz ihrer belustigten Gesichtsausdrücke – melancholisch gewirkt. Jetzt war sie fröhlich und ich ließ mich anstecken; wir lachten auf diesem Weg den Berg hinauf das erste Mal miteinander. Im Hotel leerten wir ihre Minibar. Schokolade, Erdnüsse, alles fiel unserer Gier zum Opfer, wir tranken den Piccolo und das Bier und die Miniweinflaschen und waren noch immer nicht betrunken und nicht satt. Als wir alles verschlungen hatten, sagte sie: »Peperoni habe ich leider keine hier, aber vielleicht finde ich scharfe Musik.« Sie suchte die Fernbedienung, fand sie schließlich im Bad und klickte. Ein kleines Fernsehgerät hing oberhalb des schmalen Bettes am Fußende. Sie klickte sich zu einem Musikkanal mit schnellem Beat durch. Und dann versiegte unser Reden. Sie küsste mich. Ich berührte das erste Mal ihr Haar und war überrascht, wie seidig und zart es sich anfühlte. Ich hatte es mir anders vorgestellt. Härter. Ich muss wohl kurz gestutzt haben und habe ihr Haar dann noch einmal sehr langsam und bewusst gestreichelt, ein kitschiger Satz lag mir schon auf den Lippen, wie »du hast so feines, samtweiches Haar«, als sie sich mir entwand und sagte, »komm, lass uns tanzen.« Wir tanzten zu den wilden Tönen aus dem Fernseher, sie hatte es noch lauter gedreht, und kreischten dazu und die Zimmernachbarn, wenn es welche gegeben hatte, vibrierten wahrscheinlich in ihren Betten. Aus dem Tanz heraus drückte sie mich gegen die Wand, zerrte mir die Hose herunter, die noch immer feucht vom Regen war und an mir klebte, sodass ich schließlich gefesselt dastand, und öffnete meine Lippen, stieß in mich, zwei Finger oder mehr, ich bildete mir schon in diesem Moment ein, sie zu lieben, sie nahm mein Gesicht und küsste mich mit kräftiger Zunge und der Kuss drang durch mich hindurch, während ihre Finger bewegungslos in mir verharrten und die Welle nahte und sich wieder entfernte, und wir, wie mir schien, eine Ewigkeit so standen, fast bewegungslos, bis sie in mir leicht anfing zu vibrieren und nicht aufhörte und sich immer fester auf mich drückte und ich floss und sich in mir wieder diese weiche

Masse breitmachte, die sie wollte, überall wollte, die gefickt und gestoßen und gespalten werden wollte, und dann schloss sie die Augen, löste sich von mir, und fuhr noch ein paar Mal heftig in mich, und es kam mir. Während ich leise jammerte, schrie sie über meinem Orgasmus. Ihre Finger wollte ich nicht loslassen, sie zog sie mit einem derben Ruck heraus und streichelte mein Gesicht mit meiner Nässe, küsste mich wieder, öffnete mir langsam das Hemd, bedeckte meine Brüste mit Küssen und meine Erregung wuchs erneut, diesmal ein warmes sanftes Beben, was nichts weiter brauchte als ihre kleinen Küsse um meine Nippel. »Du hast schöne Titten, die könnte ich aufessen! Komm, zieh dich jetzt aus, wir gehen ins Bett!«

Wir lagen im Bett, wir waren nackt, die zart-rosa mit verblichenen Blumen bezogenen Kissen und die Decke hatten wir auf den Boden geschmissen. Es war noch immer warm, das Gewitter hatte die Schwüle nicht vertrieben und aus der Ferne näherte sich ein neues Gewitter. Ich fragte sie, ob ich es ihr auch besorgen dürfe, sie antwortete, sie wisse nicht, ob sie jetzt nicht zu müde sei. Und dass es doch wichtiger gewesen sei, mich aus meiner Erregung zu erlösen. Sie lachte, als sie das sagte. Dann bat sie mich, sie zu küssen, ihre Möse zu küssen, sie zu lecken, wenn ich das wolle, wenn mir das nicht zu intim sei. Sie liebe es, geleckt zu werden.

Ich wollte! Ich wollte sie so sehr. Und bewegte mich an ihrem Körper entlang auf dem schmalen Bett. Sie hatte große weiche, weiße Brüste. Ich hatte nicht mit diesen großen Brüsten gerechnet. Sie hatte im Seminar und auch auf dem Foto ein weites Männerhemd getragen und burschikose Hosen. Eine schwarze Lederjacke lag über einem Stuhl. Der Kurzhaarschnitt. Ihre Größe. Sie hatte auf mich hart gewirkt und kräftig und war nun nackt so weich. Alles an ihr war weich, sogar der Nacken, aber den kannte ich in diesem Moment noch nicht. Nur ihre Hände waren hart und kräftig, auch ihre Armmuskeln, aber selbst die waren unter einer nachgiebigen Schicht verborgen. Als wäre ihr nackter Körper mit einer zweiten Haut umkleidet, einer weichen federnden Samthaut. Er war ganz anders, als ich ihn mir imaginiert hatte. Ich schob ihre Beine auseinander und kauerte mich zwischen sie. Sie erwartete mich. Dunkles Haar. Die kleinen Lippen verborgen, die Klit versteckt, sie stöhnte erwartungsvoll vor sich hin, ich näherte mich sehr langsam, umgriff sie und sah nun im Haar die Lippen auftauchen, klar konturiert, ein wenig geöffnet, dunkles Rosa in zartem Braun. Dezente Lippen, kam mir in den Sinn. Die kräftigen gelockten Schamhaare unbearbeitet, sie wuchsen über den obligatorischen Badeanzugsschnitt hinaus auf die Innenseiten der Schenkel. Ich staunte. Ich dachte an Vera. An »Freundinnen«. Wieso musste ich jetzt an Vera denken? Warum musste ich in einem solch wunderschönen intimen Augenblick überhaupt denken? Hatten Vera und ich nicht nur eine lose Affäre? Ich muss ihr das ja nicht erzählen. Und nun begann ich zu lecken, sanft und langsam härter, um die zarte kleine Klit herum, die sich lange verbarg, ich nahm die Finger zu Hilfe und fickte und leckte sie gleichzeitig, sie wurde feucht und feuchter, ich leckte immer weiter und küsste sie zwischendurch auf die Oberschenkel, den Bauch, den Nabel, um dann wieder anzusetzen, und mehr und mehr, waren es Minuten?, war es eine halbe Stunde?, ihre Feuchtigkeit floss und ließ nach und versiegte und kam zurück und dann begann sie zu zittern und leise vor sich hin zu schreien. Sagte sie einen Namen? Ich dachte über ihre Locken nach, absurd, ich lag da und leckte sie und fragte mich, ob ihr Haar wohl Wellen bekäme, wenn sie es länger trüge. Ich glaubte, den Ansatz von Locken in ihrem Seidenhaar wahrgenommen zu haben. Ich mochte kurzes Haar, bei anderen, bei mir selbst nicht, ich mochte es, vom Nacken den Hals hinaufzufahren über die flaumigen Ansätze von abrasiertem Haar. Sie trug ihr Haar nicht mehr so raspelkurz wie auf dem Foto. Wie kam ich dazu, in diesem Moment über Wellen, langes und kurzes Haar nachzudenken? Ich wollte mich, wollte alles vergessen und aufgehen in diesem Moment, in dieser Frau, mir wurde ganz heiß von dem Wunsch nach Selbstvergessenheit, diese Frau, hier, beim Sex mit mir, es war nicht zu fassen. Sie war hinreißend. Wie sie sich mir öffnete.

Das Gewitter war wieder über uns, es donnerte in Sekundenabständen, die Lichter der Blitze geisterten durch das Zimmer. Sie entwand sich mir und sagte, »wie aufregend! Komm, lass uns die Blitze anschauen.«

Wir standen am Fenster, ihr Arm um mich. Ich zuckte bei jedem Blitz zusammen. Der Blick vom Hügel auf die engen Gassen der Altstadt, die im Rhythmus der Blitze gespenstisch aufleuchteten. Furchterregend. Als das Gewitter abzog und nur noch am Horizont bizarr geformte Blitze zur Erde fuhren, gingen wir wieder ins Bett.

»Möchtest du, dass ich weitermache«, fragte ich vorsichtig.

»Ich weiß nicht«, war ihre Antwort.

Ich machte weiter. Ihre anfängliche Feuchtigkeit versiegte, bis sie schließlich kaum hörbar sagte, »lass uns schlafen, ich bin so müde!« Ihre schönen Lippen verschlossen sich mir. Sie hatte keinen Orgasmus und ich hatte einen gehabt, so unverschämt schnell und leicht. Ich möchte ihr Genuss verschaffen! Inzwischen wurde es hell. Sie bat mich, die Vorhänge zuzuziehen, stellte ihren Wecker und drehte sich zur Wand; ich schmiegte mich von hinten an sie und vergrub meine Nase in ihrem Nacken, wie weich sie auch dort war! Wie sie duftete! Wie soll ich das beschreiben? Ich war hellwach, die Sehnsucht nach Umarmtwerden, nach Wärme, nach Lust, nach Sex war nicht beendet, ich wollte mich dieser Verflüssigung immer weiter überlassen, meine Erregung wuchs, ich drückte meine Muskeln zusammen und wäre fast gekommen, oder bin ich es?, obwohl wir beide still lagen und sie eingeschlafen war und ruhig atmete. Ich blieb an ihrem Rücken, an ihren runden Arschbacken liegen, den Kopf zwischen Schulterblättern gebettet, und atmete sie ein, die ganze Nacht, die schon ein Morgen war und in sehr wenigen Stunden durch »Sweat Dreams«, ihre Weckmusik auch hier, beendet wurde. Wie konnte man davon wach werden? Ich war am Ende dieser Nacht noch eingedämmert und hörte das Lied im Traum. Leider wiederholte es sich alle paar Minuten, dann schlängelte sie sich hinter mir hervor und stieg aus dem Bett.

Ich öffnete die Augen und sah sie Richtung Bad gehen. Als sie zurückkam, lachte sie mich an, zog mir die Decke weg, küsste mich auf die verschlafenen Lippen und sagte, »es war schön mit dir. Wir sind spät dran.« Ich stand auf, Katzenwäsche. In einer knappen Stunde sollte das Seminar beginnen. Sie war schweigsam. »Ohne Kaffee sag ich nicht mehr viel«, bemerkte sie, als sie meinen verunsicherten Blick wahrnahm. »Geh schon mal vor. Ich sammle mich noch etwas. Muss ja gleich ein Seminar leiten. Findest du den Weg?« Ich war mir nicht sicher, waren wir auf dem Hügel, auf dem auch das Tagungshaus lag, oder war es ein anderer der vielen Hügel der Stadt? Sie erklärte mir den Weg und sagte noch, dass wir unsere nette Nacht nicht in der Seminaröffentlichkeit demonstrieren müssten. Ich ging.

Die Sonne schien strahlend an einem klaren Himmel, es war nicht mehr schwül und diesig wie in den letzten Tagen. Ich tauchte langsam aus dem Zauber auf. Fühlte mich wie neu. Auch die Alkoholmengen, die mir sonst vielleicht einen dicken Kopf verpasst hätten, schienen aus meinem Körper geschwemmt. Natürlich begann ich schon auf dem Weg, der Begegnung hinterherzubuchstabieren. Ich fürchtete, es würde ein One-Night-Stand bleiben. Ich dachte an Dorothea, fragte mich, ob sie mich gestern Abend oder beim Frühstück vermisst hatte. Einen Kaffee sollte ich vor dem Seminar schon noch trinken. Ich setzte mich in ein Café am Marktplatz und träumte vor mich hin, trank zwei große Kaffee und frischen Orangensaft. Würden wir heute Nacht noch einmal miteinander schlafen? Ich würde sie streicheln, ihr schönes herbes Gesicht, ihr sanftes Geschlecht, ihre weichen großen Brüste küssen und küssen, wir

würden ficken, bis sie seufzend kam. Ich wünschte mir, sie würde danach immer an mich denken,
wenn sie ... hatte sie eine Freundin? War sie verheiratet? Was bedeutete der Ring? Ich verlief mich auf
dem Weg zum Tagungshaus und kam eine halbe
Stunde zu spät. Als ich in den Raum trat, drehten
sich alle zu mir. Ich wurde rot. »Pardon, war spazieren«, stotterte ich. Dorothea hatte ein Fragezeichen
im Gesicht. Anita und Candy schüttelten parallel
leicht mit dem Kopf. Beate sah mich an, den Funken der Nacht in den Augen, um die Mundwinkel
das angedeutete Lächeln, das mir bereits vertraut
erschien.

»Holst du bitte deinen Laptop«, sagte sie.

Ich wurde noch röter, ging ins Zimmer und holte
ihn. Wir sollten unter Berücksichtigung der Diskus-
sionen von gestern unsere Textanfänge überarbeiten
und ein, zwei Seiten weiterschreiben. Ich strengte
mich an, wie eine übereifrige Schülerin, alles richtig zu machen. In mir die Empfindung ihrer Finger.
Vor der Mittagspause spielten wir Beate die Dateien
auf ihren Stick, sie druckte aus und verteilte an alle,
wieder anonym. »Heute Nachmittag spielt ihr Jury.
Lest die Texte in der Pause und wählt drei zur No-
minierung aus. Die drei, die die meisten Stimmen
erhalten, werden wir heute Nachmittag ausführlich analysieren und danach eine Preisträgerin kü-
ren. Ich selbst werde zu allen Texten einen kurzen

Kommentar und Anregungen schreiben und mich nicht an der Auswahl beteiligen.« So hatten wir eine ausgefüllte Mittagspause und besonders sie. Wie schade. Ich hatte mir schon erträumt, sie nach dem Essen zu einem kurzen Spaziergang zu entführen, Richtung der Wiesen am Ende des Hügels, dort würde es sicher einen einsamen Platz geben. Mein Inneres drohte sich aufzulösen vor Lust.

Auf dem Weg zu unseren Zimmern fragte Dorothea verschwörerisch: »Nun sag schon, was hast du gestern Nacht gemacht? Hast du eine kennengelernt, als du alleine unterwegs warst? Ich muss zugeben, ich habe heimlich in dein Zimmer gespäht, als ich wie besprochen klopfte und sich gar nichts rührte – du hattest nicht abgeschlossen! Aber du warst nicht da. Oder hast du dich im Schrank versteckt?«

Ich wollte sagen, dass ich noch einen Nachtspaziergang gemacht hatte. Dass ich nachts und dann gleich wieder am frühen Morgen spazieren gehen würde, hätte mir Dorothea sicher nicht abgenommen, also antwortete ich einfach: »Das erzähle ich dir vielleicht irgendwann einmal! Und es ist ganz schön dreist, heimlich in fremde Zimmer zu spähen! Machst du das immer?«

»Nö, nicht immer. Aber ich gebe zu, ich bin neugierig! Bitte, du musst mir unbedingt mehr erzählen. Heute Abend, wenn das Ganze rum ist! Wenn du da überhaupt frei bist!«

Ich kann das nicht aushalten! Was würde am Abend sein? Ich möchte Beate. Ich konnte nicht anders, ich ließ Dorothea stehen, sagte, ich wolle duschen, ging in mein Zimmer und besorgte es mir selbst, kurz und heiß und heftig – in mir das Bild von gestern, ich sah mich an der Wand und sie, die mich dagegen zwängte und fickte. Mit glühenden Wangen und nasser Unterhose kam ich zum Mittagessen.

Die drei nominierten Texte standen fest. Wir fanden die Preisträgerin und Beate offenbarte die Namen der drei. Weder Candy noch ich waren in der Auswahl, Preisträgerin war, ganz und gar die richtige Wahl, wie ich fand, Dorothea. Ihre Erfahrungen mit Schreiben hatten sich in ihrem Text niedergeschlagen. Candy wirkte beleidigt. Beate hatte für die Preisträgerin einen Korb mit sechs verschiedenen prämierten Weinen aus der Region und für die Nominierten je zwei Flaschen gestiftet. Und auch für uns andere holte sie je eine Flasche und klärte uns dabei auf, wer welchen Text verfasst hatte. Und dass der Preis, der Wein, von einem örtlichen Weingeschäft gestiftet worden war. »Und ich möchte noch sagen, dass mir das Seminar mit euch viel Spaß gemacht hat und ich persönlich übrigens in allen Texten gute Ansätze fand!« Und so weiter, sie hielt ihr Abschiedsresümee. Der Trostpreis schien nicht alle zu trösten. Ich dachte daran, was jetzt passieren würde. Würde Beate ...?

Beate lud alle ein, noch gemeinsam essen zu gehen, sie wisse eine besonders gute, nicht zu teure Kneipe.

Wir hatten einen vergnüglichen Abend in dem kleinen schwäbischen Lokal. Die Frauen, die abreisten, verabschiedeten sich nach und nach. E-Mail-Adressen wurden ausgetauscht. Zum Schluss blieben noch sieben Frauen übrig, Dorothea, Beate, Ulrike, Candy und Anita und eine weitere, deren Namen ich vergessen habe. Und ich. Wir schwankten, ob wir uns auch voneinander verabschieden sollten oder noch etwas bestellen. Candy schlug mir vor, dass wir uns auch einmal in Berlin verabreden könnten. Ihre Freundin guckte empört. Ausgerechnet Candy! Ich muss ein ratloses Gesicht gemacht haben, denn sie spezifizierte ihre Einladung. Offensichtlich hatte sie inzwischen verdaut, dass sie nicht in die Auswahl gekommen war, und fand sich wieder großartig. Sie schwadronierte über Kriterien zur Beurteilung von Texten und dass wir alle hier ja keine Ahnung hatten. Sie könne mir, wenn wir uns treffen, Tipps für Veröffentlichungen geben! »Mir scheint, du warst sehr unglücklich darüber, wie über deinen Text geredet wurde. Willst du wirklich weiterkommen? Lass dich nicht verunsichern …« Ich hörte ihr nicht mehr zu. Würde Beate denn gar nicht mehr privat mit mir reden? Das Lokal schloss. Wir hatten nichts mehr bestellt. Wir waren noch immer zu siebt. Keine schien ins Bett zu wollen. Unschlüssig standen wir auf der Straße herum.

Beate schlug eine Nachtkneipe vor, wir gingen hin, die Kneipe hatte sonntags Ruhetag. Es war warm. Wir hätten uns auf einen Brunnenrand setzen können. »Aber so ganz ohne ein Getränk!«, nörgelte eine.

Dorothea hatte die rettende Idee: »Wir können ins Tagungshaus und auf mein Zimmer gehen, ich habe einen Korb voll Wein! Und bitte, nennt mich Doro. Dorothea heiße ich nur auf dem Papier.«

So saßen wir wie Schülerinnen auf einem Ausflug in der Jugendherberge in Doros kleinem Zimmer, drei auf dem Bett, Doro auf dem einzigen Stuhl, Candy und Anita und Ulrike auf dem Boden, und Doro opferte ihre prämierten Weine. Ich schaffte es, neben Beate auf dem Bett zu sitzen. Unmerklich spannte ich meine Schenkel, spürte ihren Gegendruck.

Die Nacht verging und ich war inzwischen so heiß vor Sehnsucht, dass ich zu zerplatzen glaubte. Als die anderen abgelenkt schienen, flüsterte ich ihr ins Ohr, »darf ich nachher noch mit zu dir?«; natürlich bemerkten sie das Flüstern und Candy tönte, »hier wird nicht geflüstert! Verratet eure Geheimnisse!«, Beate lachte und antwortete mit Blick auf mich, »sie möchte eine Orgie. Macht ihr mit?« Alle kicherten, ganz wie in der Schule.

Wieder dämmerte es. Beate stand auf, sie müsse morgen früh losfahren, sie würde jetzt gehen. Die Runde erhob sich. Wir standen noch eine Weile im Zimmer herum, Doro suchte einen Zettel fürs E-Mail-Adressenaufschreiben und fragte mich, wann ich fahren müsse. »Ich habe keinen Termin«, antwortete ich.

»Sollen wir miteinander frühstücken?«

Ich murmelte ein Ja und eilte aus dem Zimmer.

Die anderen verabschiedeten sich vor Doros Tür weiter voneinander, wollten kein Ende finden, bis sie endlich die Treppe hoch in Richtung ihrer Zimmer gingen. Beate wird doch nicht einfach gegangen sein, ohne ein Wort? Als alle weg waren, rannte ich die Treppen hinunter. Sie wartete vor der Tür.

5

Zurück in Berlin, lief mein Leben weiter, als wäre nichts gewesen. Ihr Duft, ihr Nacken. Ihr schöner kräftiger Rücken, an den geschmiegt ich gegen Morgen eingeschlafen war. Ich stellte mir lange Zeit vor, sie läge neben mir und ich würde beruhigt an ihre weiche Haut gekuschelt einschlafen. Ich schlief meist auch wirklich ein. Wenn ich es mit mir selbst machte, dachte ich an sie. Ich brauchte nicht viel. Ich musste mir nur vor Augen rufen, wie sie sich bei unserem Abschied zu mir umgedreht und mich geküsst hatte.

Ich sah ihre Schultern vor mir. Ich fragte mich, ob sie in ihrer DDR-Kindheit Sport betrieben hatte, und welchen.

Auf die Idee, ihr Bild damals von der Seite zu kopieren und zu speichern, war ich nicht gekommen, ich hatte nur hingeklickt. Die Professorin hatte inzwischen eine andere Hilfskraft. Das Bild war nicht mehr zu finden.

Nur auf meine erste E-Mail, in der ich fragte, ob sie gut zurückgekommen sei, hatte sie geantwortet.

Weitere E-Mails, solche, in denen ich meine Sehnsucht ausdrückte, beantwortete sie nicht. Ich betonte, dass es nichts ausmache, wenn sie liiert sei, man könne sich ja vielleicht einfach mal auf einen Wein treffen. Keine Antwort. Ich wünschte ihr ohne jede Anspielung auf unsere Begegnung einen schönen Herbst. Keine Antwort. Irgendwann gab ich es auf. Ich wollte ihr auf keinen Fall als Stalkerin in Erinnerung bleiben.

Wenn ich meine Freundin Vera traf, versuchte ich, die Nacht mit Beate zu vergessen. Es gelang mir manchmal. Vera hatte rührende Geduld mit mir. Sie sagte, »ich weiß, du liebst mich nicht so, wie ich dich liebe. Aber das ist normal. Nie lieben sich zwei in gleicher Intensität.« Sie sah Liebe pragmatisch. Es reichte ihr, wenn sie mich liebte und ich das annahm. Ich ließ mich gerne von ihr verwöhnen. Wenn ich sie besuchte, meist trafen wir uns bei ihr, bereitete sie ihre Wohnung besonders vor. Sie stellte Rosen auf, besorgte verführerisch duftende Badeessenzen und kochte. Ihrer Mutter ging es inzwischen wieder etwas besser, sie musste nicht mehr so oft hinfahren. In der Zeit mit Vera bin ich süchtig geworden nach Bigos, einer deftigen Sauerkrautpfanne. Seit wir nicht mehr zusammen sind, habe ich oft versucht, das Gericht so nachzukochen, dass es genauso schmeckte wie bei ihr. Vergeblich.

Einmal saß ich mit Vera in einer Kneipe in Kreuzberg. Wir hatten draußen gesessen, aber dann war es kühl geworden und wir verzogen uns nach innen. Fanden einen netten Tisch am Fenster. Die Kellnerin war gerade mit zwei Halben auf dem Weg zu uns. Wir diskutierten über Veras Hausarbeit. Ich hatte die Arbeit für sie korrigiert – ihr Deutsch war noch nicht perfekt. Wir amüsierten uns zusammen über ihre unterhaltsamen Fehler. Die Papiere lagen auf dem Tisch. Da lief draußen eine Frau am Fenster vorbei. Beate! Ich sprang auf, stieß an die Kellnerin, eins der beiden Biere ergoss sich auf unseren Tisch, auf die Hausarbeit, auf Vera. Ich rannte raus, sah die Frau gerade noch abbiegen Richtung U-Bahnhof Mehringdamm, rannte ihr nach, aber sie war fort. Wie vom Erdboden verschluckt. Oder hatte ich mir nur eingebildet, es wäre Beate gewesen, und in Wirklichkeit war es eine andere Frau, die ich vielleicht hinter der Ecke noch gesehen, die aber aus der neuen Perspektive ihre Ähnlichkeit verloren hatte?

Zurück im Lokal entschuldigte ich mich wortreich bei der Kellnerin, die beim Wischen war, und bei Vera.

»Hast du einen Geist gesehen?«, fragte sie. »Wie du aufgesprungen bist. Du hast so«, sie suchte ein Wort, »erschrocken ausgesehen.«

»Ich habe mir eingebildet, eine alte Schulfreundin von mir zu sehen!« Das stimmte beinahe. Ich war gerade dabei, noch eine dramatische Fantasiegeschichte von Krankheit anzuschließen und dass ich so froh gewesen sei, sie zu sehen, dass ich vielleicht deshalb so aufgeregt gewirkt hätte – »erschrocken« –, aber Vera hatte sich schon ihrer Hausarbeit zugewandt und bemerkt, dass der Großteil meiner Korrekturen verwischt war, sodass sie nicht mehr zu entziffern waren.

Vera musste ihre Hausarbeit neu ausdrucken. Als ich meine Korrekturvorschläge übertragen wollte, hatte ich den Eindruck, nicht nur die Schrift, auch der Inhalt wäre vom ausgekippten Bier hinweggeschwemmt worden. Mir fielen die Formulierungen, die ich ihr spontan und meiner Erinnerung nach in flottem Deutsch hingeschrieben hatte, nicht mehr ein. Als ich es ein zweites Mal versuchte, waren auch meine Formulierungen kaum besser als ihre.

Sie schaffte ihre Prüfung trotzdem.

Mein Hiwijob lief aus, als ich meine Magisterarbeit endlich geschafft und die Prüfung hinter mich gebracht hatte. Es ist fast unmöglich, in Berlin einen vernünftigen Job zu finden. Und ein Magister über unbekannte Autorinnen aus dem neunzehnten Jahrhundert in unterschiedlichen europäischen Ländern nutzte mir natürlich bei Bewerbungen außerhalb der Uni nichts. Schließlich nahm ich einen schlecht bezahlten Verkäuferinnenteilzeitjob in einer Bäckerei an. Danach einen Kellnerinnenjob an Wochenenden in einem Café. Alle meine Bewerbungen für Arbeitsstellen, die mit meinem Studium zu tun hatten, oder Bemühungen um freie Aufträge, z.B. als Übersetzerin aus dem Englischen, blieben erfolglos. Ich hing in der Luft, wusste nicht, was ich in der Zukunft machen sollte. Ich wurde fast depressiv in diesen Monaten. Vera plante, zurück nach Krakau zu ziehen. Ihr Studium könne sie auch dort abschließen. Der Krebs ihrer Mutter war wieder ausgebrochen. Die Chemotherapie hatte ihn nur kurzfristig zurückgedrängt. Sie hing sehr an ihrer Mutter. Obwohl sie genügend Sorgen hatte, bekam sie mir gegenüber ein schlechtes Gewissen. »Du brauchst mich, gerade jetzt«, betonte sie immer wieder. Ich beruhigte sie, sagte, ich würde diese Depri-Phase schon hinter mich bringen und das sei doch nichts gegen die schreckliche Krankheit ihrer Mutter. Ich könne sie in Krakau besuchen. Wir waren einmal zusammen dort gewesen und hatten eine schöne Zeit miteinander in ihrer schönen Stadt verbracht. Im Grunde wussten wir beide, dass unsere gemeinsame Zeit beendet war. Als sie bald darauf zurückgezogen war, vermisste ich sie sehr.

Nicht zu wissen, wie es jobmäßig weitergeht, belastete mich mehr, als ich angenommen hatte. Liebte ich es nicht, unabhängig zu sein, offen für Neues, von einem Tag auf den anderen zu leben? Wieso nahm mich die erfolglose Suche mit? Ich hatte bisher immer etwas gefunden, das mich einigermaßen über die Runden brachte. Warum sollte das auf einmal anders sein? Neben den Teilzeitjobs machte ich unbezahlte Praktika. Zuerst zwei Monate in einer Galerie. Obwohl ich von moderner Kunst kaum Ahnung hatte, nahmen sie mich. Ich freute mich auf die Erfahrung, musste dort jedoch ausschließlich Hiwiarbeiten leisten, die keinerlei Kunstwissen erforderten. Danach begann ich ein dreimonatiges Praktikum für Marketing in einem Wissenschaftsverlag.

Mit Doro hatte ich mich inzwischen angefreundet, wir trafen uns regelmäßig ungefähr alle zwei Wochen auf ein Bier und mailten uns fast täglich. Ich konnte unsere Treffen oft kaum erwarten. Das befreiende Lachen. Alles, was sie erzählte, wurde hintergründig komisch. Und auch meine in meinen Ohren weit weniger lustig formulierten Berichte aus dem Café-Alltag und aus meinem Liebesleben bekamen in ihrem Beisein Unterhaltungswert und Komik. Ich vermisste Vera zwar immer noch, aber hatte in der Zwischenzeit eine Nacht mit einer aufregenden Frau aus Madrid verbracht. Angelita. Wir hatten uns auf einer Party kennengelernt. Leider war sie kurz nach unserer Nacht abgereist, aber wir tauschten Mails und SMS. Ich schwärmte von ihr. Doro lachte über meine jugendliche Ausdrucksweise.

»Ich bin noch jung!«, betonte ich empört. Angelita war jünger als ich, erst Anfang zwanzig, und ziemlich klug. Wir hatten uns nur auf Englisch unterhalten können, da mein Spanisch trotz Kurses während des Studiums sehr schlecht war. Ihr Englisch war auch nicht perfekt, aber mit genügend Wein und Bier klappte unsere Unterhaltung hervorragend. Sie gehörte einer sich gerade gründenden feministischen Pro-Sex-Bewegung in Madrid an.

Doro machte sich über Partys und Sexbewegungen und über meinen Hang zu europäischen Ländern lustig. Sie könne sich nicht vorstellen, auf einer Party eine Frau kennenzulernen. Sie sei allerdings auch in früheren Zeiten, als sie in meinem Alter war, nicht auf Partys gegangen, obwohl es auch zu ihrer Zeit schon heiße Sexpartys in Berlin gegeben habe. »Und welches spanische Gericht hat deinen Bigos ersetzt?«

Ich hatte ihr von meinen missglückten Versuchen erzählt, dieses Essen richtig zuzubereiten, und davon, wie sehr ich mich danach sehnte, wieder einmal den Geschmack von Bigos auf der Zunge zu haben. »Ich habe sie doch erst einmal getroffen! Da gab's nichts Spanisches. Wir haben Pizza gegessen.«

Doros Freundin Johanne kam ein paarmal mit zu unseren Treffen, aber meistens war sie abends zu müde. Lehrerinnen müssen grausam früh aufstehen. Sie war mir sehr sympathisch, aber netter waren die Treffs mit Doro ohne Partnerin. Die beiden wohnten nicht zusammen, waren aber im Moment dabei, sich eine gemeinsame Wohnung zu suchen. »Um zu sparen«, wie Doro betonte. »Wir wollen trotzdem kein symbiotisches Verhältnis.« Ich fragte mich manchmal, ob ich mich in Doro verlieben könnte, wäre da nicht die nette Lehrerin.

Auch Candy hatte mit mir Kontakt gehalten, was mich überraschte. Sie mailte mir von ihren beruflichen Erfolgen. Sie arbeite jetzt in der Werbebranche und gestalte Firmenzeitschriften. Kurz darauf wurde sie Eventmanagerin. Ich hatte ihr von meinem Praktikum in dem Verlag berichtet, und dass ich dort Anzeigen für Fachzeitschriften entwerfen müsse. Ihre Mails kamen in immer kürzeren Abständen. Als würde sie mit mir flirten. Oder wollte sie ihre Freundin eifersüchtig machen? Ich antwortete freundlich und nichtssagend. Dann schlug sie vor, dass wir uns treffen. Sie suche eine Partnerin für ihre Eventagentur. Sie habe übrigens schon verschiedene hervorragende Performancekünstlerinnen erfolgreich vermittelt. Für Firmengeburtstage und Ähnliches. Mit dem Schreiben lasse sich doch kein Geld verdienen! »Oder beschäftigst du dich etwa noch damit? Freitag im Café Einstein unter den Linden, geht das bei dir?« Ich fragte mich, wie

Candy ausgerechnet auf mich als mögliche Partnerin kam. Außer dass wir uns vor gut einem Jahr einmal zufällig in einem Wochenendseminar getroffen und uns danach ab und zu Mails geschickt hatten, verband uns nichts. Trotzdem dachte ich darüber nach, mir ihren Vorschlag wenigstens anzuhören. Obwohl es mir seltsam vorkam, dass sie so unvermittelt gleich Termin und Ort vorschlug.

Ich erzählte Doro bei unserer nächsten Begegnung davon. Sie riet mir, mich nicht auf diesen seltsamen »Job« einzulassen. »Ich glaube, die Frau spinnt. Außerdem klingen ihre Mails, also die, die du mir weitergeleitet hast, so, als würde sie was von dir wollen. Willst du das denn?«

»Nein, das kann ich mir nun wirklich nicht vorstellen! Aber ich brauche dringend Geld.«

Doro bot an, mir einen Lektoratsauftrag abzutreten. »Dafür gibt es zwar nicht viel Geld, aber vielleicht hab ich ab und zu mal was für dich.«

»Das kann ich doch gar nicht, habe ich noch nie gemacht!«

»Die Texte manche meiner Kunden kannst du unter Garantie lektorieren! Du hast ein Gefühl für Grammatik und bist fit in Rechtschreibung. Wenn du denen noch Verknappungsvorschläge machst, reicht das völlig. Wo du so händeringend Arbeit suchst und ich gerade zu viel Arbeit habe!« Sie lektorierte nicht nur für Verlage, sondern für Privatpersonen. Damit verdiente sie inzwischen nicht schlecht. Doktorarbeiten, auch Bachelor- und Masterarbeiten. Das war sehr aufwändig. Sie musste neben den üblichen Rechtschreib- und stilistischen Korrekturen Zitate und Nachweise überprüfen — aber diese Arbeit wurde gut bezahlt, eine Korrektorin leisteten sich nur betuchte Studenten. Weniger aufwändig waren, wie sie mir erzählte, ihre Lektorate von Romanmanuskripten unveröffentlichter Autoren, die davon träumten, dass ihr Text, wenn er lektoriert sei, große Chancen habe, zu einem Bestseller zu werden. »Erstaunlich, wie eingebildet die oft sind. Dass sie einen Verlag finden, davon gehen sie sowieso aus.«

Inzwischen hatte ich ihr auch meine Nacht mit Beate gebeichtet. Es war Doro, die das Wort »Beichte« aufbrachte. »Du hast mir noch was zu beichten«, insistierte sie immer wieder. Bei unserem Frühstück im Seminar hatte ich es noch geschafft, nicht davon zu erzählen. Ich fürchtete wie ein abergläubisches Mädchen, die Nacht würde entzaubert, wenn ich darüber berichtete. »Wen hast du in der Nacht getroffen, als du nicht in deinem Zimmer warst?« Ich erzählte es erst einige Monate später.

Beate und ich hatten in der zweiten Nacht nicht noch einmal miteinander geschlafen. Wir waren in Richtung ihres Hotels gegangen und sie hatte mir

beim Gehen gesagt, dass sie morgen sehr früh los-
müsse und es richtiger finde, wenn wir es bei der einen schönen Nacht beließen. »Das kann kein zweites Mal so schön werden. Du wärest enttäuscht,
wenn wir das zu wiederholen versuchten.«

Ich begann zu argumentieren. Nichts wünschte
ich mir mehr, als in ihren Armen einschlafen zu
können. Wir müssten ja keinen Sex machen.

»Also, ich habe nichts gegen Sex«, sagte sie daraufhin, »aber ich kann heute nicht. Morgen geht
mein übliches Leben weiter, auf das ich mich freue.
Sobald ich zurück bin, werde ich bekocht!« Sie sagte nicht mehr zu diesem Thema.

Ich versuchte, sie trotzdem zu überreden, sagte, dass ich gerne nachholen würde, was gestern
Abend der Müdigkeit zum Opfer gefallen war. »Ich
möchte dir wenigstens einen Orgasmus schenken!«

Sie lachte. »Das ist ja nun wirklich kein Drama.
Du hast mich wunderbar in den Schlaf begleitet!
So gut habe ich schon lange nicht mehr geschlafen. Sicher mit schönen Träumen. Übrigens bin ich
in dem Moment beinahe gekommen, als du an die
Wand gepresst explodiert bist! Vielleicht bin ich es
sogar. Ich fand es ausgesprochen scharf, wie du auf
mich reagiert hast. Eine Frau das erste Mal zu sehen und dann gleich so abzugehen! Heiß! Und im
Übrigen finde ich Sex auch ohne Orgasmus gut.«

Sie ließ sich nicht überreden.

Schließlich sagte sie: »Geh jetzt zurück. Und pass auf dich auf. Du hast ja meine E-Mail-Adresse.« Dann drehte sie sich zu mir um und blieb vor mir stehen. Mir wurde heiß vor Sehnsucht. Sie schaute mich nur an. Ich werde diesen Blick nicht vergessen. Sie umarmte mich und wir küssten uns an der Straßenecke, dass mir schwindelig wurde. Ihre zarte Zunge schmeckte so gut, nach schwäbischem Wein und nach ihr, ich saugte an ihr, als würde ich verdursten, als wäre ich ein Baby und sie die Mutter, ich liebte sie innig und war schon wieder heftig erregt. Ihr Kuss setzte sich bis in meine Möse fort, bis in meine Zehen, alles durchdrang sie mit ihrem zarten Abschiedskuss. Sie küsste so gut! Doch sie löste sich und hatte nun wieder die Andeutung des Lächelns im Mundwinkel, als sie sagte: »Du küsst so gut. Ich werde an dich denken.« Ich unterdrückte, ihr das Kompliment zurückzugeben, sagte nur Tschüss, ging und drehte mich nicht mehr um. Ob sie sich nach mir umgedreht hat?

6

Ich traf mich trotz Doros Vorbehalten mit Candy
in dem schicken Café. Sie war dünner geworden,
ihre Haare kürzer. Die Adern auf ihren Händen
traten deutlich hervor. Sie trug keine Ringe mehr.
Ob die ihr alle zu groß geworden waren? Sie erzählte mir ungefragt, dass sie sich von ihrer Freundin getrennt habe, und blickte mich siegesgewiss
an. »Warst du in dem Seminar nicht ein bisschen
verliebt in mich?«

Wie kam sie darauf? Wahrscheinlich wirkte ich
damals bedürftig. Weil mir die Erregung aus allen
Poren geströmt war und Candy das auf sich bezogen hatte. Ließen sich wirklich so missverständli-
che Signale aussenden? Nach einer Weile verblüff-
ter Sprachlosigkeit, in der sie mich mit ihren knall-
blauen Augen fixierte, so sehr, dass ich mich unter
ihrem Blick unwohl zu fühlen begann, antwortete
ich: »Nein! Aber es tut mir leid, wenn du da irgendwas missverstanden hast. Warst du nicht mit deiner
Freundin dort?«

Sie starrte mich weiter an – versucht sie, mich zu
hypnotisieren?, schoss es mir durch den Kopf – und
erklärte mir meine Aufgaben in ihrer Eventagentur. Sie brauche eine Assistentin. Würde manche

Arbeiten gerne delegieren. Und mit jemandem so Sympathischen wie mir würde sie lieber zusammenarbeiten als mit irgendeiner Hergelaufenen, die vom Arbeitsamt geschickt wäre. Ich müsse Ansprechpartner im Internet recherchieren, Buchhaltung machen, »alles Mögliche eben.«

Als ich nach der Bezahlung fragte – schließlich suchte ich noch immer dringend einen festen Job, vielleicht ist Candy als Arbeitgeberin ja gar nicht so schlecht, sie wirkt so zielbewusst, versuchte ich mir einzureden – antwortete sie, das würde von ihren Umsätzen abhängen. Also mal mehr, mal weniger. Genaue Zahlen wollte sie nicht nennen. Unglaublich! Was ist, wenn sie zufällig mal einen Monat lang keine Events organisiert oder vermittelt hatte? Genau wusste ich trotz langatmiger Erklärung nicht, was sie in ihrer Agentur wirklich machte. Sollte ich diesen Monat dann umsonst arbeiten? Als ich das vorsichtig ansprach und ausführte, dass eine Garantieverdienstsumme für meine Lebensplanung nötig sei, wirkte sie verärgert und antwortete: »Das ist ein Topangebot. Meistens habe ich enorme Umsätze. Und mir erschienst du mutig. Kreativ. Aber da habe ich mich wohl getäuscht. Hätte nicht gedacht, dass du so eine Sicherheitsfanatikerin bist.« Sie sah wütend aus.

»Ich habe doch noch nicht Nein gesagt«, versuchte ich zu beschwichtigen. »Ich denke darüber nach und rühre mich bei dir.« Wir versuchten angestrengt, uns noch eine Weile zu unterhalten, dann erhob sie sich, behauptete, sie habe noch einen Termin, und verschwand. Die teuren Kaffees und die zwei Sekt, den sie schon vor meiner Ankunft getrunken hatte, konnte ich bezahlen.

Ich strudelte durch die Zeit. An Samstagen und Sonntagen bediente ich im Café. Wie Candy herausgefunden hatte, wo ich arbeitete, wusste ich nicht. Denn es war keins der Szenelokale, in denen ich auch angefragt hatte, aber die hatten reichlich jobbende Aushilfskräfte zur Wahl, sondern ein Café bei mir um die Ecke. Und ich wohnte nicht in einer Szenegegend.

Sie tauchte einige Wochen, nachdem ich dort angefangen hatte, auf einmal auf und kam dann fast jedes Wochenende. Alleine oder mit Bekannten. Dabei wohnte sie nicht in Wilmersdorf, sondern in Neukölln. Es war also eine weite Anreise bis hierher, nur um einen Kaffee oder Sekt zu trinken. Ob sie mich verfolgte? Wollte sie wirklich etwas von mir? Vielleicht hat sie auch nette Seiten. Wahrscheinlich benimmt sie sich nur deswegen so arrogant, weil sie eigentlich schüchtern und unsicher ist. Sollte ich mich nicht freuen, dass es Menschen gibt, die in sich in mich verlieben? Vielleicht war sie hoffnungslos verknallt und fand keinen anderen Weg als den Umweg über Arroganz, etwas davon auszudrücken. Im selben Atemzug fragte ich mich, muss das sein, dass sie sich ausgerechnet mich dafür aussucht? Sie war mir unheimlich. Außerdem, so lange, wie ich mich nicht mehr ernsthaft verliebt hatte, war ich selbst vielleicht generell nicht zu intensiven Gefühlen fähig. Mich von einer angezogen zu fühlen, das ging schon, von der niedlichen Angelita zum Beispiel, aber mehr? Die Sache mit Beate, sagte ich mir immer wieder, war ein netter One-Night-Stand gewesen, aber verliebt bin ich nicht in Beate! Nein, ich bin nicht verliebt!, murmelte ich sogar manchmal laut vor mich hin, wie eine Beschwörungsformel. Der kurzen Beziehung mit Vera trauerte ich noch nach, obwohl ich auch in sie nicht heftig verliebt war, oder? Sie ist eine warmherzige Frau, die mir gut getan hatte. Und natürlich hatte ich sie sehr gerne gehabt. Ihre Ernsthaftigkeit. Ihre braunen Augen. Sie trug meistens eine Brille. Wenn sie die Brille abnahm, wie ihre Augen funkelten und wie sie blinzelte, weil sie dann nicht mehr scharf sah. Wie sie ihr Gesicht verzog, kurz bevor sie loslachte. Details, die mir in der Zeit oft vor Augen standen. Sollte ich sie besuchen? Liebe kann sich entwickeln, es muss nicht immer mit dem Knall des plötzlichen Funkens losgehen. Eine kleine Leidenschaft hält vielleicht länger als eine große. Und Angelita? Über all das dachte ich nach, weil Candy im Café aufgetaucht war. Mit Angelita hatte ich mich für ihren nächsten Berlinbesuch verabredet. Sie war so fröhlich im Bett gewesen und mailte schon jetzt, was für Dildos und Vibratoren sie mitbringen wolle. Eine ihrer Madrider Freundinnen hatte eine Dildowerkstatt. Vielleicht werde ich mich in Angelita verlieben! Ich hatte Lust, sie wiederzusehen.

Ich wusste nicht, ob ich mich von Candys häufigen Cafébesuchen geschmeichelt oder bedroht fühlen sollte. Candy tat so, als würde sie nur zufällig vorbeikommen, begrüßte mich knapp und bestellte ihren Sekt, manchmal auch einen Cocktail. Ich bemerkte, wie sie mich die ganze Zeit im Auge behielt; auch, wenn sie nicht alleine gekommen war, wenn sie sich unterhielt, blieb ich im Zentrum ihrer Aufmerksamkeit.

Ich erzählte Doro davon. Sie warnte mich. »Meine Meinung über diese Frau hat sich nicht geändert. Ich vermute, die hat eine Macke. Ich würde mich vor der in Acht nehmen. Findest du es nicht unheimlich, wenn du arbeitest und sie sitzt dort und starrt dich an?«

Ich wunderte mich fast über Doros Strenge. »Na, so direkt starrt sie mich dann auch nicht an«, entgegnete ich. »Vielleicht überspielt sie Schüchternheit mit Arroganz. Sie sieht ja auch ganz nett aus, oder?« Wieso verteidigte ich Candy?

Angelitas Berlinbesuch stand bevor. Sie würde wieder in der WG wohnen, in der sie das letzte Mal zu Gast war. Dass sie gleich bei mir übernachtete, hatte ich nicht vorgeschlagen, das wäre mir für den Anfang zu viel Nähe gewesen.

Wir verbrachten zwei fröhliche Nächte miteinander, in denen sie verschiedene Dildos an mir ausprobierte. Unser beider Englisch schien besser zu werden. Wir redeten wild drauflos. Manchmal versuchte ich einen Satz auf Spanisch, doch sie antwortete immer auf Englisch. Anfangs fiel es mir schwer, mich fallenzulassen. Sie machte es wirklich gut, es war zu merken, dass sie mit ihren Sex-Aktivistinnen, wie sie erzählt hatte, Techniken übte. Ich ließ mich von ihr auf meinem großen Arbeitstisch vögeln, unglaublich! Sie packte mich an den Schenkeln und bewegte sich schräg von unten in mich, sodass sie mit ihrem schwarzen nach oben gebogenen Dildo, der mittlerer Größe, den großen, den sie auch dabeihatte, hatte ich abgelehnt, wohl meinen G-Punkt traf, oder, kam mir währenddessen in den Sinn, heißt es nicht inzwischen G-Fläche? Meine Lust versiegte, als ich darüber nachdachte, sie machte weiter, nahm mich härter, ich rutschte rhythmisch auf dem Tisch hin- und her, immer schneller, immer heftiger, sie donnerte ihren Unterleib an mich, ihren Venushügel, das metallgespickte Harness, während mein Körper die Bücher, die Papiere, den Becher mit den Stiften hinunterfegte, sie stieß noch kräftiger zu und bearbeitete gleichzeitig meine Klit, meine Erregung war längst zurückgekehrt, ich konnte nicht anders, und dann schrie ich in Tönen, die ich von mir nicht kannte, und kam kreischend. Sie war glücklich, als ich kam, zog den nassen Dildo raus und drängte mit Fingern in mich, um meine letzten Zuckungen noch zu spüren. Was für eine Kraft in dieser zierlichen Frau steckte! Sie war süß! Eine halbe Irokesenfrisur, an den Seiten total kurz und oben in der Mitte kräftige Wuschelhaare, ein Vergnügen, in diese Haare zu greifen, wenn ich sie küsste. Ein großes Tattoo, eine Schlange, wand sich ihren Rücken hinab Richtung Po. Ihre brombeerfarbenen Nippel waren köstlich. Sie lachte dauernd. Schwarz glänzende Augen. Ich küsste sie und sie lachte. Ich küsste ihre Nippel und sie lachte. Wenn sie kam, jauchzte sie. Eine Mischung aus Lachen und lautem Stöhnen. Es ist mir noch im Ohr, wenn ich an sie denke. Und ihre Haut, deren Teint, wenn sie erregt war, zu Farbenpracht anschwoll. Ich hellhäutiges Wesen rötete mich in der Erregung vermutlich nur. Am nächsten Tag hatte ich blaue Flecken an den seltsamsten Stellen, die von Tag zu Tag bunter wurden.

Meine niedergeschlagene Phase war vorbei. Ich arbeitete inzwischen oft auch noch am Freitagabend in dem Café und kam einigermaßen über die Runden. Das Praktikum war nicht anstrengend, im Gegenteil, es machte Spaß. Ich hatte das Gefühl, etwas zu lernen, und hoffte insgeheim, danach als Volontärin übernommen zu werden. Dass ich auch am Freitagabend in dem Café jobbte, hatte Candy noch nicht mitbekommen. Sie kam nie an einem Freitag.

Vor Kurzem hatte sie mich angesprochen und gefragt, ob wir uns einmal privat treffen könnten. Ich schaffte es nicht, Nein zu sagen, und wir verabredeten uns in einer Kreuzberger In-Kneipe für mein nächstes freies Wochenende in vier Wochen.

Seitdem tauchte sie nicht mehr auf. Nun hatte sie ja ihren Termin mit mir und konnte sich die weite Anfahrt sparen. Ich ärgerte mich, dass ich zugesagt hatte.

Angelita mailte, dass sie wieder einen dieser günstigen Flüge nach Berlin ergattert habe. Unglaublich, für nur 29,99. Leider erst in einem halben Jahr. Berlin sei eine so tolle Stadt. Sie würde gerne viel öfter kommen. Aber sie müsse ihre Studienarbeit schreiben. Über feministische Bewegungen in Spanien. Ob auch ihre Pro-Sex-Bewegung vorkommen würde, fragte ich. Sie mailte zurück: »Klar!«

Es war wieder Sommer. Die Tische draußen auf dem Platz und an der Straße alle besetzt. Ungeduldige Gäste. Ich rannte hektisch von einem zum anderen und musste mir gerade die Beschwerde eines Typen darüber anhören, dass ich seiner Freundin den falschen Cocktail gebracht hätte und dass sie darauf bestehe, den richtigen zu bekommen. Konnte sie nicht selbst reden? Außerdem hatte sie den falschen schon halb ausgetrunken. Da hörte ich hinter mir einen erstaunten Ausruf: »Anna!«

Ich drehte mich um, weg von dem nörgelnden Paar.

7

»Anna! Was machst du denn hier?« Eine große Frau. Ich registrierte ihre feinen Falten um die in der Dämmerung der Sommernacht dunkelgrün wirkenden Augen. Auch der Himmel war dunkelgrün in diesem Augenblick. Die nackten weichen und darunter kräftigen Oberarme. Ein geripptes schwarzes Unterhemd. Punkte, die vom Schlüsselbein in den Spalt zwischen großen Brüsten und unter das Hemd führten. Beate! Das konnte nicht wahr sein. Ihr Haar war etwas länger als damals. Heller. Auch ihr Haar schien zu leuchten in der Dämmerung. Die Wellen zeigten sich. Ich hatte in der letzten Zeit nicht mehr oft an sie gedacht. Unsere Nacht war mir inzwischen wie ein lang zurückliegender Traum in Erinnerung, etwas, was nicht wirklich stattgefunden hatte. Ich konnte mich nicht einmal mehr an die Details erinnern. Angelita, mein Lebensstress, dieser Job, das Praktikum, Katharina und die aufsässige Esther, auch Candy, das alles war real.

»Hallo«, tönte die Stimme des jungen Mannes ungehalten, »bringen Sie nun den neuen Cocktail?«

»Ja, sofort«, antwortete ich. Dass ich vor einem Moment noch streng hatte fragen wollen, warum der falsche Cocktail schon halb ausgetrunken sei, hatte ich vergessen.

Wir sahen uns an. Ich war vor Überraschung verstummt. Um uns brodelte es, lautes Lachen, Reden, Kreischen.

»Kommen Sie bitte mal«, rief es von irgendwo.

Ich war weggetreten.

Dann lächelte sie, es war mehr als ein Lächeln, sie lachte und sagte: »Ich bin leider auf dem Weg zu einer Verabredung. Sonst würde ich sofort hier in diesem netten Café einen Wein trinken. Sollen wir uns irgendwann einmal treffen?«

»Ja!« Ich riss einen Zettel von meinem Bestellblock ab, schrieb ihr meine Telefonnummer und Adresse auf, obwohl sich die seit damals nicht geändert hatten, aber sicher hatte sie sie nicht mehr. »Komm einfach mal vorbei! In der Woche bin ich oft abends da, außer Freitag, da arbeite ich hier.« Wohnte sie jetzt in Berlin? Wie kam ich dazu, sie gleich zu mir einzuladen? Unangekündigter Besuch, eine, die klingelte und plötzlich vor der Tür stand, war mir ein Horror! Ich dachte an das Chaos in meinem Zimmer. Seit Wochen hatte ich nicht geputzt, die Haare von Katharinas Katzen – inzwischen war eine zweite dazu gekommen, Esther hatte sie von einer Freundin übernommen, ein schwarzer Kater mit Namen Bobby, um den sich natürlich Katharina, bzw. oft ich kümmern musste – bildeten

Knäuel in den Ecken und überall lagen verstreute Ausdrucke meiner Korrekturarbeit, die ich von Dorothea bekommen hatte. Manche Blätter waren hässlich bekleckert. Ich aß beim Lesen und kochte zurzeit oft mit Tomaten oder Paprika. Es sah aus wie Blutflecken. Ich würde sofort, heute Nacht noch, aufräumen.

Sie sagte, »gerne. Tschüss, bis bald einmal«, und gab mir die Hand. Ich reagierte nicht. Sie stand da, ihre große schöne Hand zu mir gehalten. Ich wäre ihr fast um den Hals gefallen, legte aber dann meine Hand in ihre. Es war, als würde ein Energiestoß durch mich fahren. Ihre warmen ruhigen Hände.

Ich blickte ihr nach, wie sie über den Platz Richtung Kirche und dann nach rechts ging und im Schatten der Linden verschwand. Sie sah sich um, winkte kurz. Die Stimmen um mich waren gedämpft, bis sich »nun kommen Sie doch endlich!« daraus so laut erhob, dass es mich zurück in meine Arbeit zog. Ich ging erst einmal rein und bestellte den richtigen Cocktail. Viele Blicke auf mir, als ich wieder herauskam, um die anderen Wünsche entgegenzunehmen.

Zu Hause dachte ich an ihre Augen. An das fröhliche Faltenmuster, das sich verstärkt hatte, als sie lachte. An eine kleine Lücke und den schräg stehenden Vampireckzahn, den sie beim Lachen entblößt hatte. Sie hat schmale und nett geschwungene Lippen. Sie musste nicht einmal lachen, um belustigt auszusehen. Ich hatte mich nicht mehr an diese Lippen erinnert. Und auch die schönen Punkte, oder waren es Sommersprossen, in ihrem Dekolleté waren mir damals nicht aufgefallen. Aber sie hatte damals ein langärmliges weites Hemd getragen, das nur ein winziges Dreieck Haut zeigte. Die Nacht, als sie nackt war, war in traumhafte Unschärfe gefallen. Das Hemd stand mir vor Augen. Und ihr Rücken, ihr Duft.

Ich begann aufzuräumen. Ich war so aufgedreht, dass ich in Katharinas Zimmer spähte, ob sie noch wach war. Sie las oft ganze Nächte durch, wenn sie einen spannenden Krimi erwischt hatte, Katzen auf dem Bett. Esther war unterwegs. Sie war inzwischen fast dreizehn und traf sich jeden Samstag mit ihrer Clique. Katharina war nicht streng mit Nachhausekommzeiten.

Katharina war noch wach. Wir öffneten einen Wein und saßen seit Längerem einmal wieder zusammen und redeten. Ich räumte danach noch bis in die frühen Morgenstunden und ging am Sonntag unausgeschlafen zum Job.

Wochen vergingen. Die Verabredung mit Candy hätte ich vergessen, hätte mich nicht mein Handy daran erinnert. Ich rief sie an und sagte ab, behauptete, ich hätte überraschend einen Termin mit einem Autor des Wissenschaftsverlages, der sich nicht verschieben ließe. Sie klang furchtbar enttäuscht. Ich hatte vermutet, sie würde mir beleidigt Vorwürfe machen, in dem Tonfall, in dem sie reagiert hatte, als ich ihr großartiges Stellenangebot nicht wahrgenommen hatte. Würde überheblich klingend etwas sagen wie: sie hielte ja ihre Termine immer ein und könne nicht nachvollziehen, dass jemand so kurzfristig vorher absage. Doch sie fragte nur mit erstickter Stimme, die klang, als würde sie heulen, ob sie sich mal wieder rühren könne und wann. Ich erzählte von viel Arbeit, ich wisse nicht wann, aber sie solle es einfach probieren. Wieso sagte ich, sie solle es probieren, wenn ich das nicht wollte? Ich sollte ihr die Hoffnung nehmen, sich mit mir »privat« treffen zu können, was auch immer »privat« bedeutete! Vielleicht war sie wirklich ernsthaft in mich verliebt. Ich gab mir einen Ruck, ihr das zu sagen. Doch sie hatte schon aufgelegt, ohne sich zu verabschieden.

Inzwischen glaubte ich fast nicht mehr daran, dass mich Beate besuchen würde. Und leider hatte ich mir ihre Telefonnummer nicht geben lassen. Ob ihre alte Mailadresse noch galt? Aber ich wollte nicht aufdringlich erscheinen. Was sollte ich auch schreiben? »He, du hast gesagt, du kommst mal vorbei. Wann denn endlich?«

Aber am Donnerstag, eine Woche nach dem abgesagten Candytermin, ist sie wirklich gekommen.

Es klingelte, es war so gegen sechs. Katharina öffnete. Katharina hatte viele Freundinnen und Freunde, mit denen sie sich oft auch zu Hause traf. Sie sang in einem Chor, war in verschiedenen Bürgerinitiativen aktiv. Im Vergleich zu ihr war ich ein Einsiedlerkrebs. Es dauerte eine Weile, bis Katharina mich rief. »Da gab es gerade ein kleines Missverständnis«, sagte sie und versuchte, ernst zu klingen; ich hörte, wie sie ihr Lachen unterdrückte. Ich ging Richtung Wohnungstür und schloss meine Zimmertür hinter mir. Aufgeräumt war mein Zimmer natürlich längst nicht mehr. »Besuch für dich!«

Erst etwa ein Jahr später erzählte mir Beate von ihren Gefühlen, als Katharina die Tür öffnete. Schock und unbegründete Trauer. Sie konnte nicht wissen, dass ich nicht alleine wohnte. Sie hatte zuerst gedacht, dass sie sich in der Adresse geirrt habe und gefragt ob hier eine Andrea wohne. Katharina habe knapp geantwortet, »nein, hier wohnt keine Andrea.« Daraufhin habe sie nach meinem Zettel mit der Adresse gekramt und den natürlich nicht gleich gefunden. Als sie ihn schließlich gefunden hatte, stellte Katharina fest, dass die Adresse stimmte, und sagte, »hier wohnen drei Frauen, Esther, die ist dreizehn, ich und Anna. Keine Andrea.«

»Oh, wie peinlich, ich meinte natürlich eine Frau namens Anna.« Sie hatte in ihrem Schreck über das falsche Gesicht in der Tür einen falschen Namen gesagt.

Katharina lachte. »Ja, Anna ist da.« Jetzt hielt Beate Katharina für meine Freundin und sei, wie sie es später formulierte, in »einen für sie selbst überraschenden Abgrund aus Trauer« gestürzt und muss wohl auch so ausgesehen haben, denn Katharina habe gefragt, ob es ihr nicht gut gehe, ob sie Hilfe brauche. So waren sie ins Gespräch gekommen, hatten eine Weile geplaudert, beim Plaudern hatte sich auch aufgeklärt, dass Katharina nur meine WG-Partnerin und hetero war. Sie hatte Katharina auf Anhieb sympathisch gefunden und war froh, dass sie etwas Abstand gewinnen konnte. Sie hatte mir nicht mit diesem Absturzgefühl im Gesicht begegnen wollen.

Als Katharina in Richtung meines Zimmers »Besuch für dich« rief, dachte ich schon nicht mehr, dass das Klingeln mir gegolten haben könnte, und stürzte zur Tür. Beate hatte wieder den knappen Kurzhaarschnitt, von den Locken war nichts mehr zu sehen, sie war gebräunt und ihr Haar leuchtete, auch mit Kurzhaarschnitt, goldblond. Mir schoss Hitze durch den Körper. Beate. Sie ist so schön. Die schönste Frau, die ich kenne! Angelita, Vera, alle waren vergessen in dieser Sekunde, als ich Beate neben Katharina stehen sah. Ich fiel ihr um den Hals, Katharina grinste, und wir gingen in Katharinas und

mein gemeinsames Zimmer, auch das nicht aufgeräumt, aber weit einladender als bei mir. Ausgerechnet heute lag ein Berg Klamotten auf dem Boden,
ich musste dringend waschen, und neue befleckte
Korrekturausdrucke. Das Bett war nicht frisch bezogen und ungemacht. Darin ein hässlicher Schlafanzug mit alten Blutflecken von einer überraschend
gekommenen Periode, die sich nicht rauswaschen
ließen. Ich hatte mir nach dem nächtlichen Aufräumen vorgenommen, Ordnung zu halten. Mein Bett
täglich zu machen. Ein paar Tage hatte ich es durch-
gehalten und war vom Job in ein einladendes Zimmer zurückgekommen. Ein angenehmes Gefühl!
Leider ließ ich bald wieder alles liegen. Den Schlafanzug hatte ich schon lange wegwerfen wollen.

Esther sprang neugierig aus ihrem Zimmer.
Sonst war die doch nie da! Oder verbarrikadierte
sich in ihrem Zimmer, wenn Katharina Besuch hatte. Sie weigerte sich neuerdings auch oft, mit uns zu
essen, wenn wir gemeinsam kochten.

»Magst du Rot- oder Weißwein«, fragte ich Beate.

»Lieber weiß. Oder Bier. Mir ist so warm. Bier
wäre vielleicht erfrischender.«

»Bier haben wir leider nicht da.«

Esther lief an meiner Stelle in die Küche und
holte Flasche und Korkenzieher.

»Darf ich aufmachen?«, fragte sie.

»Klar!«

»Oder willst du?«, sagte sie zu Beate.

Beate nahm ihr die Flasche ab und öffnete sie sekundenschnell mit einer einzigen geschickten Bewegung.

»Super!«, sagte Esther. »Endlich mal eine, die das kann. Mama und Anna können das nicht richtig.« Sie nannte mich schon lange nicht mehr »Tante«.

Wir saßen und redeten zu viert. Nach einer Weile schlich sich Kater Bobby zu uns, setzte sich auf das Sofa, auf Beate. Molly beäugte die Szene aus sicherem Abstand. Ich weiß nicht mehr, worüber wir geredet haben, über aktuelle Politik, Kinofilme, sogar Esther beteiligte sich engagiert und trank Cola. Die zweite Flasche Wein wurde geöffnet. Beate sagte, sie habe noch nicht gegessen, sie würde lieber nichts mehr trinken, sonst werde sie betrunken. Ob sie uns zum Essen ausführen könne? Esther kreischte Ja, aber Katharina konterte mit Hausaufgaben und dass es schon spät sei und dass sie außerdem schon gegessen haben, kurz bevor Beate gekommen sei. Wahrscheinlich dachte sie, dass ich endlich alleine mit Beate sein wollte. Sie wünschte uns noch einen schönen Abend, während Esther türknallend in ihrem Zimmer verschwand.

Ein warmer Augustabend. Alle Draußenplätze in den verschiedenen Restaurants um die Ecke waren belegt. Als wir an der Eckkneipe mit dem Berliner

Essen vorbeigingen, stand ein älteres Paar auf, so blieben wir dort. Das Lokal lag gegenüber des Cafés, in dem ich arbeitete, nicht gerade mein bevorzugter Ort zum Ausgehen.

Ich war so aufgeregt, dass ich dachte, ich könnte nichts essen. Bestellte schließlich Gurkensalat und Matjesbrot. Sie aß ein riesiges Schnitzel. Beim Essen kam der Hunger. Ich bestellte ein zweites Matjesbrot. Wir redeten weiter. Sie erzählte von ihren neuen Lehraufträgen. Deshalb sei sie oft in Berlin. Sie überlege, hierher umzuziehen. Nebenher hatte sie bemerkt, dass sie noch mit ihrer letzten Beziehung zusammenwohne. Die Trennung aber fast vollzogen sei. »Vollzogen«, ich stolperte über das Wort. Sie ging nicht weiter darauf ein.

Kurz bevor es dunkel wurde, donnerte es in der Ferne. Eine Wolke raste an der Sonne vorbei und warmer Regen fiel. Die Kirche leuchtete intensiv dunkelrot, die Bäume glitzerten, dicke Tropfen schaukelten wie Strassschmuck. Es war so schön anzusehen, dass es mir den Atem nahm.

Ihr auch.

Wir gingen nicht rein ins Lokal wie die anderen Gäste. Wir standen auf und schauten in das Glitzern. Die Zeit stand still. Ihre Lippen auf meiner Wange. Es waren wahrscheinlich nur Sekunden, in denen wir so ruhig aneinandergeschmiegt standen, im Regen. Mir brannte die Wange, die Feuerspur zog durch meinen Körper und aus mir heraus. Mein Slip wurde feucht. Dabei war es nur eine zarte warme Berührung ihrer weichen Lippen und der über unsere Gesichter herabrinnende Regen.

Schließlich fragte sie: »Erinnert dich das an etwas?«

Ich nickte.

Und dann gingen wir zurück. Landeten in meinem unaufgeräumten Zimmer, in meinem ungemachten Bett. Waren wieder nackt. Wie damals in ihrem Hotelzimmer. Als wir uns küssten, zog sie sich kurz zurück, »du schmeckst nach Fisch«, und lachte mich an, bevor ihr Lachen schwand, sie in mich drang mit ihrem dunkel flackernden Blick, ich hatte eine alte Kerze gefunden, auf den Arbeitstisch gestellt und angezündet, sie mich ruhig anschaute und dann weiterküsste, immer weiter, sie hielt mein Gesicht und hörte nicht auf zu küssen, bis es mich durchschauerte und ich zitterte und nicht mehr warten mochte, bis ich stöhnte und küssend kleine jammernde Töne von mir gab, und sie immer noch küsste, bevor sie sich langsam aus meinem Mund zurückzog und meinen Körperkonturen folgte, ich war nicht mehr so dünn wie damals, und sie flüsterte mir ins Ohr, »da gibt es ja etwas, was ich anfassen kann«, und umfasste meinen kleinen Bauch, »so ein sinnlicher Bauch«, flüsterte sie weiter, bevor sie sanft auf die Innenseiten meiner Schenkel glitt und meine erwartungsvolle Möse traf. In meinem Körper steckte noch Angelitas Wildheit. Ich dachte zunächst, als sie mir zart die Lippen streichelte und ab und zu beiläufig meine Klit streifte, wann wird sie endlich wild, wann fickt sie mich?, doch sie wurde nicht wild und hart, diesmal nicht. Sie machte nur in eindringlicher Intensität immer weiter mit dem Streicheln und Küssen, immer, immer weiter, und dann, langsam, sehr langsam stieg der Orgasmus von irgendwoher in mir nach außen, ich fühlte ihn durch den Körper wandern, sich aufschwingen, ihre Hand lag jetzt unbewegt und hielt meine Möse fest umschlossen, ihr Blick auf mir, ich hielt es nicht aus, ich schloss die Augen und der Orgasmus kam so intensiv über mich, dass ich zu weinen begann. Sie war nicht einmal in mir gewesen.

Ich war in dieser Nacht noch mehrmals gekommen. Sie nicht. Ich wünschte mir sehr, dass sie sich öffnen, sich auch mir hingeben könnte, aber wir schliefen ein. Auch ich. Ich schlafe meistens nicht gut, wenn eine bei mir übernachtet, hänge dem Sex hinterher, genieße die Nachbeben, den Duft, die Nähe der anderen. Irgendwann jedoch verharre ich jedes Mal in einer unbequemen Position. Wenn ich alleine schlafe, bewege ich mich viel, bevor ich einschlafe, auch im Schlaf. Zu zweit möchte ich die andere nicht stören, bleibe liegen, ohne mich wie gewohnt hin und her zu wälzen, so lange, bis ich es nicht mehr aushalte und angestrengt vorsichtig die Position ändere. So bleibe ich oft bis in den Morgen wach. Es stört mich nicht. Ich weiß, die nächste Nacht werde ich alleine verbringen, werde mich sehnen, werde vielleicht Sex mit mir selbst haben und nachgenießen und danach tief schlafen. Diesmal war ich sofort weg, an ihren Rücken gekuschelt, wie beim ersten Mal. Nur dass ich beim ersten Mal nicht geschlafen hatte. Wir wachten umgedreht auf, ihre warmen weichen Titten an meinem Rücken. Ich wollte ihr gut tun und sie zum Höhepunkt bringen, aber sie musste los, sagte »es wird schon noch passieren. Ich brauche lange«, drückte mir einen schlafduftenden Kuss auf die Lippen und stieg aus dem Bett über meine Klamotten und den ungewaschenen Schlafanzug hinweg, den wir in der Nacht einfach herausgekickt hatten.

Wir tranken noch einen schnellen Kaffee miteinander. Sie verabschiedete sich mit den Worten: »Das können wir gerne wiederholen.« Sie werde anrufen, sobald sie wieder in Berlin sei. Bald. Katharina war zur Arbeit, Esther in der Schule. Ich solle die beiden von ihr grüßen.

Am Tag danach hatte ich Schmerzen. Meine Blutung kam früher als üblich, meine Hormone drehten durch. Ich vermisste Beate.

Hatte sie »fast vollzogen« gesagt, um mich zu beruhigen? Oder um ihr Gewissen zu erleichtern? In Wirklichkeit ist sie einfach liiert, vermutete ich. Und lässt sich gerade auf eine Nebenher-Affäre ein. Ich dachte fast ununterbrochen über sie nach, alles andere war in den Hintergrund getreten. Auch, dass ich die Volontärinnenstelle nicht bekommen hatte, bekümmerte mich nicht. Es war meine letzte Woche Praktikum. Ob sie und ihre Freundin eine offene Beziehung lebten, ob ihre Freundin auch manchmal mit anderen vögelte oder ob sie es heimlich machte, darüber dachte ich nach. Ich masturbierte, versuchte dabei, nicht an sie zu denken, sondern mich mit anonymen Bildern anzuheizen, großen Dildos, gesichtslosen Frauen oder auch mit nichts. Ihr Gesicht kam immer dazu. Ich konnte es nicht fernhalten. Wie sie mich angesehen hatte. Im Einschlafen fühlte ich ihre weichen warmen Titten an mir. Sie rief nach schon nach einer Woche im Verlag an und fragte nach mir.

Die Lust schoss in mich, als ich ihre Stimme hörte. Sie müsse nächste Woche wieder nach Berlin, zwei Nächte.

»Wo wohnst du in Berlin?«, fragte ich.

»Die übernehmen die Übernachtungskosten. Zahlen mir eine einfache Pension, ich glaube wieder die nette in der Bleibtreustraße.« Ich überlegte, ob ich sie zu uns einladen sollte. Zwei Nächte! Ich war unsicher. Keine Möglichkeit, einfach zu gehen. Ich bot ihr trotzdem an, bei uns zu übernachten. Sie antwortete, das Hotel sei bereits gebucht und bezahlt. »Möchtest du mich in mein schmales Pensionsbett begleiten? Treffen wir uns bei dir? Ich komme nach dem Seminar vorbei. Du kannst mir was von den Berliner Nächten zeigen, in Kreuzberg oder wo auch immer sich das Nachtleben abspielt.« In Wilmersdorf sicher nicht.

Sie kam. Mein Zimmer hatte ich diesmal aufgeräumt. Auch den winzigen Balkon, auf den schon eine Person kaum passte und der zuvor, obwohl schon lange Sommer war, mit Altpapier und einem kaputten PC vollgestellt war, hatte ich endlich freigeräumt und den Müll entsorgt.

Wir standen auf diesem engen Balkon, sie an mich gelehnt, und wieder warmer Wind. Plötzlich musste ich an den Moment denken, in dem ich realisierte, dass die Nähe zu Sabrina, die Liebe zu ihr verschwunden waren. Sabrina war meine einzige längere Beziehung gewesen. Es passierte auch auf einem Balkon, dem großen Balkon von Sabrinas Wohnung in Kreuzberg. Ich hatte gekämpft, hatte nicht gewollt, dass wir uns trennten. Sie aber war der Meinung, dass wir uns auseinandergelebt hatten, hielt mir Vorträge über die Gründe, warum wir nicht zusammen passten und eine Trennung für uns beide besser wäre. Der einzige Grund aber war, dass sie sich in eine andere verliebt hatte. Eines Tages hatte ein Brief in meinem Briefkasten gelegen. Kein Mail, keine Telefonat, ein Brief. Ihre Art, die Trennung zu »vollziehen«. Ich war schockiert. Endlose Wochen lang hatte ich daraufhin versucht, sie zu überzeugen. Wir trafen uns, ich redete auf sie ein, dass mir das nichts ausmache, wenn sie einmal mit einer anderen ins Bett gegangen sei, und dass unsere Verbundenheit stärker sei und so weiter. Beim Einschlafen hatte ich sie mir verzweifelt herbeigesehnt. Bildete mir ein, sie stärker zu lieben als je zuvor. Bis das Foto diese Sehnsucht ablöste. Ob ich Beate das mit dem Foto je beichte? In dieser Zeit hatten Sabrina und ich uns noch einmal getroffen. Sie hatte meinem Drängen nach einem Gespräch schließlich wieder nachgegeben. Wir standen auf ihrem großen Balkon. Die Sonne schien, wir schauten auf die Straße. Ich sah Sabrina neben mir an, blickte zurück auf die Straße und wieder zu Sabrina hin. Die Vertrautheit, die Nähe, die Intimität, wie soll ich es ausdrücken, das, was Liebe auszeichnet, waren fort. Mir erschien es fast so, als löste sich die Liebe in genau diesem Moment von uns. Mir war kalt. Ich war traurig. Wir hatten tatsächlich danach noch einmal Sex, während der Fernseher lief. Es war kalter Sex. Sie besorgte es mir lieblos. Mit den jahrelang eingeübten Bewegungen klappte es irgendwie, der Orgasmus kam wie ein Automatismus und schmeckte schal. Auch aus meinen Fantasien war sie seitdem verschwunden. Manchmal, inzwischen aber sehr selten, treffen wir uns noch, trinken ein Bier miteinander und erzählen, was in unseren Leben passiert ist. Schon lange ist sie nicht mehr mit der Frau zusammen, mit der sich mich verlassen hatte.

Auf einmal empfand ich eine innige Verbundenheit mit Beate, auf diesem engen Balkon im warmen Augustwind.

Wir nahmen uns in den Arm und küssten uns, bevor wir ins Zimmer zurückgingen, bevor wir Sex machten.

Später haben wir uns beide oft an diesen Moment erinnert. War in diesem Moment unsere Liebe losgegangen? Kurz bevor wir das dritte Mal miteinander im Bett waren?

Als ich sie danach vögelte, schaute sie mich immer wieder an und schrie, trau dich, härter!, und ich stieß schneller und härter in sie, ich hatte das Gefühl, sie söge mich hinein, ihre Klit wuchs unter meiner Daumenkuppe, und dann kam sie. Kurz davor hatte sie mir noch einen Blick zugeworfen, ihre Pupillen und ihre grünbraune Iris ein feuchtes Funkeln, das mir durch und durch ging, bis sie sich wegdrehte, aufbäumte und schrie. Ihr Blick kurz davor brachte mich zum Höhepunkt.

Nachdem sie gekommen war, küsste ich ihren Bauch, die weichen Brüste, streichelte sie, bis sie sich beruhigte, bis wir aneinandergeschmiegt einschliefen, kurz darauf wieder aufwachten, aufstanden und rausgingen in die Stadt. Wir fuhren nach Kreuzberg, besuchten enge überfüllte Szenekneipen und Wärme floss zwischen uns. Meine Finger rochen noch nach ihrem Saft. Die Thekenfrau des berühmtesten der Lokale lachte mir verschwörerisch zu und sagte später, als Beate auf dem Klo war, über die Theke hinweg: »Du hast ja eine tolle neue Frau mitgebracht! Ihr seht aus, als hättet ihr beide die große Liebe gefunden!«

Wir vögelten die ganze restliche Nacht, und sie ist wieder gekommen, hat wieder geschrien.

Auch in der darauffolgenden Nacht ging sie nicht in ihre Pension. Wir hatten zusammen mit Katharina und Esther gegessen. Katharina hatte wie fast immer, wenn sie kochte, was mit Nudeln gemacht. Mit Lachs, für Esther Tomatensoße. Esther und Beate unterhielten sich wie alte Freundinnen. Esther hatte kürzlich ihren ersten Kuss hinter sich gebracht

Als sie abgereist war, konnte Esther es sich nicht verkneifen zu sagen: »Ihr habt aber heißen Sex! Die ist echt nett. Ist das jetzt deine neue Freundin?«

Unser Sex war laut. Ich errötete, als mich Esther so direkt darauf ansprach.

»Du musst nicht rotwerden«, sagte Esther dann auch noch.

8

Wir sahen uns danach ungefähr alle zwei Wochen. Sie wohnte bei uns, wenn sie nach Berlin musste. Im Bad stand ihre Zahnbürste. Jedes Mal vergaß sie etwas. Ein Halstuch. Einmal ihr kariertes Flanellhemd. Die Abende wurden kühl. In der Zeit, in der ich auf sie wartete und darüber nachdachte, ob die »fast vollzogene« Trennung inzwischen vollzogen war, setzte ich mich noch im Oktober abends auf den aufgeräumten kleinen Balkon und zog ihr Flanellhemd an. Es war so unglaublich weich und warm, und es roch nach ihr. Ich fühlte mich von ihr berührt und war idiotisch glücklich. Nur, weil ich diesen weichen Stoff auf meiner Haut spürte! Ich hatte nichts darunter an. Sie erzählte mir später, dass sich dieses Hemd wahrscheinlich nur deshalb ungewöhnlich weich anfühle, weil es schon so alt und mürbe vom vielen Waschen sei. Auch das Seiden-Halstuch war weich und wärmend. Ich trug es die ganze Zeit bis zu ihrem nächsten Besuch. Ich hatte es um den Hals geschlungen, während ich Volontariatsbewerbungen schrieb, während ich im Café jobbte, während ich schlief. Korrekturarbeiten hatte ich seit Längerem keine mehr bekommen. Dorothea hatte zu wenige Aufträge. Selbst eine

Unterhose hatte Beate einmal liegen lassen. Die Boxershorts mit den Eidechsenaufdrucken. Oder waren das kleine Drachen? Auch die trug ich. Als ich das bei ihrem nächsten Besuch beichtete und von dem weichen Gefühl auf der Haut berichtete, lachte sie und sagte: »Mir scheint, du bist eine perverse Stofffetischistin. An wen bin ich da nur geraten!«

Ich gab zurück: »Und du lässt deine weichen mütterlich einlullend duftenden Sachen mit Absicht da, nur, um mich in totale Abhängigkeit zu stürzen!«

Sie lachte wieder und wir vögelten, ich behielt dabei ihre Boxershorts an, sie zwängte sich durch eine Beinöffnung an meine Möse und besorgte es mir hart. Dann legte sie sich ins Bett, öffnete leicht ihre Schenkel und streckte mir ihren Venushügel hin. Seit dem ersten Mal hatte ich sie nicht geleckt. Ich verstand, auch ohne dass sie mich darum bat, und kniete mich auf das breite Bett, öffnete die schöne Muschelform und züngelte und trank sie, sie war schon nass, wahrscheinlich hatte es sie scharf gemacht, mich derb durch ihre eigenen Boxershorts zu bedienen, gierig schlürfte ich zwischen den süßen Lippen, bevor ich ihren Kitzler zart anstippte, und sie juchzte, und ich ihn dann umkreiste und langsam wachsen fühlte, ihren kleinen versteckten Kitzler. Ich schlug meine Zunge daran und um ihn herum, wieder und wieder, und streichelte ihre Schenkel. Sie juchzte in neuen immer lauteren Tönen, übergoss mich auf einmal und entzog mir den Kitzler, während sie fast einen Veitstanz auf dem Bett vollführte. Ich legte mich zu ihr und flüsterte ihr ins Ohr, wie sehr ich sie liebte.

Eines Tages rief Doro an. »Was ist denn los mit dir? Ich mache mir fast schon Sorgen.« Ich realisierte erschrocken, dass wir uns schon mehr als acht Wochen nicht gesehen hatten. Auch auf ihre letzten Mails hatte ich nicht geantwortet. Ich war in Gedanken nur noch mit Beate befasst. Für den Donnerstag hatte sich Beate angekündigt, ich fragte Doro, ob sie zufällig heute oder morgen Abend Zeit habe, ich würde sie sehr gerne sehen!

Ich erzählte ihr von Beate. »Glückwunsch«, sagte sie, »das ist ja scharf, dass du unsere ›Lehrerin‹ nicht nur in dieser einen Nacht abgeschleppt hast sondern auch noch was Ernstes mit ihr anfängst! Und was ist mit deiner Spanierin?« O je. Angelitas Berlinbesuch. Der war nicht mehr lange hin. Daran hatte ich nicht mehr gedacht. Ihre letzte Mail war vor ein paar Wochen gekommen, sie hatte sich entschuldigt, dass sie so selten schreibe, weil sie vollauf damit beschäftigt sei, ihre Diplomarbeit zu verfassen. Und sich schon sehr auf Berlin freue. Alle ihre Freundinnen würden sie beneiden, dass sie einen Grund habe, in diese Superstadt zu reisen. Mich!

»Ich lass das auf mich zukommen. Mit Beate ist eigentlich alles offen. Soweit ich weiß, hat sie auch noch was anderes laufen.«

Doro hakte natürlich nach und amüsierte sich über meinen wachsenden Harem. Amüsierte sich über Beates noch nicht vollzogene Trennung von wem auch immer. »Wahrscheinlich will sie sich zwei Eisen im Feuer halten.«

Wir verabredeten, uns zukünftig wieder alle vierzehn Tage zu treffen.

Beate wollte diesmal für vier Tage kommen. Sie hatte noch das Wochenende angeschlossen. Ich freute mich auf die lange Zeit mit ihr. Ich vermisste sie jeden Tag, an dem sie nicht in meiner Nähe war. Und das waren viele Tage. Anders als bei meinen früheren Freundinnen schlief ich immer gut mit ihr und hatte inzwischen das Gefühl, nicht mehr ohne ihre Arschbacken in meinem Bauch einschlafen zu können. Fast immer schliefen wir ein, dass ich an ihren Rücken gekuschelt war. Manchmal drehte sie sich und mich um, schlang ihren Arm um mich, nahm meine linke Titte in die Hand, knetete sie, dass der Nippel zwischen ihre Finger drängte, und wir schliefen wieder ein. Ihre weichen Titten im Rücken, mein Nippel erregt. Manchmal schob sie dann noch ihr Bein zwischen mich, sodass sich meine Möse auf sie drückte, ich fixiert war von Beates Hand und Bein und mich nicht mehr bewegen konnte und im Einschlafen nass wurde, bis wir kurze Zeit darauf wieder erwachten und noch einmal Sex machten. Wenn sie nicht da war, trieb ich es die ersten Tage mit mir selbst, ich hatte das Gefühl, es sonst nicht auszuhalten, und lief trotzdem die ganze Zeit feucht durch die Straßen, und nicht nur feucht, auch an anderen Stellen des Körpers hatte ich das Gefühl, als würde ich angefasst, als wäre eine Hand von ihr dort geblieben. Im Café, beim Wohnungsaufräumen, beim Bad-Putzen, beim nächtlichen Plaudern mit Katharina, wenn wir zu dritt oder meist zu zweit aßen, Esther blieb neuerdings auch zum Essen in ihrem Zimmer, und selbst bei den Verabredungen mit Doro begleitete mich diese unterschwellige Erregung.

Ausgerechnet in der Zeit, in der Beate so lange Zeit kommen konnte, lag Angelitas Berlinaufenthalt. Ich hatte ihr gemailt, dass sie nicht bei mir schlafen könne, und dass ich, da ich seltenen »Familienbesuch« hätte, leider auch nicht so viel Zeit habe. Sie buchte daraufhin das billige Easy-Hotel in Mitte, denn auch in der WG, in der sie das letzte Mal war, ging es nicht. Ich hatte ein schlechtes Gewissen ihr gegenüber und versuchte, es mir auszureden. Sie kommt nicht wegen mir, sondern wegen Berlin! Sicher gab es irgendwo eine Sexparty an diesem Wochenende. Wenn nicht, dann Diskos. Ich empfahl ihr das Girls Town. Oder die Mondo

Klit Rock Party. Irgendeine der Veranstaltungen fand sicher an diesem Wochenende statt. Und die L-Tunes gab es auch immer noch. Natürlich hatte ihre Antwort enttäuscht geklungen: »Schade! Ich dachte, du würdest mit mir rumziehen.« Sie hatte angekündigt, dass sie tolles ganz neues Sexspielzeug von ihrer Freundin, »die mit der Dildoproduktion und dem Frauen-Sextoyladen, das Teil hat sie gerade eben auf den Markt gebracht«, mitbringen werde. »Zum Beispiel einen doppelseitig funktionierenden Vibrator mit super mösengerechter Form und vielen stimulierenden Einstellungsvarianten. Der macht echt tolle Orgasmen! Ich werd's dir zeigen.«

Wie konnte ich nur in dieser Phase einer großen Liebesbeziehung überhaupt an Sex mit einer anderen denken? Wie schaffte ich es, am Samstag Beate gegenüber zu behaupten, ich hätte am Nachmittag eine kurze Verabredung, die sich leider nicht verschieben ließe? Wieso musste ich lügen? Die Verabredung sei mit einer Frau, die vielleicht Arbeit für mich habe. In dem Moment kam mir Candy in den Sinn. An die hatte ich schon ewig nicht mehr gedacht. »Also, ich bin gegen sechs wieder hier!« Ich schätzte, dass das Treffen mit Angelita um die drei Stunden dauern würde. Beate blieb in der Wohnung. Sie sagte, sie habe genug zu tun dabei. Und außerdem hätte ich genug Bücher, sie könne ja einen Krimi anfangen zu lesen. Und vielleicht würde sie auch mit Esther ein Eis essen gehen. War es für Eis nicht schon zu kalt? Aber Esther aß zu jeder Jahreszeit leidenschaftlich gerne Eis. Und noch immer war sie viel kommunikativer, wenn Beate zu Besuch war. Mit Katharina sprach sie im Moment gar nicht mehr, mit mir, ihrer nun Anna genannten Tante, immerhin noch manchmal. Sie war schwer und unglücklich in einen Jungen verliebt. Sie sagte, das könne sie ihrer Mama nicht erzählen. Ich wusste inzwischen jedes Detail. Wann er mit ihr geredet hatte, was er geredet hatte, wenn er sie links hatte liegen lassen.

Angelita hatte sich so auf mich gefreut, darauf, mir ihre neuen Spielzeuge vorzuführen. Diese süße mutige Frau aus Madrid hatte verdient, dass ich mich nicht ohne Erklärung aus dem Abenteuer mit ihr stahl, dass wir uns sahen. In der U-Bahn trug ich Beates Düfte mit mir. Das Gefühl von Beate in mir und auf mir. Ich war erregt vom Sex am Morgen. Ich nahm mir vor, nicht mit Angelita ins Bett zu gehen. Ihr von Beate zu erzählen, davon, wie verliebt ich sei. Wie ein Film liefen meine Begegnungen mit Beate in mir ab und formten sich zu einer Geschichte, die ich ihr vortragen würde. Ich überlegte mir auch meine Reaktion, wenn Angelita in ihrer frechen fröhlichen Art sagen würde, dass es für sie kein Problem sei, da sie ja polyamor lebe. Auch ihre mögliche Reaktion auf meine Antwort darauf spulte sich ab. Ich würde ihr erklären, dass es für mich im Moment schwierig sei, also in der Phase der großen Verliebtheit, mit anderen ins Bett zu gehen. Sie würde mir darauf eine Rede über Sex und Liebe und Spiel halten, die damit schlösse, dass es für mich auch zu Zeiten der Verliebtheit, kein Problem sein müsse, es sei wie eine Massage. Und dass ich Beate einfach mitbringen solle. Die ganze U-Bahn-Fahrt über lief dieses Gespräch weiter in mir ab. Ich antwortete auf ihren Vorschlag, dass ich Beate einfach mitbringen möge, »ich weiß noch nicht, wie Beate zu Polyamorie oder Sex zu dritt steht. Vielleicht können wir uns beim nächsten Mal, wenn du nach Berlin kommst, zu dritt treffen.« Eine Frau, die neben mir auf der U-Bahn-Bank saß, schaute mich irritiert an. Ich muss wohl laut gesprochen haben.

Bis ich in dem Easy-Hotel ankam, war schon eine dreiviertel Stunde vergangen. Angelita hatte mir die Zimmernummer gegeben, ich solle einfach hochkommen. Ich ging an der Rezeption vorbei und nahm den Fahrstuhl. Ich werde nicht mit ihr im Bett landen, nahm ich mir noch einmal vor.

Nicht mit ihr im Bett zu landen, war unmöglich. Als ich klopfte, sagte sie nur, »es ist offen.« Ich ging hinein. Das Easyhotelzimmer bestand nur aus Bett. Die volle Breite Bett. Eine durchsichtige Miniduschkabine an der Fußseite neben der Tür, an der Kopfseite das Fenster, mit weißem Vorhang. Das Licht brannte und beleuchtete sie. Sie lag nackt in diesem Bett. Nicht nackt, sondern mit neuen Tattoos an den Fesseln, einer zarten roten Blume auf der einen und einem pastellfarbenen Schmetterling auf der anderen Seite, neben ihr der Doppelvibrator und auf ihren Oberschenkel geschnallt ein Dildo. »Dein Geschenk«, sagte sie nur und öffnete leicht ihre Schenkel, ich blickte direkt in wildes rosa Fleisch, dunkel umrahmt. Sie war so bunt, so grell, so liebenswert. »Komm!« Ich blieb sprachlos stehen. Mein Vortrag spulte sich in mir ab. Beate. Ich liebte Beate so sehr. In diesem absurden Moment vor dem riesigen Easyhotelbett überrollte mich eine heiße Welle von Gefühl für Beate, dass mir die Tränen liefen.

Doch Angelita und ich haben miteinander geschlafen. Ich dachte an Beate und fand Angelita dennoch zauberhaft in diesen Momenten, in denen sie mir ihren spielerischen Sex schenkte, mich auf ihren Schenkel auf den angeschnallten Dildo pfropfte und kräftig fickte und mir dann die Funktionen des Doppelvibrators vorführte – und natürlich hatte die Technik funktioniert, der Orgasmus kam, gedämpft, aber er kam. Aber der Sex mit Angelita hatte mich nur, wie soll ich es benennen, »angeschärft«. In mir entwickelte sich eine unermessliche Gier nach Beate, danach, weiterzumachen, immer weiter, ich wollte sofort Sex mit ihr, wollte sie in aller Härte in mir, ihre Finger, ihre Faust, alles was sie mir geben konnte, wollte sie in mich aufsaugen. Mein Inneres war offen. Nach dem Sex gab Angelita mir ein in Regenbogenfarben verpacktes Päckchen. »Ein Geschenk für dich!« Auf dem Rückweg war ich so hochgradig erregt, so unglaublich geputscht, dass mir die Vibration der U-Bahn weitere Mini-Orgasmen bescherte. Wieso war ich fast immer so leicht zu Orgasmen zu bringen, so schnell? Diese kleinen U-Bahn-Orgasmen kickten mich in einen Zustand des Rauschs, ein Rausch der Vorfreude, ich freute mich die lange Fahrt über auf den Sex mit Beate, darauf, die Wohnungstür zu öffnen, sie in den Arm zu nehmen und zu sagen, »jetzt war ich furchtbar lange weg, komm, lass uns vögeln, ich brauche es! Sofort! Besorgs mir hart!« Erst nach unserem Sex, als mich Angelita zur U-Bahn begleitet hatte und wir auf dem Weg am Rosenfelder Platz noch einen Kaffee tranken, hatte ich ihr detailreich von Beate erzählt. Und wie ich es mir ausgemalt hatte, sagte sie nach meinem langen Monolog in ihrer unbekümmerten und großzügigen Fröhlichkeit nur: »Ich bin polyamor. Das ist toll, dass du so verliebt bist! Bring sie mit. Vielleicht können wir morgen alle was zusammen machen!«

Ich war nicht drei sondern sechs Stunden unterwegs gewesen. Es war kurz nach neun. Als ich die

Wohnungstür öffnete, war die Wohnung vollständig still. Es war unheimlich. Eine Schrecksekunde lang dachte ich, dass Beate gefahren war. Ich legte das Regenbogenpaket ab, schaute ins Wohnzimmer, in die Küche, da saß sie nicht. Dann in mein Zimmer. Sie saß still auf dem Schreibtischstuhl und starrte vor sich hin. Sie strahlte eine ungeheure Einsamkeit aus. Ihre Augen leer, wie ausgeknipst. Als wäre alles Leben aus ihnen gewichen. Beängstigend. Ein trübes mattes Grün. Mich schauderte. Ich nahm sie in den Arm. Sie sagte nichts. Ich sagte nichts. Sie sah aus, als wäre sie Kind und ihre Eltern hätten sie irgendwo ausgesetzt. Verloren. Ich ging neben ihr auf die Knie. Schweigend meine Wange an ihre gedrückt, kniete ich neben dem Schreibtischstuhl. Wie melodramatisch das ausgesehen haben musste. Sie muss geahnt haben, dass ich mit einer anderen im Bett gewesen war. Oder was war los? Sie sprach es nicht an, sie fragte auch nicht nach, wie mein Gespräch verlaufen sei. Sie wollte mich vielleicht nicht zu weiteren Lügen zwingen. Schließlich brach ich das Schweigen und sagte, »komm lass uns ins Bett gehen. Ich habe solche Sehnsucht nach deinen Berührungen.« Sie raffte sich hoch, antwortete, sie sei hungrig, sie wolle jetzt nicht ins Bett. Langsam kehrte das Leben in ihre Augen zurück. Dann ergänzte sie: »Aber wenn du es jetzt möchtest! Essen gehen können wir danach immer noch.«

Sie erhob sich, noch schwerfällig von ihrem Anfall, und zog sich wortlos aus – was hatte sie sich nur ausgemalt in diesen Stunden? Ich erinnerte mich an Situationen, in denen ich meine Eifersuchtsfantasien wegen Sabrina nicht hatte abschalten können. Bei mir waren diese Vorstellungen eher in Rache- oder Verführungsfantasien ausgeartet – ich wollte Sabrina danach beweisen, dass es mit mir besonders aufregend ist. Ich war nie in eine stille Trauer gekippt. Oder was war mit Beate los gewesen? Beate legte sich nackt aufs Bett und wartete. Ich redete, während ich mich auszog, sagte, wie ich sie liebe und das es mir leid tue, dass sie so lange warten musste, das Gespräch habe leider länger gedauert als ich dachte, »sie wollte sich noch mit mir unterhalten, ich konnte sie nicht einfach sitzen lassen«, und dass draußen ein schönes Herbstlicht gewesen sei. Inzwischen war es dunkel, ich redete ununterbrochen, um meine Unsicherheit und meinen Schrecken über ihre leeren Augen zu überspielen. Wie hatte ich das nur machen können? Ich hätte Angelita absagen sollen! Ich hatte in der durchsichtigen Duschkabine kurz geduscht. Und hoffte, dass ich nur nach meinen eigenen in der U-Bahn geflossenen Säften roch. Erst als ich mich an ihren warmen Körper drängte, hörte ich auf mit Reden. Wir kuschelten eine Weile, sie streichelte mich sacht zu einem milden langsam auf- und abschwellenden Orgasmus, nicht der harte Sex, nicht die Steigerung des Rauschs, in dem mich in der U-Bahn befunden hatte, aber ich war glücklich, dass wir uns so nahe kamen. Ihre Augen leuchteten wieder. Danach fragte ich sie doch noch: »Was war eben los mit dir?« Sie wollte nicht darüber sprechen.

Am nächsten Tag, als Beate in der Uni war, packte ich Angelitas Paket aus. Eine Sammlung Spielzeug: Der Vibrator mit den rotierenden Bewegungen, mit dem sie mich zu heftigen Orgasmen gebracht hatte. Etwas zum Mösenmuskeln trainieren, wie auf dem Begleitzettel zu lesen war, das aussah wie ein Korkenzieher mit schweren silbernen Kugeln. Verschiedene Dildos, ein Harness. Ich packte es wieder ein und versteckte die Kiste unter meinem Bett.

9

Beate kam in der nächsten Zeit, den Herbst und Winter über, fast jede Woche einmal für eine oder zwei Nächte; Katharina und Esther vermuteten schon, sie würde demnächst bei uns einziehen. In den Zeiten ihrer Abwesenheit baute sich meine Erregung jedes Mal stärker auf, so kam es mir vor. Die letzten Tage, bevor sie wieder nach Berlin kam, lief ich heiß durch die Stadt. Der furchtbar trübe Januar konnte mir nichts anhaben. Im Café wurde ich von Typen angesprochen, was mir früher kaum passiert war, ob ich mich nicht zu ihnen setzen möge. Ja, sie wüssten schon, dass ich jetzt keine Zeit habe, aber vielleicht könne man nach meiner Schicht etwas zusammen trinken gehen. Einer wollte mir eine Theaterkarte schenken. »Meine Bekannte hat abgesagt. Möchten Sie mich begleiten?« Wahrscheinlich strahlte mir die erotische Vorfreude aus den Augen, dünstete aus allen Poren und machte mich offener, schöner, begehrenswerter, egal für welches Geschlecht. Das Café war nicht gerade frequentiert von Lesben.

Sie kam vorbei und noch immer gingen wir meist gleich ins Bett miteinander, zu jeder Tageszeit. Ich leckte sie jetzt oft und danach liebte ich sie für ihre Selbstvergessenheit, ihr exzessives Jauchzen und Zucken und Beben. Katharina und Esther waren selten zu Hause, aber einmal war Esther in ihrem Zimmer gewesen. Ich hatte nicht gewusst, dass sie da war. Wir hatten ungehemmt geschrien. »Das klang aufregend!«, sagte sie später, und natürlich errötete ich wieder. »Wie habt ihr es genau gemacht?«

Es muss einem knapp vierzehnjährigen Mädchen doch furchtbar peinlich sein, so etwas zu hören. Wäre es mir jedenfalls gewesen. Katharina hatte in der Zeit auch einen Freund, aber die beiden verbrachten die gemeinsamen Nächte bei ihm. Wahrscheinlich wäre es ihr bei ihrer Mutter peinlich gewesen. Ich war ja nur Anna, die Tante, eher eine Freundin. Ich antwortete ausweichend. Sie war doch noch viel zu jung!

An einem Nachmittag, als Beate sich nach ihrem Orgasmus beruhigt hatte, küsste ich mich die Spur ihrer Muttermale zu ihren Brüsten und weiter hinab und wieder zurück zu ihren Brüsten, über ihren Hals, den frech geschwungenen Mund, die Pippi-Langstrumpf-Ohren, sie hatte so liebenswerte und noch immer leicht abstehende Ohren. Als Kind mussten die ja noch frecher ausgesehen haben. Ob sie manchmal deswegen gehänselt wurde?, fragte ich mich, als ich begann, sie zu streicheln, um sie in einen weiteren Orgasmus zu führen, und ihr kitschreif in eines dieser Ohren flüsterte, über die ich gerade nachgedacht hatte: »Deine schönen Muttermale, jedes ein Juwel, sie verführen mich immerzu, ihnen in deinen Körper hinein zu folgen. Wer so schöne Muttermale hat, hat sicher eine tolle Mutter.«

Sie versteifte. Drehte sich weg und sagte: »Nein, die war nicht toll. Im Gegenteil.«

Später wollte ich mehr aus ihr herauskitzeln, aber sie sagte nur, sie habe keine Lust, über ihre Eltern zu reden. Sie sei froh, nicht daran erinnert zu werden. Ich konnte mir kaum vorstellen, dass man nicht wenigstens manchmal gerne an seine Eltern dachte. Und hatte sie nicht an unserem ersten Abend beim Seminar auch von ihrer Kindheit gesprochen? Wieso wollte sie mir jetzt nicht mehr davon erzählen? Natürlich hatte ich mich, nicht nur in der Pubertät, oft mit meinen Eltern gestritten, hatte mich von dem kleinbürgerlichen Einfamilienhäuschenhaushalt in dem Kaff in Hessen distanzieren wollen. Auch ich sah meine Eltern weder oft, noch dachte ich oft an sie. Aber meine Mutter, die an allem teilnahm, was ich machte, rief mich immer wieder einmal an. Ich erzählte ihr von mir. Ärgerte mich, wenn sie spitze Kommentare abgab. Wenn sie sagte, »die Tochter von Frau Meier ist schon fest angestellte Lehrerin! Und du jobbst immer noch so rum!« Aber der Ärger verflog schnell wieder, solche Kommentare sind typisch Mutter. Wahrscheinlich für alle Mütter. Mein Vater machte nicht nur über meine vergeblichen Versuche, eine Stelle zu finden, seine Witze. Sondern auch über meine Liebhaberinnen. Bisher hatte ich ihnen noch nicht von Beate erzählt, fiel mir ein, als Beate das Gespräch zum Thema Eltern abwürgte. Ich nahm mir vor, es beim nächsten Telefonat nachzuholen. Ich besuchte meine Eltern ein-, zweimal im Jahr und sie hatten mich schon mehrmals in Berlin besucht. Wenn ich genauer darüber nachdachte, fielen mir eher nette Kindheitserinnerungen ein als grässliche.

Vorsichtig erkundigte ich mich in der Zeit auch einmal wieder nach der geheimnisvollen anderen und der fast vollzogenen Trennung. Wir machen gerade einen Spaziergang im Tiergarten, eisiger Wind wehte uns ins Gesicht, als ich fragte: »Wenn du es mir sagen magst, es ist zwar nicht wichtig, aber bist du denn inzwischen getrennt?« Beim letzten Mal hatte Beate auf diese Frage nur geäußert, »beunruhige dich nicht, lass mir Zeit.« Ich hatte sie geküsst und zurückgegeben, »ich kann mich gar nicht beunruhigen, wenn du so zauberhaft zu mir bist!«

Diesmal lachte sie und antwortete: »Das ist wirklich schon lange vorbei. Es geht nur noch um Formalitäten.«

»Formalitäten? Was meinst du denn damit?«

Sie legte einen Arm um mich, und ihre trotz des Windes warmen Lippen berührten meine kalte Wange. Ihre Wärme schoss durch mich, dieser Kuss, der ein Hauch war, wurde zum heißen Strom, hier, irgendwo im eisigen Tierpark. Die Wärme ihrer Lippen ließ mich vergessen, dass sie auf die Frage nicht geantwortet hatte.

Erst als wir wieder in der warmen Wohnung waren, eröffnete sie mir, dass sie in eingetragener Lebenspartnerschaft gelebt habe. Und dass die Trennung ähnlich kompliziert und mit Bürokratie verbunden sei wie eine Ehescheidung. Dass ihre Partnerin sich nicht gerade kooperativ verhalte.

»Habt ihr euch so sehr geliebt, dass ihr heiraten wolltet? Oder warum?« Ich war überrascht. Dann empört. Es gibt andere Lebensformen als die Imitation der bürgerlichen Ehe! Klar, auch einige meiner Freundinnen und Hiwikolleginnen aus der Studienzeit waren inzwischen mit Männern verheiratet. Und lesbische Bekannte hatten sich verpartnert. Nachvollziehen konnte ich es bei einer, die zwei Kinder hatte. Dass Beate verpartnert war, auf die Idee wäre ich nie gekommen. »Ich kann mir für das für mich nicht vorstellen! Das programmiert die Wiederholung der Probleme bürgerlicher Ehen!« Ich zettelte eine politische Diskussion an. »Vielleicht könnte ich mit Katharina verpartnert sein. Wir haben seit vielen Jahren eine Lebensgemeinschaft – dazu noch eine mit Kind – nur ohne Sex miteinander. Warum muss das an Sex und Liebe gekoppelt sein? Es geht um Zusammenleben und Verantwortung für andere übernehmen. Das hat doch nichts mit Liebe oder Sexualität zu tun, oder?«

Beate verteidigte die rechtlichen Vorteile. Besuchsrecht nach Unfällen, Rente, Unterhalt, Erbrecht. »Erbrecht! Aber wenn man nichts zu vererben hat. Das ist was für Reiche! Aber jetzt erzähle endlich von dieser Love-Story, die dich zum Heiraten gebracht hat. Ich habe dir viel von Sabrina und Vera erzählt! Und du hast mir noch nie was Genaues erzählt! Überhaupt bist du immer schweigsam, wenn es um deine Vergangenheit geht!«

Sie berichtete knapp, dass sie sich nach der Trennung von der Frau davor einsam gefühlt und in der Zeit Christiane getroffen habe. »Ich war schon in sie verliebt am Anfang«, sagte sie. »Und dann ist sie einfach dageblieben. Sie musste aus ihrer Wohnung raus und ist bei mir eingezogen. Ich habe mich nicht gewehrt und schließlich so sehr daran gewöhnt, dass sie immer um mich war, dass ich ihrem Wunsch nach Bindung nachgegeben habe. Sie ist extrem fürsorglich und wir hatten am Anfang schon eine nette Zeit. Ich fühlte mich angenommen und umsorgt, das kannte ich so nicht.«

»Und dann?«

»Ich habe mich in dich verguckt«, sie hatte wieder diese Spur eines Lächelns im Gesicht, von der ich noch immer nicht auf Anhieb wusste, ob es Lächeln war oder Ausdruck von Ironie. »Und realisiert, dass ich schon viel zu lange in einer klebrigen Symbiose feststecke, mit einer Frau, mit der ich eigentlich nichts anfangen kann. Es war nur Bequemlichkeit, dass ich so lange mit ihr zusammengeblieben bin. Und ein echt großer Fehler, dass ich mich auf die Verpartnerung eingelassen hatte. Sie will die Trennung nicht. Ich musste das juristisch in die Wege leiten. Einen Antrag auf Aufhebung der Partnerschaft kann ich erst stellen, wenn wir ein Jahr getrennt leben. Mein Rechtsanwalt hat zwar behauptet, Getrenntleben sei auch in einer Wohnung denkbar und er könne das so hindrehen, dass wir bereits lang genug auseinander wären, aber besser in diesem Fall sei, dass wir beide dem Antrag zustimmen. Sie will nicht, Einigung ist nicht in Sicht. Ich bin also vor ein paar Monaten aus unserer Wohnung in ein winziges Zimmer mit Dusche umgezogen. Meine Sachen stehen noch in ihrer Wohnung. Denn in diese Schlafkabine passt so gut wie nichts.«

»Das ist ja bescheuert!«, sagte ich. Mehr fiel mir nicht ein. »Und wann ist die Trennung nun vollzogen?« Endlich verstand ich, was vollzogen bedeutete.

»Ich hoffe, sie stimmt nach dem Jahr zu, sonst dauert das möglicherweise noch weitere Jahre. Oder der Rechtsanwalt muss beweisen, dass eine Fortsetzung unserer Gemeinschaft unmöglich ist. Sowas wie Härtefall, wenn ich das richtig verstanden habe.«

»Ungeheuerlich! Und was sagtest du, wie heißt deine Gattin schon wieder?«, fragte ich und bedauerte sofort, dass ich das Wort »Gattin« in äußerst beleidigtem Ton ausgesprochen hatte.

»Christiane.« Beate und Christiane. Klingt gut. Ich hasste diese Kombination sofort. »Hattet ihr einen gemeinsamen Nachnamen?« Auch das kam in beleidigtem Ton, der sich nicht abstellen ließ. »Nein! Aber wenn schon, Namen sind nicht wichtig. Das klangst eben gerade so, als wäre das ein Verbrechen. Sie hätte es sich sehr gewünscht, aber ich wollte nicht.«

Beate lebte von mehreren Lehraufträgen im Bereich Literatur und Medien. Sie hatte vor Kurzem einen weiteren in Berlin hinzubekommen, sodass sie darüber nachdachte, sich das Pendeln zu ersparen und statt dieser Schlafzelle in Süddeutschland eine kleine Wohnung in Berlin zu suchen. Ihr Lehrauftrag in Freiburg laufe vermutlich im kommenden Semester aus. Außerdem hatte sie für eine Berliner Zeitung in letzter Zeit einige Reportagen schreiben können und hoffte darauf, das auszubauen. Und natürlich boten wir an, sie könne bei uns wohnen, solange sie suche. Beate zog ein, mit Klamotten, Laptop und einigen Büchern. Im Moment hatte sie von der Zeitung den Auftrag, eine Reportage über Berliner Praktikanten zu schreiben. Auch mich hatte sie in der ersten Woche, in der sie bei uns wohnte, professionell mit Aufnahmegerät über meine Erfahrungen interviewt.

Katharina schlug vor, dass sie in unserem gemeinsamen Zimmer arbeiten könne. Beate saß also auf dem Sofa, Laptop vor sich auf dem niedrigen Tisch, nicht gerade die beste Position für das Arbeiten am PC, schrieb den Beitrag und bereitete ihre Seminare vor.

Doch schon kurze Zeit nach ihrem Einzug hatte Beate das Gefühl, dass Katharina sich nicht in das Zimmer traute, solange sie darin arbeitete. Wenn Katharina abends zu Hause war, saß sie gerne auf dem Sofa und sah zur Entspannung Fernsehen. Beate empfand, dass sich eine unausgesprochene Spannung aufbaute. Sie fühle sich in solchen Momenten wie ein sperriges Möbelstück, das im Weg stehe, sagte sie unglücklich. Manchmal ging Katharina in das Zimmer und auffällig darin herum und wieder hinaus. Ich sprach Katharina darauf an, sie winkte ab, sagte, »geht schon, ich muss ja nicht dauernd fernsehen!«

Die Wohnungen, die Beate bisher angeschaut hatte, hatte sie entweder nicht bekommen oder sie waren zu teuer. Ihre Favoritin war lange Zeit eine kleine bezahlbare Zweizimmerwohnung in der Friedrich-Franz-Straße in Tempelhof gewesen. Sie schien gute Chancen zu haben. Aber nach langem Entscheidungsprozess hatten sich die Vermieter für einen alleinstehenden Mediziner, der gerade sein Klinikjahr absolvierte, entschieden. »Typisch!«, bemerkte Beate. »Als hätte der damit eine Garantie auf sichere Dauerbeschäftigung. Die haben den nur genommen, weil das ein Mann war!«

»Sicher findest du bald was. Und überhaupt, das weißt du doch, du kannst hier wohnen, solange du willst! Ich bin so glücklich, dass du hier bist! Es gibt doch noch andere Bezirke, die nicht in und nicht zu teuer sind. Die müssen auch nicht gleich am Ende der Welt liegen wie Tempelhof!«

»Tempelhof liegt doch nicht am Rand! Ich mag die Ecke. Es gibt dort altmodisch gepflasterte Straßen, sehr nett! Scheint übrigens eine neue Berliner In-Gegend zu werden, leider! Ich suche auf jeden Fall auch dort weiter. Unglaublich, was die neulich für die enge Miniwohnung wollten, nur weil neues Laminat oder andere Scheußlichkeiten hineinrenoviert worden waren!«

Ich räumte mein Zimmer um und wir besorgten einen kleinen billigen Tisch bei Ikea; so bekam Beate einen eigenen Arbeitsplatz. Ihre Möbel wollte sie holen, sobald sie eine Wohnung gefunden hatte.

Am Anfang war es wunderbar. Jede Nacht mit Beate im Bett. Ihre Nähe, ihre große Gestalt, ihr Duft, ihre Stimme; mein Zimmer, die ganze Wohnung bekamen eine neue Atmosphäre. Wir hatten damit begonnen, regelmäßig zu kochen und wie eine Familie zu viert zu essen. Sogar Katharina schaffte es, sich zwischen ihren vielen Terminen die Zeit zu nehmen, und die Phase, in der Esther grundsätzlich nicht aß, was Katharina oder ich kochten, sondern mit ihrer Clique beim Türken, war vorüber. Wir kochten abwechselnd. Manchmal las uns Beate nach den Essen Auszüge studentischer Hausarbeiten vor und ließ uns nach Fehlern suchen. Wir lachten viel. Sie machte oft kräftig gewürzte Frikadellen und Kartoffelsuppen. Nachdem sich Esther über die Kapern beschwert hatte, ließ sie sie weg. Ich versuchte mich in immer neuen Variationen von Gemüsepfannen, Katharina variierte ihre Nudelgerichte. Nie vorher hatten wir so oft miteinander gegessen. Auch Esther beteiligte sich an unseren Kochorgien. Sie kochte nach Rezepten aus Katharinas Kochbüchern, ausgefallene exotische Gerichte, mit Vorspeise, Hauptgang und Nachspeise. Meistens waren wir schon extrem hungrig, wenn wir endlich, Stunden nach der angekündigten Zeit, aßen, und versuchten Esther zuliebe unsere schlechte Laune zu unterdrücken, was nicht immer gelang. Einmal luden wir Doro und Freundin ein. Ich hatte im Internet nach dem Rezept von Bigos gesucht und schaffte es endlich, dass es ähnlich schmeckte, wie ich es von Vera in Erinnerung hatte. Doro und Johanne aßen beide gerne deftig, Doro konnte sich natürlich nicht verkneifen, von meinen missglückten Versuchen zu berichten; Esther versuchte mich zu verteidigen, »das kann die gut! Das gab es früher auch schon. Warum hast du das so lange nicht gemacht?«, ich stellte richtig, »früher habe nicht ich das zubereitet, sondern Vera.«

Beate aß wenig an diesem Abend und zog sich zurück, als wir nach dem Essen noch zusammensaßen und redeten. Mussten wir auch während des Essens so viel über Vera reden? Mir wäre es sicher genauso gegangen, ich hätte mich beleidigt verabschiedet, hätte sie das Lieblingsgericht von Chris gekocht und alle hätten nach Chris gefragt, und das in einem Ton, als würde sie ihnen fehlen.

Tatorte sahen wir jetzt zu dritt. Esther fand die öde. Soweit ging es für sie nicht mit dem Familienglück, dass sie auch noch Tatorte mit uns zusammen ansah. Einmal besuchten wir ein Chorkonzert von Katharinas Chor. »Na, endlich kommst du auch mal in eins unserer Konzerte!«, sagte Katharina zu mir. Ich hatte keine Ahnung von klassischer

Musik und stellte mir Chorkonzerte langweilig vor. Auch hatte ich oft an den Abenden gearbeitet, an denen ihr Chor in einer Berliner Kirche aufgetreten war, und so eine gute Ausrede. Beate dagegen mochte klassische Musik. So kamen wir zu dritt in das Konzert; Esther war mitgegangen, weil Beate es angeregt hatte. Später bemühte sich Beate, mir ihre aktuellen Lieblingskomponisten Vivaldi, Schubert und Schumann nahezubringen. Sie hörte oft Radio. Ich konnte bei Musik nicht arbeiten, sie arbeitete gerne bei Musik. Gut, dass ich nicht in meinem Zimmer arbeiten musste in dieser Zeit.

Doch die Nächte konnte ich mir nicht mehr vorstellen ohne sie. Natürlich hatten wir nicht mehr jede Nacht leidenschaftlichen Sex, aber brachten uns fast immer vor dem Einschlafen gegenseitig zu einem kleinen zärtlichen Orgasmus. Das Gefühl ihrer Nähe im Schlaf. Ohne sie einzuschlafen, schien mir inzwischen unmöglich.

In letzter Zeit hatte Vera mir wieder gemailt. Sie hatte mir vom Sterben ihrer Mutter erzählt. Davon, dass sie seitdem beim Einschlafen oft das Gefühl habe, ihre Mutter gehe durch den Raum, ganz real und körperlich. Sie würden sich dann beiläufig über banale Dinge unterhalten. Über die Wäsche. Über ihr Studium.

Ich bekam Lust, Vera zu besuchen. Endlich wieder einmal reisen! Mit Beate reisen! Abenteuer.

Ich schwärmte Beate von Krakau vor. Sie wusste inzwischen, dass Vera und ich uns noch regelmäßig mailten, dass mich mit Vera eine Freundschaft verband, auch nach Ende unserer Beziehung. Wir nahmen uns vor, im Frühjahr nach Krakau zu fahren. »Und wenn wir mit deinem Auto fahren, können wir unterwegs was anschauen. Ich kann auch fahren! Ich habe das unter Garantie noch nicht verlernt.«

Seitdem wir über Reisen gesprochen hatten, packte uns beide eine unaufschiebbare Lust, miteinander zu verreisen. Im Winter mit dem Auto nach Polen zu fahren, ist keine gute Idee. Beate suchte im Internet nach Angeboten und fand eins gleich für Februar. Eine Woche in einem Hotel auf einer kanarischen Insel. Ich war noch nie auf den Inseln gewesen und war begeistert. Sie buchte. Meine Chefin im Café beschwerte sich, dass ich so kurzfristig damit ankam, meine Schichten tauschen zu wollen, das gehe nicht, aber sie lenkte schließlich ein: »Ok, ich finde schon jemanden, der dich vertritt. Du warst ja wirklich ewig nicht auf Urlaub!«

Eine Woche vor unserer Reise gingen wir in eines der wie immer schrecklich überfüllten Berlinale-Kinos am Potsdamer Platz. Beate hatte es geschafft, Karten für »Tomboy« zu ergattern. Ich hatte mich dem Berlinaletrubel bisher erfolgreich verweigert. Alle Freundinnen, die mir vorschlugen, sie in eine der Vorführungen zu begleiten, hatte ich mit meinem »Nein, keine Lust auf das Gedränge« vor den Kopf gestoßen. Letztes Jahr hatte ich mich mehrfach mit Doro in einer Location getroffen, die nicht von Berlinale-Besuchern frequentiert wurde – Doro war auch eine Verweigerin – und gemeinsam waren wir über den Hype, dem fast alle unsere Bekannten zum Opfer gefallen waren, hergezogen. Beate aber hatte sich sehr darauf gefreut, endlich einmal zu Berlinalezeiten in Berlin sein zu können und sich in dem Moment, in dem ein paar Tage vor Vorführung der Vorverkauf losging, eingeloggt und tatsächlich online Karten bekommen. Für den laut Ankündigung netten Panoramaeröffnungsfilm.

Es dauerte ewig, bis der Film anfing. Erst gab es Chaos, dann wurden Kinosäle getauscht, und als Beate im Geschiebe vor dem neuen Saal gerade den Arm um mich legte und mir ins Ohr flüsterte, eher brüllte, dass sie nun verstehe, warum ich keine Lust auf Berlinale habe, und mich danach schnell küsste, bildete ich mir ein, einen Blick im Nacken zu spüren. Körperlich berührt wurde man sowieso im Gedränge. Aber das war wie ein Dolch. Ich drehte mich um. Candy! Sie stand direkt hinter uns, an ihrer Seite eine blasse Frau. Ich sah noch so etwas wie Hass in Candys Augen aufflackern, doch sofort blickte sie weg, tat so, als hätte sie mich nicht wahrgenommen. Ich versuchte, demonstrativ zu grüßen. Beate drehte sich jetzt auch um, und in diesem Moment fiel Candy buchstäblich das Gesicht auseinander. Es ließ sich nun nicht mehr vermeiden, weil auch Beate vage nickte, dass sie uns zurückgrüßte, bevor sie sich sofort wieder wegdrehte, auf die Blasse einredete und so tat, als habe sie im Moment sehr Wichtiges zu besprechen und keine Zeit, ein Wort mit uns zu wechseln. Die Blasse verstand nicht, was passierte, das war ihrem Gesicht anzusehen, und Beate brüllte mir ins Ohr: »Wer ist denn das? Irgendwie kommt sie mir bekannt vor.«

10

Wir waren in einem riesigen leeren Hotel unter-
gebracht; es war maximal zu einem Viertel belegt.
Kein Wunder, dass Beate dieses Sonderangebot gefunden hatte. Fasching war vorbei und die Oster-
saison hatte noch nicht begonnen. Wir genossen
es, in kleinen Sesseln inmitten eines Sesselparks zu
versinken, während auf der Bühne eine Folklore-
gruppe spielte und wir uns bei der leidenschaftlichen Musik zu küssen begannen. Weit vor uns
saßen nur wenige andere Gäste. Männer und Frau-
en sangen in einem Dialog, die Stimmen gingen
uns durch und durch. Ich war erregt, durch Beates Küsse, durch die Stimmen. Sie hörte nicht auf
mit Küssen, mir wurde immer heißer, während ich
mich aus meinem Sessel zu ihrem neigte und meine
Schenkel schloss und sie mir unter das Hemd griff
und um meine Brustwarzen strich, meine waren
weit empfindlicher als ihre, sie standen sofort, und
sie sagte in der anschwellenden Musik laut, sodass
ich es hören könnte, »du bist schon wieder bereit!«
und machte weiter. Ich kam, durch ihren Kuss,
durch ihre kräftigen Hände an meinen Brüsten und
den eindringlichen Gesang. Die älteren Gäste, die
weit vor uns saßen, schienen einer Wandergruppe

anzugehören. Als wir vorher zur selben Zeit wie diese Gruppe gegessen hatten, hatten sie sich lautstark über ihre Erlebnisse ausgetauscht. Dass es um diese Jahreszeit noch zu plötzlichen Regenfällen kommen könne und es dann in ihrem Wandergebiet sehr gefährlich sei, weil die sonst trockenen Flüsse zu reißenden Strömen werden könnten. Dass schon Menschen darin umgekommen waren. Eine bemerkte, sie sei schon mal im Sommer hier gewesen. Das sei auch gefährlich. »Ich bin fast an Hitzschlag gestorben. Von einer Stunde auf die andere war es oben in den Bergen weit über vierzig Grad heiß.

»Wanderst du«, hatte ich Beate gefragt.

»Nee, eher nicht«, lautete ihre Antwort.

Sie schwamm gerne. Wir planten, den morgigen Tag am Strand direkt vor unserem Hotel zu verbringen.

Die Wellen waren viel zu groß zum Schwimmen. Trotzdem verbrachten wir den Tag am Strand, im heißen Sand. Ein aufregendes Gefühl. Barfuß konnte man darauf nicht gehen. Der Sand war schwarz und stahl die Sonnenhitze, bildete ich mir ein, denn im frischen Wind fror ich. Wir waren einmal gemeinsam in Schuhen den Strand entlanggelaufen, kein sehr langer Spaziergang. Ich legte mich schließlich auf den Sand, Beate lief weiter auf und ab. Sobald der Sand unter mir abgekühlt war, wälzte ich mich ein Stück weiter. Ich genoss den heißen Sand, hatte mich schließlich an eine Gruppe großer Steine gewälzt, über einen legte ich das zweite Handtuch, lehnte mich an und begann, meinen Krimi zu lesen; Beate an der anderen Seite des Strandes hatte ihre Kamera gezückt – eine »richtige« Kamera, wie sie mir erklärt hatte, mit austauschbaren Objektiven – und fotografierte Steine und Wellen. Sie nahm Dinge wahr, die mir entgingen. »Ich habe Adleraugen«, sagte sie, als sie meinen verwunderten Blick bemerkte. Sie fand auch Geldscheine, ich nie. Ich hatte nur eine dieser billigen Minikameras, und manchmal – so weit war unsere Liebe inzwischen gediehen, dass wir uns auch um Kleinigkeiten streiten oder einfach nur anderer Meinung sein konnten, nur leider fanden wir manchmal kein Ende – und manchmal also stritten wir auch ums Fotografieren. Sie nahm ein Vogelpaar auf einem Laternenmast wahr, das miteinander turtelte. Bis sie ihre große Kamera eingestellt hatte, hatte ich meine längst gezückt und geknipst. Wenn sie mit ihren Einstellungen fertig war, flogen die Vögel davon. Dann sagte ich und triumphierte grinsend über ihre große Kamera: »ich hab das längst aufgenommen!« und sie gab zurück, »ich wette, deine Fotos sind wieder unscharf!«

Ich beobachtete gerade eine Mutter mit Kleinkind vor den Wellen, als ich aus den Augenwinkeln bemerkte, wie sie ihre Kamera auf mich richtete.

Sie hatte natürlich auch ein gutes Teleobjektiv. Ihre Augen und das Auge ihrer Kamera auf mir und meine Nippel richteten sich auf, sie spannten den Badeanzug, drängten hinaus in ihre Richtung, das Gefühl vom Abend davor war in ihnen gespeichert und ich freute mich, als ich Beate auf mich zukommen sah. Dann sah ich zu der Mutter mit Kind. Die ließ ihr Kind völlig ungerührt gefährlich nah an die Wellen laufen, hatte eine Zigarette im Mundwinkel und tippte auf ihrem Smartphone herum. Zusammen mit Beate kamen die Strandwächter mit den Rote-Kreuz-Jacken, sprachen die Mutter an, sicher eine Mahnung, denn sie nahm daraufhin ihr Kind an der Hand, schimpfte genervt und zerrte es weg.

Beate sagte, sie habe gerade aus der Ferne ein zauberhaftes Foto gemacht. Sie zog das Handtuch vom Stein, wir legten uns nebeneinander, ihr Körper war heiß, von der Sonne, aus sich selbst heraus, wie immer, sie gehörte nicht zu den dauernd frierenden Frauen, und er schützte mich vor dem kühlen Seitenwind. Sie lag mir zugewandt. Ich fuhr die Linie ihres Körpers entlang, vom Hals hinunter in das Tal ihrer Taille und wieder hinauf über ihr ausladendes Becken, »eine so schöne Wellenlinie!«, sagte ich und ließ meine Hand auf ihrem Hüftknochen liegen und begann, von der Mutter zu erzählen, die ich beobachtet hatte.

»Das hätte meine Mutter auch gemacht. Sie hätte mich einfach in die Wellen laufen lassen und ungerührt zugesehen, auch wenn ich herausgesogen worden wäre.«

Ich richtete mich abrupt auf und starrte sie an. Eine riesige Eidechse mit blauem Bauch rannte erschreckt über die Steine hinter uns und verschwand. »Das macht sicher keine Mutter!«

»Ich wäre mir da nicht so sicher«, sagte sie nur und damit war das Thema beendet. Sie hatte noch immer kaum etwas aus ihrer Kindheit erzählt. Nur, dass ihre Eltern froh waren, als sie sie endlich hatten abschieben können in diese Gärtnerschule. Da sei sie ja noch nicht mal mit der Schule fertig gewesen. Ich hatte daraufhin gefragt, »fandest du es insgeheim nicht toll, endlich von zu Hause fortzukommen, und bildest dir nur ein, dass deine Eltern dich hätten abschieben wollen?« Sie gab wie immer keine Antwort.

Am nächsten Tag, an dem die Wellen wieder hoch waren und ich trotz mehrfachen Eincremens einen Sonnenbrand hatte, machten wir eine der Inseltouren, die vom Hotel angeboten wurde. Mit einem kleinen halbleeren Bus fuhren wir in den Norden. Mittagspause und Zeit für einen Spaziergang gab es in einer Gegend, in der die Mandelbäume noch blühten. Beate hatte wie immer ihr Taschenmesser einstecken, schnitt einen Mandelzweig ab und steckte ihn mir in den Ausschnitt, woraufhin eine ältere Mitreisende leicht pikiert bemerkte: »Das muss ja die große Liebe sein!« Ich errötete wieder, gab dann fast stolz zurück, »ja, das ist wirklich eine große Liebe!«

Der Bus raste durch nicht enden wollende Kurven, der Berg Ziegenfleisch und die Knoblauchsoße, die wir in der Mittagspause des Ausflugs – Ziegenfleisch war die vom Bustour-Guide empfohlene Spezialität – gegessen hatten, schwappten in mir herum, sodass ich froh war, als wir endlich zurück im Hotel waren. Das Büfett fürs Abendessen war gerade aufgebaut worden; Beate wollte gleich essen, ich sagte, »ich kann nicht, das Fleisch vom Mittag liegt mir noch schwer im Magen, ich esse ja sonst so gut wie nie Fleisch. Vielleicht später.« Beate konnte das nicht nachvollziehen, sie hatte immer einen enormen Appetit und wollte nicht warten »dann ist ja das Beste schon weg!« – das Büfett in dem Hotel ist so reichlich, dass nie etwas »weg« ist, lag mir auf der Zunge, aber mir war selbst für unser kleines Spiel mit Widerworten zu übel. So ging sie essen, während ich elend in meinem Knoblauch- und Fleischschock auf dem Bett lag und den Wellen zuhörte.

Sie brauchte lange und erzählte mir, als sie endlich zurück ins Zimmer gekommen war und mich aus meinem Dösen aufgeschreckt hatte, dass eine der Wanderinnen sie angesprochen und gefragt habe, welche Wanderungen wir denn schon gemacht hätten. Dass sie sich danach noch eine Weile mit der Frau unterhalten habe.

»Und, war sie attraktiv?«, fragte ich im Bauchschmerzen-Elendston.

Beate lachte, »klar, so eine um die fünfzig, schicke Falten im Gesicht, schicker Kurzhaarschnitt, braunes Haar. Keine einzige weiße Strähne! Aber mir dann doch zu alt.«

»Zu alt! Das ist aber nicht gerade political correct, sowas zu sagen! Du bist auch schon reichlich über dreißig! Und, hast du ihr erzählt, dass wir nicht wandern?«

»Nee, ich habe behauptet, wir wären heute unter Mandelbäumen gewandert.«

Ungefähr zehn Schritte, solange, wie Beate gebraucht hatte, mir den Mandelzweig abzuschneiden. Der Mandelzweig stand jetzt im Zahnputzbecher und leuchtete in der roten Abendsonne, die gerade noch durchs Fenster schien. Sie kam zum Bett, schaute mich besorgt an, massierte mich in den Schlaf und ich schlief zwölf Stunden.

Am nächsten Morgen hatte ich ausnahmsweise zur Frühstückszeit Hunger und begleitete Beate zum Büfett. Bis auf die ersten zwei Tage war sie alleine gegangen, während ich noch döste. »Zur Beruhigung deines Magens« stellte sie mir eine Schale Schokoladenpudding hin, Süßes schon zum Frühstück war für mich undenkbar, so aß sie den

Pudding, der sich als Nutella entpuppte. »Wie kann man so etwas essen?«

Fast begannen wir darüber einen Streit am Frühstückstisch. Wenn nicht Beate von Candy angefangen hätte und wir uns praktischerweise auf dieses Thema einschossen. Ich hatte Beate nach dem Film davon erzählt, dass Candy mich eine Zeitlang verfolgt hatte. Sie fand das amüsant. Wir fragten uns, ob die blasse Frau aus dem Kino die Nachfolgerin der Runden aus dem Seminar war. Und ob sie nun an meiner Stelle Candy in der Eventagentur assistierte.

Wir konnten auch in den nächsten Tagen nicht schwimmen, Pools mochten wir beide nicht; so liehen wir uns für zwei Tage ein Auto. Beate fuhr, für die Kurven dieser Insel reichte meine Fahrpraxis nicht. Sie bog mutig in kleine Asphaltstraßen ab, schlängelte uns durch Bananenplantagen und hinauf durch die Macchia Richtung Berge und wieder zurück zum Hotel. Manchmal endete der Asphalt und die Straße wurde zur Holperpiste, auch das hielt sie nicht ab. Mir kamen diese Berge gefährlich vor. Einmal war neben der Straße ein Erdrutsch nach unten, vor uns ein Kiefernwald im Nebel. Die enge Piste wurde mit Beginn des Waldes noch enger, war ausgewaschen, große Lavabrocken standen hervor. An dieser Stelle ließ sie sich überzeugen zu wenden, das Wenden dauerte selbst bei ihr lange. Beate betonte dabei, mehrfach, sie fahre ungerne dieselbe Strecke zurück, aber natürlich sah in die andere Richtung alles anders aus. Zum Schluss, als wir kurz oberhalb des Hotels waren, zockelte vor uns ein mit Grünzeug überladener kleiner Lastwagen entlang und Beate begann nach einer Weile zu grinsen und fragte schließlich: »Siehst du das nicht?«

Ich war damit beschäftigt, auf die Kurven zu achten und möglichst nicht zusammenzuzucken, denn dann hatte Beate jedes Mal gesagt, »ich fahre! Ich sehe die Kurve!« Ich wusste nicht, was ich sehen sollte. Beate bemerkte oft abstrakte Details und fotografierte und ich fragte mich, warum sie etwas aufgenommen hatte. Ich wollte Gesamt-Stimmungen einfangen, etwas, das mir nur selten gelang. Wenn sie mir ihre Fotos am Abend zeigte, verstand ich, was sie gesehen hatte. Eine Figur, eine Gestalt; etwas, das für mich nur Geröll gewesen war, erhielt seine Form, seine Bedeutung. Ein Elefant, Blätter, die wie ein Gemälde wirkten, Steine mit ausdruckstarken Gesichtern, die Geschichten erzählten. Die Stimmungen, die ich hatte einfangen wollen, erkannte sie auf meinen Fotos selten wieder.

»Da, der Lastwagen! Was da rausragt! Siehst du das?« Ich schaute hin und in dem Moment sagte sie auch schon, »nimm mal deine Kamera, halt sie aus dem Fenster und drück den Auslöser!«

»Was soll der denn denken, wenn er das bemerkt?«,

wehrte ich ab. »Und ich sehe da nichts Fotografier-würdiges! Was soll ich eigentlich fotografieren?«

Da lachte sie und fragte: »Magst du eigentlich Sex mit Dildos?«

Jetzt erkannte ich endlich, was sie sah. Erst kurz vor dem Hotel bog der Laster in die Bananen ab; ein riesiger pflanzlicher Dildo ragte in die Luft, mit Eichel und allem, was dazugehört. Wie diese Hetero-pornodildos, von denen es in der Werbung heißt, sie sähen »naturecht« aus, perfekt mit Adern und Eichel und Vorhaut, nur die Farbe war olivgrün.

»Ich habe die Frage übrigens ernst gemeint«, sagte sie, als wir auf den Hotelparkplatz fuhren. Angelita schoss mir heiß in den Kopf und ich hatte ein schlechtes Gewissen.

»Keine Ahnung«, sagte ich.

»Dann probieren wir das mal aus. Es wird auch auf dieser Insel einen Sexshop geben.«

»Du willst doch nicht etwa hier …?«

»Doch«, unterbrach sie mich, »gerade hier! In Berlin denken wir sicher nicht mehr daran.«

Wir fuhren am Abend in die Kleinstadt in der Nähe; tatsächlich fand Beate die »tienda erótica« und kaufte ungeniert einen rosafarbenen, sicher nicht in einer Lesbenwerkstatt frauengerecht ge-formten Dildo samt Harness. Mit dem Dildo im Beutel mit tienda-erótica-Aufschrift gingen wir in die benachbarte Bar, vor deren Tür eine Mondsichel einladend leuchtete, aßen eine Portion orientalischen Couscous im kühlen Innenhof, kicherten und ich trank so viel Wein, dass ich beschwipst war und dem deutschsprachigen Wirt, der ungeniert fragte, »was habt ihr denn bei meiner netten Nachbarin gekauft?«, immer noch kichernd antwortete, »an was denkst denn du? Etwa an einen rosanen Dildo?« Beate lachte, der Wirt lachte.

Beate war nur vom Kichern beschwipst, sie hatte nicht getrunken, und fuhr uns weit nach Mitternacht sicher zurück ins Hotel. Wir waren die Einzigen auf der Strecke und die Einzigen, die um diese Zeit das Hotel betraten. Es wirkte ausgestorben. Beate nahm den Dildo aus der Tüte und wusch ihn gründlich, während sie mich aus der offenen Badtür heraus angrinste und sagte, »die Putzfrau bei der Arbeit« – an Kondome hatten wir nicht gedacht. Und dann fickte Beate mir mit dem rosafarbenen Dildo aus der Tienda die Seele aus dem Leib, ich lachte zuerst und schrie dann und vergaß, wo wir waren. Sie fickte mich derb, dass ich an die Wand knallte, und kreiste zugleich mit den Fingern um meine Klit, stieß in mich, streichelte, stieß, streichelte, ich weitete mich für ihren rosafarbenen Dildo, für sie, für unsere Gefühle, für die Lust, bis ich mich nicht mehr entziehen konnte und lachend und weinend und schreiend kam, sodass sie sagte, »ob das wohl die Wandergruppe geweckt hat?«, Harness und Dildo auszog und an die Wand feuerte, der Dildo sprang zurück aufs Bett, wir fickten weiter, küssten uns und sie rieb mir ihre nasse schöne große Möse auf meinen Schenkel und dann auf mein Gesicht. Ich atmete sie ein. Trank sie. Sie bewegte sich weiter, auf und ab, drückte ihre auf meine Möse, an den Schenkel, sie bewegte sich rasend und dann langsam, nahm meine Hand und hielt sie fest, während ich ihr mit der anderen ins Haar griff und zu seufzen begann, sie meinen Hals entlangleckte und ich stöhnte, mich wand und schrie, ihre Möse an meiner, aneinandergeheftet, verschlangen sich unsere Beine, bis auch sie kam, glücklich kreischend, ihre Nässe floss über meine Schenkel, mein Geschlecht, in mich, auf mich, war überall, und dann schliefen wir eng umschlungen ein, den Dildo zu unseren Füßen.

Am nächsten Tag, unserem letzten, war endlich Schwimmen erlaubt. Es gab nur eine Stelle, an der keine Steine hochgewirbelt wurden – ich hatte bei meinem ersten Versuch, an einer anderen Stelle reinzugehen, sofort Steine an die Beine bekommen und später einen großen blauen Fleck an der Hüfte, den Beate als »Knutschfleck« titulierte, »wer hat dir denn diesen Knutschfleck verpasst?«, fragte sie mich, nachdem wir schon einige Tage zurück in Berlin waren. Wir ließen uns von den Wellen mitnehmen und überspülen, vergnügten uns wie kleine Kinder und waren mindestens zehnmal im Wasser. Außer uns badete kaum jemand, alle starrten die Wellen an, die auch bei gelber Fahne noch enorm waren, und Beate fotografierte ein Möwe, die versuchte, einen Fisch aus den Wellen zu ziehen und immer wieder fiel ihr der Fisch aus dem Schnabel. Hinter den Wellen war das Wasser ruhiger. Wir schafften es sogar, uns einmal im Meer zu küssen.

Auf dem Rückflug nahmen wir uns vor, noch oft miteinander zu reisen. Da das Flugzeug nicht voll war, saßen wir allein in einer Reihe. Beate war in nur einer Woche sehr braun geworden und mir erschien ihr Haar auf einmal hellblond und nicht mehr dunkelgolden. Goldenes Haar. Hellleuchtendes Haar. Ihr Haar war sehr fein. Es warf Locken und reichte ihr fast schon in den Nacken. Sicher würde sie bald wieder zur Frisörin gehen. Vor unsere Reise hatte sie geklagt, dass sie in Berlin noch nicht die optimale gefunden habe. Nur deshalb hatte sie es vor unserem Urlaub nicht mehr schneiden lassen. Eine große kräftige Frau mit Feenhaar. Wie kam ich auf den Begriff Feenhaar? Ich musste es nicht einmal berühren, um das Gefühl auf der Haut zu haben. Hellleuchtend, Gold, Feenhaar, als ich diese romantischen Wörter dachte, wurde mir warm vor Liebe. Ich betrachtete sie von der Seite aus, wie sie aus dem Fenster schaute. Sie bemerkte meinen Blick, wandte sich mir zu und sagte, »ich glaube, ich liebe dich.« Das war das erste Mal, dass sie diese Worte benutzte. Ich lehnte mich an sie, hatte Tränen in den Augen, weil ich gerührt war, dass sie es jetzt gesagt hatte, und sie legte den Arm um mich. Wir blieben den gesamten Rest des Fluges so innig aneinandergelehnt, bis wir am frühen Nachmittag in Berlin landeten.

Noch am selben Abend setzte Beate sich an den PC, während ich in der Küche mit Katharina plauderte und von der Insel erzählte, klickte im Internet herum, bis sie eine günstige Woche Irland für den Herbst fand und gleich buchte. Sie kam in die Küche gestürmt und sagte: »Ich möchte am liebsten sofort wieder mit dir verreisen, habe uns eben was gebucht! Irland im Herbst. Da kann es zwar regnen, aber die Farben sind im Herbst besonders schön. Sicher werden wir nicht schwimmen können, es ist ganz anders als die Kanaren, aber es wird dir gefallen!«

Katharina verabschiedete sich ins Bett.

Angefüllt von den Erlebnissen des Urlaubs, von dem wir soeben erst zurückkehrt waren, konnte ich nicht nachvollziehen, dass sie schon in diesem Moment an neue Reisen dachte, nicht nur dachte, sondern sie tatsächlich buchte. »Du klingst fast so, als warst du schon mal da.«

»Ja«, sagte Beate, »öfter.«

»Als Kind?«

Ihr Gesicht erstarrte. Ich erschrak.

Sie fing sich sofort wieder und sagte, »als Kind natürlich nicht. Wie kommst du darauf? Als DDR-Bewohner Urlaub in Irland? Wir sind manchmal in ein Ferienlager des Betriebs, in dem meine Mutter arbeitete, gefahren. Und das lag bei einem Schloss an einem kleinen See in der Nähe von Röblin, du weißt unter Garantie nicht, wo das ist!«

Oh, war mir das peinlich! Sie redete so wenig über ihre Kindheit, dass ich die DDR darin schon vergessen hatte.

»Nee, ich war öfter mit Chris in Irland.«

Chris, Christiane, die Gattin. Nannte sie sie neuerdings Chris? Hatte sie Christiane früher so angeredet?

»Aha.« Ich wollte Chris sofort wieder aus meinen Gedanken verdrängen. Es gelang mir nicht. Ich fiel vom Hochgefühl des Rückflugs ins Nichts, ohne Grund.

Sie bemerkte, dass etwas nicht stimmte, und hakte nach. »Was hast du?«

»Ach nichts!«

»Himmel, wenn es das ist, ich war mit Chris zusammen. Du hast auch eine Vergangenheit! Sie hat sich zum Schluss bescheuert verhalten, akzeptiert die Trennung nicht, aber selbstverständlich haben wir uns auch mal gemocht. Und nette Reisen gemacht! Also: Irland ist wirklich sehr schön und wird dir mit Sicherheit gefallen! Vor uns liegt Alltag, hinter uns ein toller Urlaub. Und jetzt können wir uns gleich auf eine neue kleine Reise freuen!«

Ich lenkte ab. »Ist das nicht zu teuer? Ich könnte mir das nicht leisten.«

»Nee, das ist nicht zu teuer. Das Angebot ist toll. Wenn ich das nicht gleich gebucht hätte, wäre es weg gewesen. Du und Katharina, ihr weigert euch, dass ich mich an der Miete beteilige. Da kann ich solche Reisen wirklich bezahlen! Ich leiste mir sonst kaum Luxus.«

»Und spätestens im Sommer fahren wir nach Krakau!«, sagte ich jetzt und versuchte, meine Missstimmung zu unterdrücken. »Wirst du im Sommer nicht sechsunddreißig, habe ich richtig gerechnet? Vielleicht fahren wir um die Zeit deines Geburtstages?« Mir fiel Katharinas Geburtstag ein. Sie hatte in den Wochen um ihren Geburtstag Tag und Nacht alte Songs aus der Zeit, in der sie keine zwanzig war, laufen lassen, einer davon war »Time to Say Goodbye«, so laut, dass sich kein Flecken in der Wohnung finden ließ, dem Getöne auszuweichen. In der Zeit hatte Katharina so etwas wie eine vorgezogene Midlifecrisis. Sie klagte darüber, alleinerziehend zu sein, keiner würde sie lieben, sie würde nie mehr einen Freund haben. Sie sehne sich so danach, dass sich auch einmal jemand um sie kümmerte. Katharina war gerade mal vierunddreißig geworden. Der Song wurde mir zwangsweise, wie andere Songs von Katharinas und später Esthers Musik, zu einem Ohrwurm, den ich hörte, ohne dass er gespielt wurde und ohne dass ich es wollte. Eben hörte ich ihn seit Langem wieder. Dann dachte ich wieder an Chris.

Es ist absurd, bei Erwähnung des Namens Chris schlechte Laune zu bekommen, ich war doch keine fünfzehn mehr! Und sollte einfach nur glücklich darüber sein, wie selbstverständlich wir Zukunftspläne für Ferienzeiten schmiedeten. Und darüber, wie schön die Reise war und der Rückflug. Und nun dachte ich in diesem Moment auch noch daran, dass ich mich um meine Zukunft kümmern sollte. Wieder Bewerbungen losschicken. Auf die Bewerbungsunterlagen, die ich vor einer Weile geschickt hatte, war keine einzige Einladung zu einem Vorstellungsgespräch gekommen.

»Morgen lade ich die Fotos von der Karte und wir sehen sie uns zusammen bei mir die an! Es war ein so schöner Urlaub! Komm, wir gehen ins Bett.«

Im Bett redeten wir weiter und ließen die vergangenen Tage noch einmal Revue passieren. Das Gefühl aus dem Flugzeug kehrte langsam zu uns zurück. Wir liebten uns zum Einschlafen.

11

Schnell war der Alltag wieder da. Am Abend nach unserer Rückkehr arbeitete ich im Café, telefonierte am Tag darauf mit Doro und verabredete mich mit ihr zur Reiseberichterstattung. Erst einige Tage später schaute ich endlich meinen kleinen Poststapel durch, den Katharina wie immer, wenn ich unterwegs war, gesammelt und auf meinen Schreibtisch gelegt hatte. Beate war an der Uni, Semesterferiensprechstunde.

Das meiste war Werbung. Zwischen zwei großen Umschlägen, vermutlich Verlage, die meine Bewerbungsunterlagen zurückgeschickt hatten, lagen zwei weiße Briefumschläge, ohne Absender und Adresse. Briefumschläge ohne Schrift. Im ersten ein zusammengefalteter Brief. Außer von meiner Mutter, die manchmal lange Briefe mit Füller schrieb, wenn sie am Telefon das Gefühl hatte, ich hätte keine Zeit oder keine Geduld, ihr zuzuhören, hatte ich seit Jahren keine privaten Briefe mehr bekommen. Alle schrieben Mails oder SMS. Nur Sabrina hatte mir in der Anfangszeit unserer Beziehung, als sie noch verliebt in mich war, rührende handschriftliche Liebesbriefe mit eingeklebten Herzen und Blumen geschickt. Ich las: »Lässt du dich jetzt von der reichen Fotze aushalten? Hat sie die schicken neuen Klamotten besorgt? Besorgt sie es dir hart? Behältst du deinen Schmuck an, wenn du sie fickst? Ich weiß, wo ihr euch aufhaltet!« Handschriftlich. In kleiner Schrift inmitten eines leeren Blattes. Ohne Unterschrift. Das hatte jemand direkt in meinen Briefkasten gesteckt. Derjenige musste irgendwo geklingelt haben, um überhaupt in den Hausflur und an die Briefkästen zu kommen. Ich dachte nach, wer mir solch einen Brief schreiben könnte. Ich hatte Herzklopfen, als ich den zweiten Umschlag aufriss. Ein Foto. Ich bei der Arbeit im Café. Im Bereich meiner Brust ein zerfetztes Loch. Es sah aus wie ein Brandloch. Als hätte jemand eine Zigarette durch mein Herz gedrückt.

Wen meinte die oder der mit Schmuck? Beate und ich, beide trugen wir Ringe. Ich nur an den kleinen Fingern. Beate an Ring-, Mittel- oder Zeigefinger. Ihre Finger in mir, das kühle, dann heiß werdende Metall ihrer Ringe, wenn sie sie nicht vorher abgenommen hatte! Wie kommt diese Person dazu, sich darüber Gedanken zu machen, wie wir miteinander vögelten? Reich war keine von uns. War das eine Verwechslung?

Dann fiel mir ein, wie wir Candy vor dem Kino gesehen hatten. Ihr Gesichtsausdruck, als sie Beate erkannt hatte. War die durchgedreht? Weil ich sie versetzt hatte? Spinnt die! Ich schmiss die Briefe in den Mülleimer in der Küche. Ich wollte die nicht einmal im Papierkorb im Zimmer haben. Und holte sie fünf Minuten später wieder aus dem Mülleimer heraus. Vielleicht sollte man so etwas aufheben, falls noch mehr folgt. Sozusagen als Beweisstück. Ich öffnete die großen Umschläge. Tatsächlich zurückgeschickte Unterlagen mit kurzem Formbrief.

Als Beate zurückkam, zeigte ich ihr die Briefe. Wir spekulierten, wer so etwas machen könnte. Ob man die unausgesprochene Drohung ernst nehmen müsse? Ob ich oder Beate eine Stalkerin hatten, von der wir nichts wussten? Ich erzählte von Candy, Beate bemerkte, Chris könnte auch dazu in der Lage sein. Wie ihre Handschrift komme ihr das zwar nicht vor, aber sie habe die Handschrift von Chris lange nicht mehr bewusst wahrgenommen. Chris leide noch immer sehr unter der Trennung, fügte sie an. Wieso dachte sie überhaupt über Chris' gegenwärtige Gefühle nach? Ja, ihre Sachen standen noch immer in der Wohnung, aber angeblich hatte sie keinen privaten Kontakt mehr zu ihr. Und woher hätte Chris überhaupt wissen können, wo ich arbeitete, und mich dabei auch noch unauffällig fotografieren? Außerdem wohnte Chris nicht in Berlin, sondern siebenhundert Kilometer entfernt. Candy dagegen war oft im Café gewesen. Wir einigten uns auf Candy. Beate fiel ein, dass sie ihren Kurztext in dem Seminar zum Thema »Mein erster Mord« verfasst hatte. »Musst du gleich an Mord denken!«, sagte ich.

Katharina kam von ihrer Chorprobe zurück und beteiligte sich an unseren Spekulationen. Vielleicht war es auch einer von den Männern, die oft ins Café kamen und vergeblich versucht hatten, mich anzubaggern und zu überreden, mal mit ihren auszugehen. Doch wir kamen immer wieder auf Candy zurück. Falls sie mir wieder einmal zufällig über den Weg laufen sollte, würde ich sie zur Rede stellen. Wir beschlossen, dass ich diese Briefe aufheben sollte, für alle Fälle.

Als wir sehr spät in dieser Nacht miteinander ins Bett gingen, bemühten wir uns, nicht mehr über die Briefe zu reden. Aber sicher dachten wir beide daran. Dann setzte Beate sich auf, starrte auf mein Bein und machte ihre Bemerkung zu meinem inzwischen gelbgrünen Fleck am Oberschenkel: »Wer hat dir denn diesen riesigen Knutschfleck verpasst?« Im ersten Moment nahm ich an, sie meinte ihre Frage ernst, ihre Augen erschienen mir für den Bruchteil einer Sekunde so leblos wie damals. Ich sagte, »erinnerst du dich nicht? Einer der Steine aus dem Meer war das!«

Sie muss meinen entsetzten Blick bemerkt haben. »Das war doch bloß ein Witz!«, sagte sie, »du hast ja eben so reagiert, als hätte ich das mit dem Stein vergessen. Nimm doch nicht alles so ernst.«

Auch Doro tippte auf Candy. Meine Reiseberichterstattung geriet bei unserem Treffen in den
Hintergrund. Die anonymen Briefe hatten sie verdrängt.

Einige Wochen später fand Beate eine kleine
bezahlbare Wohnung, zwar nicht in ihrer Wunsch-
gegend Tempelhof, sondern weit davon entfernt in
Charlottenburg. Auf meinen Kommentar »ist dir
das nicht zu bieder dort? Charlottenburg ist doch
ziemlich langweilig« erwiderte sie, meine Gegend
sei ja auch nicht gerade der spannendste Bezirk,
bei ihr sei der schöne Schlosspark in der Nähe, sie
habe eine Linde vor dem Fenster und einen Balkon,
auch wenn der noch kleiner sei als meiner. Die Linde
werde bald blühen. »Und dann wirst du mich sicher
oft besuchen, im Lindenblütenduft!« Ich wollte mir
nicht vorstellen, dass sie nicht mehr bei mir wohnte.
Dass sie nicht mehr jede Nacht mit mir einschlie-
fe. Dass wir uns nicht mehr Tag für Tag Kleinigkeiten erzählten, wann immer uns danach war. Das
Gleichgewicht in unserer WG – zwischen Katharina, Esther und mir – hatte gelitten unter Beates
Dauerbesuch, auch wenn Katharina und vor allem
Esther sich sehr gut mit Beate verstanden. Aber dass
ich von einem Tag auf den anderen als Paar dort
wohnte und mehr und mehr mit Beate eine Einheit
bildete, hatte Katharina in letzter Zeit öfter kritisch
angemerkt. Trotzdem. Ich wollte, dass sie blieb.

Wir fuhren zusammen mit der Bahn nach Freiburg; für die Rückfahrt hatten wir einen Europcar-Transporter gebucht, um ihre Bücherkisten und ein paar Möbelstücke transportieren zu können. Draußen zogen die Maiwälder an uns vorbei, alles in frischem Grün, in den Städten blühende Bäume, selbst in den hässlichen Bahnhofsgegenden. Beim Hinausblicken vergaß ich, dass ich Angst hatte. Ich hatte eine unglaubliche, irrationale Angst vor der Begegnung mit Chris. »Ist es nicht seltsam für sie, dass du ihr jetzt die halbe Wohnung leerräumst«, fragte ich.

»Das ist lange nicht die halbe Wohnungseinrichtung. Sie ist ein Höhlenmensch und hat viel zu viel. Wenn meine paar Teile weg sind, fällt das nicht weiter auf«, antwortete sie. Zu Chris' möglichen Gefühlen äußerte Beate sich nicht. Während der Zugfahrt waren wir ungewöhnlich schweigsam. Ich tat so, als würde ich einen Krimi, sie, als würde sie den neuen Roman einer japanischen Autorin lesen. Aber beide blätterten wir kaum einmal um.

In der Wohnung saß eine kleine rundliche, weich wirkende Frau mit dickem, lockigem, aschblondem Haar und versteinerter Miene an ihrem Schreibtisch in ihrem Zimmer, alle Türen standen offen. Sie nickte nur kurz, als ich sie mit »Hallo, ich bin Anna« begrüßte, und würdigte Beate keines Blickes. Während Beate und ich Bücherkisten packten, blieb sie die gesamte Zeit über auf ihrem

Schreibtischstuhl. Stundenlang. Es war furchtbar. Dann schleppten wir, immer an ihrem Zimmer vorbei, einen kleinen Schreibtisch, einige Stühle, zwei Stehlampen, ein paar Töpfe und Geschirr, in Zeitungspapier verpackt, das wir einem riesigen Stapel ungelesener Ausgaben der Badischen Zeitung und der taz entnommen hatten und zu dem Beate anmerkte, »sie liest keine Zeitungen, hat sie aber noch nicht abbestellt, typisch«, und das auseinandergeschraubte Metallbett aus der Wohnung die Treppen hinunter und luden alles ein. Als Letztes trugen wir die Originalgemälde an ihrem Zimmer vorbei, die Beate von einer langjährigen Freundin geschenkt bekommen hatte – »keine Liebhaberin, einfach eine gute Freundin!«, erklärte sie. Frauenkörper mit Tiergesichtern und Frauengesichter mit Tierkörpern, ein Steinbock, eine Katze, Fische, Pferde. Fröhliche Bilder. Als wir uns verabschiedeten, nickte Chris von ihrem Schreibtischstuhl wieder knapp in meine Richtung, mit unverändert eisigem versteinertem Gesicht, und murmelte noch etwas in Beates Richtung, das ich als »du wirst schon sehen« zu verstehen glaubte.

Sie war zum Fürchten. Andererseits tat sie mir leid. Die Vorstellung, da kommt die Frau, mit der du lange zusammen warst und eine Zukunft geplant, diese Zukunft außerdem in einer eingetragenen Partnerschaft zementiert hast, was ja eine gemeinsame Entscheidung gewesen sein muss, diese Frau kommt also mit deiner Nachfolgerin vorbei und räumt Sachen aus eurer gemeinsamen Wohnung. Wie würde ich reagieren? Unvorstellbar. Grausam. Ich schaute Beate, die neben mir saß und den Transporter steuerte, mit leichtem Unbehagen an. Würde Beate auch mir so etwas zumuten, wenn wir uns trennten? Als hätte Beate meine Gedanken gelesen, sagte sie in dem Moment: »Vielleicht hätte ich das besser allein machen sollen. Muss ja furchtbar gewesen sein für dich. Und für Chris natürlich auch. Ich hoffte, sie löst sich aus ihrer Erstarrung und wir wechseln irgendwann wieder normale Worte miteinander. Ich habe mir vorgestellt, wir gehen nett zusammen essen. Unsinn! Ich hätte mir denken können, dass das nicht funktioniert, tut mir echt leid! Ich hatte aber auch ein bisschen Schiss, alleine zu ihr zu fahren. Sie akzeptiert die Trennung noch immer nicht. Hätte ich mich nur nicht so sehr auf sie eingelassen!« Ich entspannte mich etwas. Jede Trennung ist furchtbar, auch wenn beide sie wollen. Um so furchtbarer ist es, wenn eine die Trennung nicht wahrhaben möchte. War nicht auch ich eine Weile lang mit Sabrinas Abgang nicht klargekommen? Sabrina war mir inzwischen sehr fremd geworden, ich konnte mir kaum mehr ihren Körper vorstellen, geschweige denn, dass ich unter der Trennung gelitten hatte. Auch die Gefühle, die es gegeben haben musste, konnte ich mir nicht mehr in Erinnerung rufen. Selbst ihren Vornamen – Sabrina – fand ich albern, kein Wunder, dass Esther sie immer Sabine genannt hatte. Natürlich konnte sie nichts für ihren Namen. Ich antwortete knapp: »Das Wort ›hätte‹ ist überflüssig.«

Sie drehte sich zu mir und schaute mich mit ihrem ironischen fast-Lächeln an. »Ganz überflüssig ist es nicht, sonst gäbe es das Wort nicht in der deutschen Sprache.«

»Schau bitte auf die Straße!«

»Ich sehe aus dem Augenwinkel.« Doch sie sah nun wieder geradeaus. »Der Konjunktiv impliziert Gedanken zur Zukunft. Wenn man merkt, man ›hätte‹ in der Vergangenheit etwas anders machen sollen, deutet das an, dass man daraus vielleicht für die Zukunft lernt und es das nächste Mal anders macht.«

Ich konnte natürlich nicht aufhören und gab zurück: »Jedes nächste Mal ist anders, also macht man immer nur wieder neuen Mist!«

Wir redeten noch eine Weile hin und her und nicht über das, was uns beide wahrscheinlich wirklich beschäftigte. Würde Chris sich irgendwann, hoffentlich bald, aus ihrer Versteinerung befreien können und vielleicht eine andere Frau kennenlernen? Eine neue Liebe braucht sie, dachte ich, während wir weiter über die Möglichkeiten des Konjunktivs stritten.

12

Ihre kleine Wohnung sah schon mit ihren wenigen Möbeln und den schönen Frauentiergemälden an der Wand fertig und fröhlich aus. Die Bücherkistenstapel störten den Eindruck nicht. »Das mache ich nach und nach«, sagte sie. Wir übernachteten das erste Mal in ihrem Metallbett und schliefen, von dem langen anstrengenden Tag erschöpft, sofort ein.

Am Morgen waren wir im Erwachen beide erregt, vom Umzug, von der Begegnung mit Chris und voneinander. Beate war morgens immer energiegeladen, bei mir dauerte es eine Weile, bis ich in Gang kam. Diesmal schien sie noch energiegeladener als sonst, sie küsste mich wach, sagte, »ich brauche jetzt dringend Sex, sonst platze ich«, rieb sich auf meinem Schenkel, fickte mich mit Fingern, musste keine Widerstände überwinden, denn auch ich war erregt, tobte auf mir und sagte plötzlich, »komm, klatsch mir auf den Hintern, ich brauche heute mehr Empfindung«, rutschte auf meinem Bein hin und her und donnerte an meine Möse und ich klatschte ihr auf den großen Hintern, »stärker«, brüllte sie und ich schlug härter, und schlug, bis mir die Handfläche schmerzte, bis sie schrie und kam, und wieder ihren Veitstanz vollführte, dann fiel sie auf mich und ihr warmer Fluss lief zwischen uns, an uns hinunter ins Bett und aus dem Bett hinaus, ich hatte das Gefühl, er nähme uns mit und wir flössen davon, natürlich war das Einbildung, mir war schwindelig und ihr altes Metallbett war von uns beiden eingeweiht, das Laken nass. Draußen kreischten Schüler. Gegenüber der Wohnung war eine Schule. Wir frühstückten in dem Café am Park, und ich fühlte mich wie in einem Märchen. Blüten wehten auf uns herab, die Statuen schienen uns zuzulächeln. Die Blüten schwammen im Kaffee, aber sicher waren sie nicht giftig.

In der nächsten Zeit übernachtete ich meist bei ihr. Katharina fragte schon, ob ich ausziehen wolle. Esther nölte wieder mehr, ihr fehlte Beate. Wir waren nun nur noch Eltern, nicht mehr Freundinnen; sie besann sich auf Pubertätsverhaltensweisen. So kam sie grundsätzlich sehr viel später nach Hause, als Katharina erlaubt hatte. Das ging sogar über Katharinas großzügige Toleranzgrenze hinaus. Sie mochte nichts mehr von dem, was Katharina oder ich kochten. »Beate kann das aber viel besser!«, hieß es. Sie hatte Freunde. Zuerst einen gut aussehenden türkischen Jungen, der in irgendeiner Disko als DJ arbeitete. Die Schule war nur noch »Scheiße«; sie war in dieser Zeit der Meinung, sie müsse nicht mehr in die Schule, könne in der Disko an der Bar arbeiten und mit ihrem Freund zusammenzuziehen. »Du bist noch lange keine 18!«, war Katharinas Kommentar dazu. Nach einer Weile war es aus mit dem hübschen Jungen. Katharina war insgeheim froh. Auch wenn sie es nicht zugeben wollte, hatte sie Vorurteile gegenüber türkischen Jungs. Esther litt und wurde noch unausstehlicher. Ich schrieb neue Bewerbungen, diesmal auch für Ausschreibungen in anderen Städten.

Einmal besuchten Beate und ich zusammen meine Eltern. Anlass war der sechsundsechzigste Geburtstag meines Vaters. Sie fuhr. Ab und zu machten wir kleine Schlenker weg von der Autobahn, um die Landschaften zu genießen, und kamen spät am Abend an. Im Elternhaus übernachteten wir in meinem alten Kinderzimmer. Meine ältere Schwester und ich hatten das Zimmer bis zu ihrem Auszug geteilt. Wir schliefen in den getrennten kleinen Jugendbetten. Weder meine Schwester noch unser Bruder hatten Zeit gehabt zu kommen, riefen aber am Geburtstagsmorgen an. Ich plauderte eine Weile mit ihnen. Während meine Mutter das Geburtstagsessen vorbereitete, gingen Beate und ich spazieren.

»Sollen wir dir nicht helfen?«, hatte ich gefragt.

Meine Mutter betonte daraufhin wie jedes Mal, wenn ich die Eltern besuchte, es sei schon alles vorbereitet, »ich muss nachher nur noch den Tisch decken. Und das mache ich lieber selbst. Du weißt sicher nicht mehr, wo alles ist«.

Natürlich wusste ich das noch, doch Beate und ich zogen los. Ich zeigte ihr meine Kindheitsspielplätze. Ein Laubwald mit Riedgebieten und großen Gespenstergestalten abgestorbener Bäume, die ideale Verstecke boten. Obwohl ich natürlich unbedingt wie alle anderen nach Gameboyspiel und Ähnlichem gierte und als ich das Spiel hatte, eine Weile lang süchtig herumpiepste, hatte ich als Kind mit meiner Clique noch im Wald gespielt. Wir fanden einen hohlen Baum, ich versteckte mich, natürlich war der Platz jetzt kaum mehr ausreichend für mich, geschweige denn für zwei Erwachsene, und Beate küsste mich, in den Baum gepresst. »Und du, wo hast du als Kind gespielt«, fragte ich.

Sie starrte mich an. Ihre Augen wirkten eisgrün und kalt. Dann berappelte sie sich und antwortete: »In unsrem Kaff gab es Obstbaumplantagen. Ich war immer unterwegs. Wir haben eine Weile Obst in großen Mengen geklaut. Vom Volkseigentum. Und dann wurden wir erwischt.«

»Und was haben deine Eltern dazu gesagt?«

»Denen war das im Prinzip völlig egal. Natürlich haben sie furchtbar geschimpft, mein Vater hat mich verprügelt und wieder einmal gesagt: ›Schau dir den Großen an. Der würde so etwas nie machen.‹ Aber echt, ich habe keine Lust, darüber zu reden. Meine Eltern waren nicht so nett wie deine. Ich wollte schon als Achtjährige ernsthaft abhauen. Nur wusste ich nicht wohin.« Dann küsste sie mich weiter und sagte: »Komm jetzt heraus aus deinem Baum, sonst muss ich dich darin vögeln, und dann kommst du vielleicht nie mehr heraus, sondern bist für immer hineingequetscht. Deine Mutter wartet sicher schon mit dem Essen.«

Meine Mutter hatte sich wie immer tagelang mit dem großen Essen gestresst, war mehrfach einkaufen gefahren und hatte am Vortag alles vorbereitet. Mein Vater hatte wie immer gesagt, »bloß niemanden einladen zu meinem Geburtstag! Mir reicht eine Suppe«, und wie immer hatte Mutter trotzdem seine Kollegen, die meisten waren inzwischen Rentner, aus der Firma eingeladen, und am Esstisch herrschte eine aufgeräumte fröhliche Atmosphäre, denn natürlich genoss mein Vater es wie immer, wenn Gäste da waren, scherzte mit den Kollegen und flirtete mit Beate. Beate hatte unglaublicherweise ein luftiges buntes Sommerkleid an. Diese kräftige große Frau mit ihrem Kurzhaarschnitt, der im Moment nicht ganz so knapp war wie oft, sodass sich die Ansätze der Wellen andeuteten – ihr Haar leuchtete golden in der Sonne, die auf den Esstisch fiel – diese burschikose Frau in einem Kleid! Es war das erste Mal, dass ich sie in einem Kleid sah. Ich dachte, sie trüge wie auch ich nie Röcke oder Kleider. Ich hatte zurzeit mal wieder lange Haare, vor allem deshalb, weil ich keine Lust hatte, zum Friseur zu gehen, worüber sich meine Mutter sehr freute. »Das ist aber schön, dass du dein Haar wieder lang trägst«, sagte sie zur Begrüßung.

Bevor wir zum Spaziergang aufbrachen, machte meine Mutter ein Foto von Beate und mir im Garten. Beate im Kleid, mit butch-Ausstrahlung, und ich im leichten grauen Sommerherrenanzug, den ich für festliche Gelegenheiten schon seit Jahren im Schrank hatte und selten trug, mit langem wehenden Haar, die Sonnenbrille ins Haar gesteckt. Ein nettes fröhliches Paar-Foto entstand. Wir hatten andere Paarfotos von unserem Urlaub. Beide in diesen billigen Wanderhosen mit hundert Taschen, die immer ausgebeult aussehen, auch wenn nichts drin steckt. Dabei waren wir nicht einmal gewandert. Und ein zweites Foto. Ich dachte in dem Moment, als meine Mutter fotografierte, an das zweite Foto. Die muskulöse Bea, wie ich sie inzwischen meistens nannte, und ich, nackt. Ich – in der Zeit war ich gerade sehr schlank, dürr wäre der richtige Ausdruck, jetzt war ich schon wieder etwas runder, das wechselt bei mir ständig – ich also umschlang sie mit langen Gliedern wie Tentakel, als wäre ich ein Tintenfisch, hinter uns ein schräges Meer. Beide Fotos hatten wir mit Selbstauslöser auf dem Hotelbalkon aufgenommen. Vielleicht würde ich ein Bea & Anna-Album anlegen, dachte ich mir und lachte in die Kamera, als meine Mutter auf den Auslöser drückte.

Es gab Rindsrouladen, als Nachtisch Erdbeerkuchen mit Sahne, frische gezuckerte Erdbeeren auf einen Mürbteigboden gelegt, fertig. »Ich muss zugeben, das hat sogar mir geschmeckt«, sagte mein Vater nach dem Essen, wie immer das höchste Lob, wenn ihm etwas gefiel. Er war gebürtiger Berliner, lobende Sprüche waren knapp, ironische Anzüglichkeiten hatte er auch an diesem Geburtstag reichlich auf Lager. Nach dem Essen gingen alle in den Garten und ich half meiner Mutter in der Küche.

Mutter sagte: »Die mit ihren eisblauen Augen wird dich schon einwickeln. Vera war so nett. Dass du deine Beziehungen immer so schnell hinwerfen musst. Wie schade, dass Vera zurück nach Krakau gezogen ist. Aber das wäre eigentlich kein Hinderungsgrund ...«

Ich unterbrach sie. »Mutter, Beate ist auch sehr nett. Und außerdem hat sie warme grün-goldgesprenkelte Augen und keine eisblauen.«

»Na, du wirst schon sehen. Das ist dein Blick jetzt, wo du verliebt bist, da erscheinen dir ihre Augen natürlich warm. Warte es erst mal ab! Und Vera ...«

Ich unterbrach sie wieder. »Ich habe noch Kontakt zu Vera. Sie wird immer eine gute Freundin bleiben. Übrigens haben wir vor, sie bald einmal in Krakau zu besuchen. Möchtest du mitfahren?« Die Idee war mir plötzlich gekommen. Meine Mutter kam selten aus dem Reihenhaus heraus, dabei reiste sie gerne. Mein Vater hatte Herzprobleme und reiste aus Angst vor Stress kaum noch, außer nach Berlin. Dabei hatte er große Reisepläne für die Zeit nach seiner Pensionierung gehabt. Jetzt stand er kurz vor der Rente.

Meine Mutter schaute mich überrascht an. »Wirklich? Kannst du dir wirklich vorstellen, dass ich mit euch turtelndem frisch verliebtem Paar mitfahre?«

»Klar! Ich meine das ernst, denk darüber nach. Du kommst mit der Bahn nach Berlin und dann fahren wir von dort zusammen. Vater ist doch gerne mal alleine. Und wenn er auch mitkommen will, kann er natürlich.«

»Du weißt doch, dass Vater nicht mehr reist. Aber ich denke darüber nach. Eine wirklich nette Idee! Ich war früher schon einmal in Polen.«

Sie erzählte aus der Zeit ihrer Kindheit, in der sie mit ihren Eltern, sie ist in Hessen aufgewachsen, einmal zu Verwandten nach Polen gereist war. Und dann fing sie wieder mit Beates Augen an.

»Mensch, Mutter«, beendete ich das Gespräch über dem Spülbecken – sie hatte das gute von ihrer Mutter geerbte Geschirr mit Goldrand gedeckt, das nicht in die Spülmaschine durfte, »Mensch, Mutter, gib Beate eine Chance. Du wirst sie irgendwann sicher sehr gerne haben!«

Vera war meiner Mutter besonders ans Herz gewachsen. Sabrina hatten meine Eltern nur einmal kurz bei einem Berlinbesuch getroffen und ich erinnere mich nicht mehr an ihre Kommentare.

Als ich zu den anderen in den Garten ging, war Beate in ein Gespräch mit meinem Vater vertieft. Sie redete. Unglaublich, es schien ein echtes Gespräch zu sein. Meistens erzählte immer Vater, endlose alte Geschichten aus seiner Studenten- oder Physik-Laborantenzeit.

Zurück in Berlin, fand ich einen einsamen A4-Umschlag auf meinem Schreibtisch. Mir fielen die anderen Briefe ein. Ich spähte unter den Umschlag. Es waren keine anonymen Horrorbriefe mehr eingetroffen seit unserer Rückkehr aus dem Urlaub. Candy war mir auch noch nicht über den Weg gelaufen. Dafür waren einige Mails von Angelita angekommen. Ich wusste nicht, was ich ihr antworten sollte. Sie wollte wieder nach Berlin kommen, diesmal zusammen mit ihrer Freundin, und fragte, ob sie bei mir wohnen könne. Ich antwortete vorerst nicht.

Ein kleiner Verlag aus Hamburg hatte mich zu einem Bewerbungsgespräch eingeladen. Das ist ja toll!, dachte ich, Hamburg ist nicht weit und ich kann Annika, eine Freundin aus der Anfangszeit meines Studiums, endlich einmal besuchen. Ich rief sie an, sie war begeistert. Sie war schon vor Jahren nach Hamburg umgezogen und wir hatten uns seitdem nicht mehr gesehen. Ich erzählte von Beate, »ihr könnt gerne beide bei mir wohnen! Ich habe zwar nur ein schmales Gästebett, aber wenn man sich liebt, geht das sicher zu zweit!« Sie werde uns Hamburg zeigen. Fischkneipen. Aalsuppe. Sie hörte nicht auf, mir von den exotischen Seiten ihrer neuen Heimatstadt vorzuschwärmen.

Beate hatte keine Zeit, das Semester war in vollem Gange. Annika hatte mir erzählt, dass sie für einen Abend Gästekarten für das Schmidts-Theater hätte, ich solle unbedingt in dieser Zeit kommen. Ich fragte in dem Verlag an, ob es in der Woche möglich sei, und wir vereinbarten den Termin. Ein kleiner anarchistischer Verlag, der Erfolg mit einigen belletristischen Büchern hatte und sich seit einiger Zeit Angestellte und Volontäre leisten konnte. Sicher bewarben sich viele.

Beate bedauerte, dass ich so kurz nach ihrem Umzug verreisen musste. »Du wirst mir sehr fehlen, auch wenn es nur drei Tage sind. Ich wünsch dir Glück mit dem Job!« Hamburg. Würde ich wirklich dorthin ziehen wollen, wenn sie mich tatsächlich auswählten? So weit fort von Beate? Hamburg erschien mir auf einmal viel zu weit entfernt. Selbst wenn sie mich auswählten, müsste ich ja nicht zusagen. Es sei doch auf jeden Fall ein gutes Zeichen, endlich zu einem Vorstellungsgespräch eingeladen worden zu sein! Jetzt, wo es eine Einladung gebe, werden andere folgen!, redete ich mir im Vorfeld des Bewerbungsgespräches ein. Es gab auch in Berlin noch einige Verlage und die Galerie, die auf meine Bewerbungsschreiben bisher nicht reagiert hatten. Mit meinem Praktikumszeugnis hatte ich mich mutig – denn in dem Praktikum hatte ich nichts gelernt – für eine Stelle in einer großen Kunstgalerie beworben. Allerdings war es inzwischen schon sehr lange her, dass ich meine Unterlagen breit gestreut innerhalb Berlins verschickt hatte. Ich sollte nachhaken.

Am Abend vor der Abreise stand Beate früher als erwartet vor meiner Tür; sie wolle mich zum Essen ausführen, sofort! Meine Blutung schien sich anzukündigen, ich hatte Bauchschmerzen; typisch, dass so etwas zu früh kommt, wenn was Wichtiges ansteht, dachte ich, wahrscheinlich würde ich morgen mit schmerzverzerrtem Gesicht bei dem Verlag auftauchen. Ich sagte das Beate.

»Macht nichts«, antwortete sie, »deine prämenstruellen Beschwerden werden wir schon vertreiben. Gehen wir zum Vietnamesen, das ist gut verträglich!«

Später, als wir in ihrer Wohnung waren, fragte ich Beate, ob sie ein Foto von sich habe. Mir fiel die Fotogeschichte ein, wahrscheinlich errötete ich, oder Beate mit ihrer Art, Dinge zu sehen, die eigentlich nicht sichtbar waren, bemerkte, dass etwas Rätselhaftes mit dieser Frage nach eine Foto verbunden sein musste: »Klar habe ich Fotos von mir, nichts Aufregendes, aber wieso fragst du auf einmal nach einem Foto? Und das in diesem anzüglichen Ton. Klingt fast so, als würdest du nach meinen schlimmsten Geheimnissen fragen! Und jetzt wirst du auch noch rot!«, sie grinste.

»Weil ich das erste Mal, seitdem wir zusammen sind, ohne dich wegfahre. Hast du vielleicht das Foto von deiner homepage, aus der Zeit, als du noch den Hiwijob bei Kammerer hattest?«

»Wie kommst du denn jetzt ausgerechnet auf dieses Foto? Das müsste ich suchen.«

Und dann erzählte ich ihr, dass mich dieses Foto schon beschäftigt hatte, bevor ich sie kannte. Dass sie darauf so aufregend gewirkt habe, dass ich – ich erzählte nicht, wie sehr – darauf abgefahren war. »Also, du hast darauf so heiß ausgesehen, dass ich von deinem Bild, wie soll ich das ausdrücken, ›erotisch affiziert‹ wurde.«

»Wie hübsch das klingt: ›Erotisch affiziert‹!«, sagte sie einfach; die Erinnerung an das, was das Bild ausgelöst hatte, war sofort da. Die fantasierten ersten Male. Die Zeit, die seitdem vergangen war, das Wunder, dass wir zusammen waren und dass sie jetzt hier in ihrer Wohnung inmitten der noch immer unausgepackten Bücherkisten nach Fotos kramte. Ich stand neben mir und dachte, das bin nicht ich, der das passiert. »Wahrscheinlich habe ich dieses Foto irgendwo im Laptop.«

Sie fand es schließlich und druckte es mir aus, dann schliefen wir wieder miteinander, sie drückte mir die Hände gegen das kühle Gitter des Bettrostes und küsste mich, während ich mich gefesselt fühlte, sie küsste und küsste, so lange, dass mir warm und wärmer und heiß wurde und dass ich sie wieder so sehr liebte, und sie küsste weiter, dass die Bauchkrämpfe wirklich nachließen. Dass das Gitter heiß wurde, und sie noch immer nicht aufhörte mit Küssen, bis sie meine Arme von einer Sekunde auf die andere losließ, sich an mir hinunterküsste und mich zu lecken begann. Ich wollte ausweichen, versuchte mich aufzurichten, wollte etwas sagen wie, »ich bin ungeduscht, es kann jederzeit losgehen mit der Blutung«, doch sie drückte mich wieder aufs Bett, fixierte meine Hüften mit hartem Griff, ihre starken gefährlichen Hände, dachte ich, als sie sagte, »halt dich fest, ich werde dich jetzt lecken und ficken, bis du nicht mehr kannst, ich werde alles von dir aufsaugen, bevor du morgen wegfährst!«, sie besorgte es mir mit dem Mund, den Zähnen, sie leckte mich mit harten Zungenstößen und weichen, zarten, fast nicht vorhandenen Berührungen, ich vergaß die Blutung, die Bauchschmerzen, vielleicht vergaß ich auch sie und mich, ich gab mich hin und war nur noch berührter Körper, kam einmal, zweimal, die Nässe, war sie schon das Blut?, nein, noch nicht, es waren nur die Wasser der Lust, sie hörte nicht auf, sie fickte weiter mit der Hand, donnerte Finger in mich, die ganze Hand?, begann in mir zu kreisen, so hart, so lange, bis ich wirklich nicht mehr zu können glaubte, bis sie von einer Sekunde auf die andere von innen an meinen Bauch stieß, meinen Venushügel mit der anderen Hand dagegendrückte und innehielt. »Ich liebe dich«, sagte sie, »ich liebe dich so sehr.« Ich war kurz vor einem neuen Orgasmus, zitterte vor Lust, vor Freude, dass sie es wieder sagte, nach dem Flugzeug das erste Mal, mit einer Stimme, die mir durch und durch ging. Manchmal, wenn sie in der WG für Katharina, Esther und mich gekocht hatte, hatte sie in der Küche laut vor sich hingesungen, es war wunderschön. Ihre Stimme klang in mir nach.

13

Als ich am nächsten Tag im Bus nach Hamburg
saß, kreiste sie noch in mir. Die körperliche Empfindung ihrer rotierenden Finger war so stark, dass
ich glühte. Ich spürte den Blick des Busfahrers auf
mir im Rückspiegel, sah in ein rundes weiches Gesicht mit schönen schwarzen Augen, und die heißen Wellen flossen aus mir heraus. Es hörte nicht
auf, dass sich etwas in mir bewegte, der Blick des
Busfahrers, ich muss die sexuelle Besessenheit ausgestrahlt haben, der Blick ruhte immer wieder auf
mir, ich sah zurück in seine Augen, während Beate
in mir war und dann war es der Fluss meiner Blutung, ich roch es. Mist. Ich hatte noch keinen Tam-
pon drin, kramte danach in der Tasche, fand die
Packung nicht, dann suchte ich nach Tempos, fand
auch keine und schob mir schließlich mit Mühe
eine meiner Ersatzunterhosen in die Jeans, stopfte
sie als Binde zwischen die Beine und tastete den
feuchten Fleck, der sich schon durch den dicken
Jeansstoff von außen fühlen ließ und vielleicht gab
es auch auf dem Sitz schon einen Fleck. Eine zweite Hose hatte ich heute Morgen in der Eile der Abreise nicht eingepackt. Ich musste mit dieser Hose
zum Bewerbungsgespräch. Als ich in Hamburg

ausstieg. nickte mir der Busfahrer mit warmherzigem Lächeln zu. Sein Blick erschien mir freundlich, nicht anzüglich. Was Liebesglück und sexuelle Erfüllung alles bewirken. Ich hatte nach Nächten mit Beate oft den Eindruck, alle Menschen wären aufmerksam, manche würden mit mir flirten; ich ließ mich oft auch darauf ein, gab Blicke zurück, erfüllt von Beates Berührungen, durchstrahlt vom Glück, das nach außen zu scheinen schien, wie kitschig! Wie schön!

Annika holte mich ab und fuhr mich zum Verlag. Ich kam ein paar Minuten zu spät, fragte als Erstes nach der Toilette, wusch mich, ersetzte die durchweichte Unterhose durch einen Wulst aus Klopapier und hoffte, dass die etwas dunklere Färbung der Hose zwischen meinen Beinen nicht auffiele. Das Gespräch verlief gut. Die Verlagscrew war eine Gruppe sympathischer Leute mit ebenso sympathischen Büchern, Politisches und Romane. Das Volontariat für Pressearbeit und Vertrieb sollte anderthalb Jahre dauern, eventuell war eine Anstellung danach drin. Sie erklärten mir, dass jeder der Mitarbeiter in alle Vorgänge und Entscheidungsfindungen einbezogen werde. Sie sagten auch, dass sie sehr viele Bewerbungen hatten. Am Abend rief ich Beate an und berichtete ihr die Details des Gesprächs. Sie wolle mir die Daumen drücken. Ihre Stimme klang ängstlich.

Gestern hatte sie ihre Liebe geäußert. Erstmals nach dem romantischen Rückflug. Vielleicht hatte sie versucht, gegen Gefühle anzukämpfen, gegen die Gefahr der Abhängigkeit, wollte sie sich vor einer Symbiose wie die mit ihrer Chris schützen? War aber doch von Gefühlen überflutet worden. Und zugleich von Ängsten. Gefühle machen verletzlich. Was wäre, wenn ich wirklich nach Hamburg ginge, kaum dass sie sich so weit geöffnet hatte? Würde sich die Intensität zwischen uns aufrechterhalten lassen? Ich war mir nicht sicher. Und sie sich vermutlich auch nicht.

Es folgten zwei Tage in Hamburg mit der vergnügten Annika. Annika, eine kleine quirlige Frau, trug immer noch ihre altmodischen schwarzen Lederklamotten, die ich aus Berlin kannte. Sie war in der Hamburger SM-Szene aktiv, doch die Härte, die ihr Outfit ausstrahlen sollte, konnte ihre liebenswerte fröhliche Art nicht verbergen. Als harte SM-Butch konnte ich sie mir nicht vorstellen. Sie zeigte mir ihre Lieblingskneipen in der Gegend rund um eine Straße, die Schulterblatt hieß, sie wohnte selbst auch in diesem Viertel. Wir tranken miteinander, sie trank keinen Alkohol, ich passte mich an, so tranken wir Unmengen an Apfelschorle und Pfefferminztee und redeten fast die gesamte erste Nacht hindurch. Dann zeigte sie mir ihr Hamburg bei Tag; den Freihafen liebte sie besonders, in dem ich mich verirren würde, eindrucksvolle Kranlandschaften, Container, Fischkneipen, den Spazierweg an der Elbe. Am zweiten Abend waren wir mit ihren Gästekarten im Schmidts-Theater und sahen uns ein Klamaukstück mit dem Titel »Oh Alpenglühn!« an. Annika hatte mir von der letzten Show vorgeschwärmt, die sie gesehen hatte. Die wurde in der Zeit meines Aufenthalts nicht mehr aufgeführt. Eine Show über die Siebziger, mit den Hits der Zeit. Annika sang mir Paloma Blanca vor. Das Lied war mir auch nach dem Alpenglühn noch in den Ohren. Ich war in den Siebzigern noch nicht einmal auf der Welt, Annika auch nicht. Nach der Show waren wir auf der Reeperbahn unterwegs. Annika gab die Reiseführerin, erzählte, wie es hier früher zugegangen sein sollte und dass sie von einer Freundin gehört habe, dass man auf der Bühne eines dieser Sex-Theater habe mitmachen können, Live-Sex, so etwas gebe es alles nicht mehr, nur noch öde Stripshows.

Am drittenTag wollte ich mit dem letzten Bus zurückfahren. Ich rief Beate an. Sie fragte, ob ich heiße Nächte mit Annika verbracht hätte.

»Quatsch! Doch nicht sowas! Annika ist 'ne Nette, die kenne ich schon ewig! Wir haben uns eine blödsinnige Show namens Alpenglühen angesehen.«

»Das schließt sich doch nicht aus.«

»Also, Bea! Annika bedrängt mich geradezu, bald mit dir zusammen wiederzukommen. Dann könne sie uns zu SM-Events mitnehmen!«

Beates Lachen klang mir noch lange nach dem Anruf in den Ohren.

»So sehr stehe ich nun auch nicht auf SM, dass ich Gruppen und Events bräuchte. Etwas härter manchmal gerne –, das hast du ja schon mitbekommen, aber dieses ganze Getue drum herum, nee, das ist nicht mein Ding! Du musst mir aber jedes Detail berichten, wenn sie dich dahin mitschleppt!« Ihre Stimme klang wieder verunsichert, so, als hätte sie Angst, ich würde wirklich mit Annika irgendwo heißen Gruppen-SM-Sex praktizieren.

»Ich brauche keinen Sex mit anderen! Auch keine SM-Gruppen-Orgien. Der Sex mit dir reicht mir. Also bis heute Nacht, ich freue mich auf dich.«

»Bis später, ich freu mich auch wahnsinnig auf dich!«

Annika und ich plauderten in ihrer Wohnung, unser Redefluss nahm kein Ende und wir sahen nicht rechtzeitig auf die Uhr. So verpasste ich den letzten Bus um ein paar Minuten. Am Bahnhof checkten wir die Abfahrtzeiten der Züge, 22.06 fuhr noch einer, der würde sogar früher ankommen als der Bus. Um die Wartezeit zu überbrücken, gingen wir in eine Kneipe, die Annika mir bei der Gelegenheit unbedingt noch zeigen wollte, »ist gleich um die Ecke!« Die Kneipe war natürlich nicht um die Ecke, sondern zehn Minuten Fußweg entfernt. Wir quatschten weiter, über was alles, daran erinnere ich mich nicht mehr, und dann war es plötzlich fünf vor zehn; bis wir bezahlten hatten, war es zehn. Obwohl wir zurück zum Bahnhof rannten, fuhr der Zug gerade ab. O je. Der nächste fuhr erst nach Mitternacht und brauchte ewig, würde erst morgens um vier in Berlin ankommen. Annika sagte natürlich, »macht nichts, dann übernachtest du noch mal bei mir.« Ich rief Beate an, sie ging nicht ans Telefon. War ja noch Zeit, bis sie mich vom Bus hätte abholen wollen. Ich erreichte Beate erst kurz vor meiner geplanten Ankunftszeit. Sie wollte gerade aufbrechen und klang furchtbar enttäuscht. »Wie kann man erst den Bus und dann den Zug verpassen?«

Ich hatte das Gefühl, sie glaubte mir nicht. Konnte sie ernsthaft denken, mich hielte etwas noch eine Nacht in Hamburg fest? Ich bot an, mit dem Nachtzug zu kommen. Sie müsse mich um vier auch nicht abholen, ich könne mit dem Nachtbus oder notfalls Taxi zu ihr fahren. Sie ging nicht darauf ein, sondern legte auf. Als ich es kurz darauf noch einmal probierte, war nur ihr Anrufbeantworter dran. »Beate G. ist nie mehr zu sprechen«, ertönte es. Ich versuchte es immer wieder, immer wieder diese Ansage.

Mich durchzuckte Angst. Ich hielt Annika fast die gesamte Nacht wach und wir redeten über Beate. Annika fiel ein, dass, als sie noch in Berlin studierte, ihre damalige Freundin einmal gedacht habe, ich hätte was mit ihr, also mit Annika, gehabt. Ich strahle, behauptete Annika, schon so etwas wie sexuelle Offenheit aus. Für mich müsse Poly doch die ideale Lebensfom sein! »Und du hast das damals nie dementiert, als meine Freundin dich darauf angesprochen hat. Als würde es dir Vergnügen bereitet haben, sie im Ungewissen zu lassen. Ich konnte reden, was ich wollte, sie war sich danach immer unsicher, ob wir beide nicht noch was miteinander gehabt hätten. In der Zeit jedenfalls hast du dich mit dem Flair umgeben, mit vielen schon mal im Bett gewesen zu sein!«

Ich dementierte empört. »Nein, das war ich damals nicht, wie kommst du denn darauf?« Ich hatte das alles völlig vergessen. Hatte auch meine Begegnung mit Angelita in der Anfangszeit mit Beate schon verdrängt. Sie fiel mir jetzt natürlich wieder ein. Vielleicht neigte ich wirklich dazu, mich auf alle Verführungen einzulassen, bloß nichts zu verpassen, mehrere Leben zugleich zu führen. Mir kam auch in den Sinn, dass mein Vater in der Zeit, in der ich als Studentin bei jedem Besuch und jedem Telefonat von einer anderen Freundin erzählt hatte – ich konnte mit meinen Eltern über solche Dinge reden –

einmal behauptet hatte, ich müsse im letzten Leben zu kurz gekommen oder zu früh gestorben sein, weil ich in diesem Leben so viel mitnehmen wolle. Strahlte ich vielleicht Beate gegenüber dieses Flair aus, das Annika mir eben unterstellt hatte? Aber hier in Hamburg war wirklich nichts gelaufen. Und auch früher nicht. Ich war nie mit Annika im Bett gewesen. Heute hatten wir noch die schicke Einkaufsgegend angeschaut, waren mit dem Schiff auf der Alster unterwegs gewesen, und ich hatte mir die ganze Zeit vergeblich versucht vorzustellen, wie es wäre, in dieser Stadt zu leben. Berlin war meine Stadt. Ich würde nicht aus Berlin weggehen, selbst wenn der Verlag zusagte.

Ich werde an den Verlag mailen und es ihnen erklären, nahm ich mir vor, gleich, wenn ich wieder in Berlin bin. Dann müssten sie mich nicht erst in die Auswahl einbeziehen.

Wieso nur hatte Beate eine solche Ansage auf ihren Anrufbeantworter gesprochen? Wollte sie mich quälen? Ich hatte mehrmals draufgesprochen. »Geh doch bitte ran, wenn du das hörst. Was soll das? Ich habe doch nur den Zug verpasst!« Zum Schluss hatte ich meine Ankunftszeit für morgen durchgegeben, auch wenn sie zu der Zeit in der Uni sein würde.

Sie holte mich nicht ab. Am Abend klingelte ich, sie öffnete, stand vor mir mit diesem ausgeknipsten Blick, der mir eiskalt in die Knochen fuhr.

Ich setzte zu einer langen Erzählung über Hamburg an, sie unterbrach mich und sagte, »du musst mir nichts erzählen.«

Ich ließ mich nicht abbringen und erzählte trotzdem, sie blieb unbewegt vor mir stehen, leeren Blicks. »Was ist denn los mit dir, hast du dir etwa eingebildet, da wäre was anderes gelaufen als Bewerbung und Stadtbesichtigung? Was hat dich nur dazu gebracht, diese schreckliche Ansage auf deinen AB zu sprechen? Ich habe noch viele Male versucht dich anzurufen. Du machst mir Angst!«

»Ich weiß nicht«, sagte sie schließlich, ihr Ton war resigniert, als gäbe sie auf, »ich weiß manchmal nicht, was ich denken soll. Ich weiß nicht, was du wirklich tust. Ich glaube übrigens, deine Mutter mag mich nicht. Das ist typisch. Es wäre besser für mich, allein zu sein. Irgendwann wenden sich alle Menschen von mir ab.«

»So ein Quatsch! Und wie kommst du jetzt auf meine Mutter?«, fragte ich. »Und deine Freundin Chris hat sich auch nicht von dir abgewandt. Das war umgekehrt, oder! Du steigerst dich in alberne Horrorvorstellungen hinein. Und natürlich mag meine Mutter dich!« Das war zwar gelogen, aber ich war sicher, irgendwann würde meine Mutter Beate mögen. Auch wenn es ihr noch schwerfiel, sich von der Vorstellung zu verabschieden, dass Vera meine Freundin ist. Sie war Vera treu. Vera ist ja auch wirklich »so eine Nette«, wie meine Mutter es formuliert hatte. Ich möchte sie unbedingt bald wiedersehen, mag sie immer noch sehr, wie eine Schwester – dachte ich, als Beate so vor mir stand, dass mir wirklich angst und bange wurde – wie jemanden, den ich nicht mehr missen möchte, mit dem ich mich mein Leben lang verbunden fühle, auch wenn wir uns nicht sehen. Die Gefühle für Beate waren anders. Gefährlicher. Irrationaler.

»Meistens ist aber was dran, wenn solche Vorstellungen von einem Besitz ergreifen«, war Beates Kommentar.

Und dann erzählte sie, wie mies sie sich gefühlt habe, als ich in dem Moment, in dem sie mit Vorfreude aufzubrechen ansetzte, angerufen hatte, um abzusagen. »Du klangst so fröhlich. Nicht so, als wäre dir das zufällig passiert, sondern als wäre es Absicht, die du mir gegenüber natürlich als Zufall getarnt hast. So, als wolltest du diese Nacht unbedingt noch in Hamburg verbringen. Mit wem auch immer.«

»Nein, Bea! Ich habe mich wirklich nur mit Annika in der Wohnung verquatscht! Jetzt hör doch mal auf damit!«

»Ja, vielleicht. Ach, und nach deinem Absageanruf fiel mir eine unangenehme Situation aus meiner Scheißkindheit ein, die ich vergessen hatte.«

»Was?«

Sie reagierte, sie kam ins Reden, wie befreiend das war! Ich war so erleichtert, dass ich fast nicht zuhörte.

»Ich war mit anderen Kindern aus der Schule in einem Ferienlager. Wir kamen mit der Bahn zurück. Der Bahnhof lag einige Kilometer von unserem Kaff entfernt, da gab es keinen. Alle wurden von ihren Eltern abgeholt. Meine Eltern hatten mich vergessen. Ich blieb einsam an dem verlassenen Bahnhof stehen und wartete, bis ein Bahnhofsangestellter nachfragte. ›Ich warte auf meine Mutter oder meinen Vater‹, sagte ich, und er rief bei meinen Eltern an. Dann wartete ich noch mal zwei Stunden. Sie hatten einen meiner Brüder geschickt, mich zu Fuß abzuholen.«

»Vielleicht hatte deine Mutter zu viel zu tun.«

»Wie kommst du dazu, meine Mutter in Schutz zu nehmen? Ich sag's noch mal, nicht alle Eltern sind so nett wie deine!«

»Ja klar, natürlich, ich weiß auch, dass es schreckliche Eltern gibt, ich lese ja Zeitungen! Aber manchmal interpretiert man nachträglich etwas in Situationen. Du bildest dir ein, ein bestimmtes Verhalten sei auf dich persönlich gemünzt. Du denkst, deine Eltern haben das aus böser Absicht gemacht? Oder haben es vergessen, weil du ihnen gleichgültig warst? Aber vielleicht waren sie einfach gestresst. Abgelenkt. Vielleicht war es Schludrigkeit. Katharina passt auf Esther in meinen Augen manchmal auch nicht sorgsam auf. Wenn ich sie darauf anspreche, bekomme ich etwas zu hören wie: Esther müsse ihren eigenen Weg finden. Durch Gefahren könne sie Erfahrungen sammeln und ihre Grenzen kennenlernen.« Mir stand vor Augen, wie Esther einmal in der für uns harmlosen Ostsee in Panik geraten war. Sie hatte eine Qualle gestreift. Katharina war nicht sofort zu ihr hingeschwommen.

»Das kannst du wirklich nicht vergleichen, du hast keine Ahnung.«

Ich konnte nicht einmal in dieser Situation aufhören, Bea zu widersprechen. Bis sie schließlich sagte, »komm lass, liegt sicher an deiner schicken Kindheit als Tochter einer Lehrerin und eines besseren Angestellten, dass das so schwer für dich nachzuvollziehen ist. Wahrscheinlich denkst du, dass Eltern wie meine nur in Gräuelberichten in »stern« oder »Bild« existieren. Ich erzähle dir noch etwas. Aber danach möchte ich nicht mehr darüber reden! Ich war als kleines Mädchen, vielleicht war ich sechs oder sieben, einmal krank. Schwer krank. Ich erinnere mich nicht mehr genau, vermute, meinen Eltern war es gleichgültig, dass ich krank war. Wahrscheinlich glaubte mein Vater sogar, dass ich nur die Schule schwänzen wollte. Das habe ich schon im ersten Schuljahr manchmal wirklich getan. Doch ich wurde nicht gesund. Konnte schließlich kaum mehr atmen. Ich weiß nicht, was der Anlass war, vielleicht hatte eine Nachbarin was gesagt, irgendwann holten sie endlich einen Krankenwagen. Wie ich in diesem Wagen auf einer Trage lag und die ganze Zeit auf den Vollmond, der durch das Fenster hereinschien, geschaut habe, daran erinnere ich mich noch deutlich, und wie ich dachte, solange ich den Mond sehe, bin ich nicht tot. Daher mag ich den Mond besonders! Ich weiß, viele mögen ihn. Aber mir hat er das Leben gerettet. Ich hatte eine doppelseitige Lungenentzündung, die Lunge hatte schon fast versagt. Im Krankenhaus gaben sie mir Penizillin.«

Ich wurde still, sagte nichts mehr, umarmte sie. Sie wehrte ab.

»Bea, das ist ja fürchterlich. Danke dir, Mond!« Ich meinte das ernst, blickte nach draußen, aber es war nur das Straßenlicht zu sehen. »Danke, Mond«, sagte ich noch mal, »danke, dass du geholfen hast, dass Beate noch da ist und wir uns haben kennenlernen können.« Manchmal bedankte ich mich — meist im Stillen — bei der Sonne, bei einer schönen Wolkenzeichnung, einer besonderen Himmelsfarbe, den blühenden Linden, bei Dingen, die mich für Momente glücklich machen.

»Jetzt hör aber mal auf!«, sagte Beate.

Im Verlauf des Gesprächs war das Leben in ihre Augen zurückgekehrt.

Auch dafür bedankte ich mich im Stillen bei wem auch immer.

»Wie viele Geschwister hattest du eigentlich?«, fragte ich nach einer Weile und versuchte, meine Stimme unter Kontrolle zu bekommen. Ich hatte fast geweint, als ich mir Beate als Mädchen im Krankenwagen vorstellte, den Blick fest an den Mond geheftet.

»Wir waren vier. Ich habe noch zwei Brüder und eine Schwester. Jetzt möchte ich aber wirklich nicht mehr darüber reden.«

»Wäre es nicht besser, du würdest alles erzählen, was dir einfällt? Darüber-Reden hilft doch immer. Warum sonst möchten die meisten nach einem dramatischen Erlebnis jedes Detail berichten? Und alles, was sie verpasst haben, was sie hätten noch sagen und tun wollen und so weiter. So war es zumindest bei Vera«, warum musste ich Vera erwähnen?, »und einer anderen Freundin. Reden ist notwendig. Nicht umsonst gibt es sowas wie Gesprächstherapie oder Psychoanalyse.«

»Aha, Vera! Bei der war ja alles besser. Du willst mich doch nicht etwa zu irgendwelchen Psychofritzen schicken? Das brauche ich nicht. Sag mal, spinnst du? Denkst du, ich bin psychisch krank, nur weil ich nicht in der Vergangenheit wühlen will? Klar, du denkst, ich habe eine Macke. Mir geht's echt besser, wenn ich nicht daran erinnert werde.

Warum muss man immer alles durchkauen und erinnern und auswalzen. Deine Absage, als ich quasi schon im Busbahnhof auf dich wartete und mir vorstellte, wie du aussteigst, ich dich entdecke, dir entgegenlaufe, dich in die Arme schließe. Manchmal stelle ich mir Sachen sehr lebendig vor, kurz bevor ich sie realisiere. Und es war ein Schock, dass du so knapp davor anriefst. Ich glaube, da schoss dieses alte Gefühl, stehen gelassen zu werden, in mir auf, überflutete mich und löschte alle anderen Empfindungen aus. Auf solche Flashbacks kann ich gut verzichten. Ich kann doch niemals wirklich wissen, was du tust und denkst. Woher auch. Niemand steckt in der Haut einer anderen. Jetzt hole ich uns aber mal eine Flasche Wein.«

Beate ging in die Küche, ich rief ihr hinterher, »ich hatte dich schon viel früher versucht anzurufen, gleich nachdem ich den Zug verpasst hatte. Aber ich habe dich weder auf dem Festnetz noch auf dem Handy erreicht, auch dein AB ging nicht ran. Wo warst du denn? War doch Sonntag.«

Sie rief zurück, »na, vielleicht im Bad oder keine Ahnung. Ich habe es nicht gehört!«

Ich hätte sehr gerne mehr aus ihrer Kindheit erfahren, aber zwang mich, mit dem Nachfragen aufzuhören. Anstelle dessen erzählte ich ihr von der spontanen Idee, meine Mutter auf unsere Reise nach Krakau mitzunehmen. Als ich das letzte

Mal mit ihr telefoniert hatte, hatte meine Mutter gesagt, dass sie sehr gerne mitkommen würde, aber nur wenn Beate nichts dagegen habe. »Oder findest du das blöd? Meiner Mutter geht es nicht so gut, sie fühlt sich manchmal wie eingesperrt in dem Häuschen. Früher, als meine Eltern noch in einem großen Wohnblock gewohnt hatten, ging es ihr besser. Sie ist kontaktfreudig und diese Reihenhaussiedlung ist nicht so lebendig wie der Block mit den vielen Großfamilien. Da wohnen inzwischen fast nur noch Rentnerehepaare. Ich glaube, es täte ihr gut, da mal ein paar Tage rauszukommen.« Beate hatte nichts dagegen. Wir waren endlich weg von ihrem »Zustand«. Ablenkung hilft. Ich nahm mir vor, Vera in den nächsten Tagen zu mailen, um zu fragen, wann es ihr passte, dass wir kommen.

Danach tranken wir die Flasche Wein miteinander aus und Beas Augen glühten jetzt. Grün mit brauen Pünktchen darin. Beim Einschlafen berührten ihre Lippen meinen Nacken, mehr nicht. Mich durchlief ein Schauder. Sie war mir wieder nah, das war so zerbrechlich.

14

Am nächsten Tag erledigte ich meine Mails. Zuerst schrieb ich dem netten Verlagsteam, dass ich mich entschlossen habe, in Berlin zu bleiben. Ich würde zwar sehr gerne bei ihnen arbeiten, hätte aber realisiert, dass ich nicht aus Berlin wegziehen könne. Somit könnten sie sich zwischen weniger Bewerbern entscheiden, falls ich überhaupt zur Wahl stünde. Antwort kam ein paar Minuten später: »Schade, du hast uns allen gut gefallen, sicher wären wir mit dir klar gekommen. Sollen wir dir unseren Newsletter zuschicken?« Hatte ich sie richtig verstanden? Hätten sie mich genommen? Machte ich jetzt einen Fehler? Vielleicht sollte ich noch einmal darüber nachdenken. So anstrengend ist ein Volontariat nicht, stellte ich mir vor, sicher ließe sich auch manches von zu Hause aus erledigen. Ich überlegte, ob ich meine zu schnell geschriebene Absage rückgängig machen sollte. Ich musste inzwischen fast Fulltime in diesem Café arbeiten, da sich keine anderen Jobs mehr auftaten. Dass Bea oft bezahlte, wenn wir ausgingen, war mir unangenehm. Außerdem, fragte ich mich, und starrte immer noch auf die E-Mail des Verlags, würde ich nicht langsam verblöden, wenn ich nur Cocktails und Snacks und Kaffee hin und her trug? Allerdings war das Trinkgeld gut, besonders wenn ich von Beates Sex durchströmt war. So schlecht lebte ich nun auch wieder nicht. Und eigentlich ist der Caféjob angenehm. Ich konnte das täglich ein paar Stunden machen, Geld verdienen und hinterher abschalten. Anders als Beate, die oft noch zu Hause mit Korrekturen und Vorbereitung beschäftigt war. Die Entscheidung wird schon richtig gewesen sein. Ich nahm meine Absage nicht zurück.

Dann mailte ich Vera und Angelita. Angelita schrieb ich, dass ich mich freuen würde, sie und ihre Freundin zu treffen. Leider können sie nicht bei uns übernachten. Sie mailte zurück, dass sie noch ein paar andere Frauen fragen und wenn nichts Privates klappte, wieder das Easy-Hotel mit den Schlafschubladen buchen wolle. Ich hatte Katharina gar nicht erst gefragt, ob Angelita und ihre Freundin auf dem ausziehbaren Sofa in unserem Wohnzimmer schlafen könnten, denn ich konnte mir ihre Antwort vorstellen: »Ich habe so viel zu tun grade und möchte abends vor der Glotze entspannen. Und das geht natürlich nicht, wenn das Sofa von zwei jungen Madriderinnen belegt ist. Beim Frühstück Englisch reden müssen, nein. Bitte, wenn du es irgendwie vermeiden kannst, nicht bei uns. Also nur im größten Notfall.« Größter Notfall war das wirklich nicht. Und dann war auch noch eine Mail von Sabrina gekommen, von der ich schon sehr lange nichts mehr gehört hatte. Sie sei demnächst in Berlin, ob sie bei uns übernachten könne? Ich wusste nicht einmal, dass sie nicht mehr in Berlin lebte. Natürlich schrieb ich ihr dasselbe wie Angelita, und ergänzte, »wenn du Lust hast, rühre dich mal. Dann gehen wir einen Kaffee trinken und du erzählst mir alles, was dir passiert ist in den letzten Jahren.« Als hätten sich die Frauen aus meiner jüngeren Vergangenheit verabredet, klingelte das Telefon und Doro fragte, wie es mir gehe. Wir sollten uns mal wieder treffen. Wir telefonierten lange miteinander. Leider hatte sie noch immer keine Arbeit, die sie mir hätte abgeben können, da sie selbst im Moment nur knapp so viele Jobs hatte, dass sie auskommen konnte. Wir verabredeten uns auf unser Bier.

Am Abend arbeitete ich wieder im Café. Auf einmal sah ich Candy auf mich zukommen. Sie setzte sich mit überheblichem Lächeln an den Tisch, den ich gerade abräumte, und bestellte einen Wein. Ich hatte sie seit dem Kino nicht mehr gesehen. Dass die sich hier blicken lässt! Die Briefe! Ich werde sie fragen, schoss mir durch den Kopf. Das muss sie gewesen sein, wer sonst. Und dann wagt die es hierherzukommen! Wie vehext, dass sie ausgerechnet heute auftaucht, nachdem sich Angelita und Sabrina gerührt hatten, unglaublich.

Und Doro hatte in unserem Telefonat seit Langem auch wieder einmal gefragt, ob wir herausgefunden hätten, wer die seltsamen Drohbriefe geschrieben habe. Ich hatte lange nicht mehr an die Briefe gedacht. Ich muss Candy fragen! Ich bat eine Kollegin, ob sie für eine Weile meine Tische mit übernehmen könne. Die hatte mich auch schon öfter darum gebeten, wenn einer ihrer Verehrer hier aufgetaucht war. Dann brachte ich Candy den Wein und setzte mich zu ihr. Sie sah eine Sekunde lang erschrocken aus, bevor sie ihr Gesicht wieder unter Kontrolle brachte, ihr arrogantes Lächeln aufsetzte und in anzüglichem Ton fragte: »Na wie geht es dir und deiner Liebhaberin?«

»Candy, ich muss dich was fragen. Hast du mir diese Briefe geschickt?«

»Welche Briefe? Ich habe dir in letzter Zeit nicht mehr gemailt. Du warst dir ja zu fein, um auf meine Vorschläge einzugehen. Wieso sollte ich dir hinterherrennen?«

»Nein, ich meine Briefe. In Umschlägen. Die du persönlich bei mir eingeworfen hast. Handschriftliche Briefe.«

Hatte ich eigentlich je ihre Handschrift gesehen? Ja klar, fiel mir ein, als sie mir ihre E-Mail-Adresse aufgeschrieben hatte. Ob ich den Zettel noch finden würde? Ganz aussichtslos war es bei meinem Chaos nicht. Oft räume ich alle Zettel aus dem Portemonnaie und stopfe sie in eine Schublade, statt sie gleich wegzuwerfen. Es könnte sich ja immer etwas Wichtiges darin verbergen.

»Wie kommst du denn auf die blödsinnige Idee, dass ich dir Briefe einwerfe? Waren das Liebesbriefe?«

»Nein, im Gegenteil! Und wenn ich herausfinde, dass du das doch gewesen sein solltest, dann …«

»Na, was dann«, unterbrach sie mich. »Willst du mich ermorden? So guckst du gerade! Was waren denn das für schlimme Briefe, dass du in einen solch unschönen und drohenden Ton verfallen musst. Kannst du dich nicht vernünftig mit mir unterhalten? Und dein Gesicht solltest du mal sehen. Du würdest vor dir selbst davonlaufen!« Sie verzerrte ihr Gesicht zu einem überheblichen Grinsen. »Aber, jetzt erzähl bitte, was so Furchtbares in den Briefen stand, die du mir unterstellst.«

Ich berichtete ihr den ungefähren Wortlaut, so wie ich ihn erinnerte. Und erzählte auch, dass ein zweiter Brief mit einem Foto gekommen war. »Da hat mich jemand hier im Café aufgenommen. Du warst ja früher oft genug hier. Keine Ahnung, welchen Grund du für eine solche Aktion hättest haben sollen, aber …«

»Sag mal, bist du verrückt? Ich könnte dich anzeigen wegen übler Nachrede, wenn du so etwas herumerzählst. Ich habe schließlich einen Ruf zu verlieren! Und du was machst du sonst so, also wenn du nicht gerade bescheuerte Verdächtigungen äußerst, immer noch Hauptjob Bedienung?«

»Ja.«

War sie es doch nicht gewesen? Keine Ahnung. Selbst wenn, sie musste es ja abstreiten. Dumme Idee, sie so direkt zu fragen. Ich muss unbedingt den Zettel mit ihrer E-Mail-Adresse finden. Gleichzeitig besann ich mich darauf, dass ich, als Beate bei uns eingezogen war, ihr Platz in meinen Schubladen geschaffen hatte. Bevor wir den Ikeatisch besorgten. Wahrscheinlich hatte ich den Zettelkram weggeschmissen. Candy sah mich erwartungsvoll an, während ich nachdachte. Fast sah sie verliebt aus, das überhebliche Grinsen war aus ihrem Gesicht gewischt. Ich rang mir ein »Und du, was machst du so?« ab.

Sie antwortete, »meine Eventagentur ist recht erfolgreich. Außerdem schreibe ich wieder. Wenn du willst, füge ich dich meinem Newsletterempfängerverteiler hinzu«

»Ich brauche deine Angeber-Newsletter nicht«, lag mir auf der Zunge, ich verschluckte es und sagte: »Meine Mailadresse hast du ja. Also tschüss dann. Ich muss jetzt wieder arbeiten.«

Den Zettel mit ihrer Handschrift fand ich nicht.

Die Chefin teilte mich in der nächsten Zeit sehr oft ein, es war Urlaubszeit. Hochsommer. Doch

Beate war von Reiselust gepackt. Sie überredete mich zu Wochenendreisen. Ich weigerte mich, schon an Freitagen aufzubrechen, damit ich wenigstens einen der gut besuchten und trinkgeldreichen Abende mitnehmen konnte. Für mehrere Samstage und Sonntage musste ich Aushilfen überreden, meine Wochenendschicht und manchmal auch noch den Montag und Dienstag zu übernehmen.

Beate hatte nicht viel zu tun in diesen Semesterferien und aus den Einnahmen ihrer letzten Lehraufträge genug gespart, um mich großzügig einladen zu können. Am liebsten wäre sie die ganze Zeit mit mir unterwegs gewesen.

Die im Überschwang nach unserem ersten Urlaub gebuchte Reise nach Irland im Herbst hatte sie auf den Sommer umbuchen wollen, aber das wäre sehr teuer geworden. Im Sommer gab es keine Angebote. So hatte sie storniert, weil sie in der Zeit, was sie damals noch nicht wusste, zwei wichtige und unverschiebbare Termine haben würde. Außerdem war Semester. Sie bedauerte, dass sie die Reise canceln musste. Immer wieder schwärmte sie mir in verführerischem Tonfall von Irland vor. »Da gibt es Moore, in denen man verschwinden kann, und endlose märchenhafte Landschaften mit weichem welligem Moosboden. Ich fühle den noch an den Fußsohlen. Wo du doch als Kind schon gerne im

Sumpf gespielt hast! Da wird Irland ein Traum für dich sein. Wir sind oft barfuß gelaufen. Ich werde dich irgendwann einmal auf einem Moosboden vögeln! Das verspreche ich dir«, sagte sie und ich hatte sofort das Gefühl, auf Moos gebettet zu sein. Als sie mir das erzählte, lag ich unter ihr in ihrem eher harten Bett, sie hatte mein Bein zwischen ihre Schenkel geklemmt und vibrierte leicht mit ihrer samtigen großen Möse auf meiner Haut, ihre weiche Stimme, ihr beschwörendes Flüstern über Moos und Kuhlen und das Gefühl dieses nachgebenden Grüns am Körper ließen es mich fast wirklich empfinden, während sie mich wie oft an den Handgelenken festhielt und sich an mir – die ganze Zeit redete sie von Torf, skurrilen Baumskeletten und fleischigen Pflanzen – sanft streichelte und zum Juchzen und sich selbst zum Kommen brachte und anschließend mich mit kleinen kreisenden Bewegungen um die Klit. Seit diesem Sex hat sich eine Sehnsucht in mir festgesetzt, wirklich mit ihr in einer irischen Moorlandschaft zu liegen. Warum das ausgerechnet in Irland sein sollte, ließ sich nicht erklären. Es gab auch in Berliner Wäldern Moos. »Das ist anders«, sagte Beate daraufhin. »Du wirst schon sehen. Und es gibt auch Meer und einsame sehr weiße Strände mit Sand, der aus winzigen Muschelsplittern besteht. Nicht, dass du denkst, da kann man nicht baden! Da fließt der Golfstrom, das Wasser ist warm. Kein Vergleich mit Ostsee. Klar, in Irland kann es regnen. Und die Nebel, die unheimlichen verlassenen Schlösser, Gespensterlandschaften, verzauberte Bäume, wie im Märchen!«

Gleich am darauffolgenden Wochenende machten wir einen langen Spaziergang im Grunewald. Auch hier waren die Laubbäume verzaubert, auch hier gab es versteckte Wiesen, wir schmusten, kicherten und hatten das Gefühl, andere Spaziergänger kämen gerade um die Ecke, wenn wir loslegen wollten zu vögeln. Wir ließen es. Und schmückten uns das irische Moos und Torfmoor und die verwunschenen Schlösser weiter aus.

In unserem Inselurlaub hatten wir uns einmal in den Kiefernnadeln gewälzt. Die waren kratzig und beide hatten wir am Abend, so erschien es uns zumindest, eindrucksvolle Striemen an Po und Rükken, als hätten wir heftigen SM betrieben; doch diese Kiefernnadelstriemen, kleine Kratzer eigentlich nur, waren schon nach einem Tag verschwunden.

An einem der nächsten Wochenenden fuhren wir nach Paris und besuchten eine Kollegin von Beate, die für ein Semester als Lektorin für Deutsch an der Université de Paris war. Sie wohnte in einer winzigen Mansardenwohnung mit Gästebett, auf das wir jede nur zur Hälfte passten. Wir gingen teuer essen, was laut der Lektorin noch günstig war, in ein niedliches Lokal namens »bouffon«. Es war

mit historischen Clownfotos und Masken vollgestopft, winzige Tische, sehr eng gestellt. Überhaupt
saß man in Paris immer an winzigen Tischen, Beate
balancierte sich ausgesprochen artistisch zwischen
Menschen an die Tische, im Gegensatz zu mir stieß
sie nie ungeschickt an oder etwas um. Am nächsten
Tag liefen wir, bis uns die Füße brannten, durchs
Marais, Saint Germain des Prés, die Île Saint-Louis,
Notre Dame. Beate meckerte immer wieder aufs
Neue darüber, dass jeder winzige Kaffee mindestens fünf Euro kostete. Den Louvre ließen wir
aus. Für den Rückweg – »die Landstraßen sind
schnurgrade« – schlug Beate vor, dass ich fahre.
»Damit du endlich auch einmal eine lange Strecke
bewältigst. Tausend Kilometer sind ein guter Anfang.« Beate lästerte auf der gesamten Rückfahrt
und kommentierte jede meiner Regungen. Sie hatte mich auch in Paris schon damit gequält, fahren
zu müssen. Ein Horror, aber gute Schulung. Ich
schaffte es ohne Blechschaden, jedoch mit vielen
Fastunfällen; wahrscheinlich waren alle anderen
bessere Autofahrer und wechselten wie die Wiesel
die Spuren, während ich vorher bremste, hundert
Mal in den Rückspiegel schaute und den Verkehr
aufhielt, bevor ich zu wechseln wagte. Natürlich
verpasste ich Abbiegungen, die wir eigentlich hätten fahren müssen. Als ich endlich einen Parkplatz
fand, war ich so froh, dass ich die Schilder igno-

rierte. Beate hatte leider auch nicht nachgesehen. »Wenn ich einen Reisebericht schreiben müsste, würde er wie folgt lauten: Fräulein Anna verliert in Paris das Auto von Fräulein Beate …« Wir waren abgeschleppt worden und es dauerte ewig, bis wir das Auto wiederhatten und abreisen konnten – »Als sie es endlich wiederfindet, verlässt sie Paris über die Bordsteinkante …«, in meinem Stress hatte ich das Auto über eine hohe Bordkante donnern lassen. »Fräulein Anna unterbricht mich mitten im Satz. Fräulein Anna hat wieder einmal ihr Portemonnaie verlegt. Auf der N2 fummelt Fräulein Anna beim Fahren an Fräulein Beate herum und behält nur eine Hand am Steuer. Und erregt dabei auch noch die Aufmerksamkeit eines Lastwagenfahrers. Der überholt und hupt laut. Fräulein Beate ist entsetzt. Kurz vor Belgien besorgt Fräulein Anna es Fräulein Beate auf einem Parkplatz. Fräulein Anna möchte dasselbe noch mal von hinten. Fräulein Beate kann sich nicht wehren.«

Wir waren so spät losgefahren, dass wir kurz vor Belgien in einer Lastwagenfahrerunterkunft landeten, die einladend blau am Straßenrand leuchtete. Nicht nur die Lichter waren blau, auch die Tapeten im Zimmer bestanden aus blauen Palmen. Beate trug zufällig eine passende etwas ausgewaschene blaugrünkarierte Boxershorts, ihre, wie sie betonte, als ich auf die farbliche Stimmigkeit hinwies, hässlichste. Wir fickten auf einem quietschenden Bett mit verschnörkeltem schmutziggelbem – sollte wahrscheinlich Gold suggerieren – Metallrahmen. Danach bestand Beate darauf, dass ich meine Möse in die Rundung in den Bettrahmenschnörkeln quetschte, und machte ein Mösenfoto mit Rahmen. Dieses Foto würde ich nicht in das Album »Bea & A.« kleben, das ich plante, ihr zum Geburtstag zu schenken. Sondern die lustigen Paarfotos, die wir teils mit Selbstauslöser geschossen oder die andere von uns gemacht hatten. Bea hatte immer wieder einmal mir zuliebe und für die Fotos ein Kleid angezogen. Auch Doro hatte schon einige unsägliche Handy-Aufnahmen von uns beiden, die sie mir gemailt hatte und die ich auf jeden Fall ausdrukken und einkleben wollte. Bea hinter drei leeren Biergläsern. Dabei trank sie so gut wie nie Bier, eigentlich nur, wenn sie mich zu meinen Treffen mit Doro begleitete, ich daneben mit Zigarette, obwohl ich nicht rauchte, bis auf seltene Ausnahmen. Die manchmal von Doro provoziert wurden, weil ihre Rothändle – die kein Mensch rauchte außer ihr – sehr verlockend rochen.

Kurz vor unserer Krakaureise feierten wir Beas Geburtstag und gleichzeitig ihre Wohnungseinweihungsparty. Dass zwanzig Leute in ihre Wohnung passten! Das kitschige Bea & A.-Album schenkte ich ihr erst, als die anderen weg waren und wir ein

Entspannungsbier tranken. Zu der Serie von Paarfotos mit ihr in luftigen Sommerkleidern und mir im Anzug sagte sie: »Die Frauen da sehen ja sehr solide aus!« Auf einer anderen Serie, die wir mit Selbstauslöser gemacht hatten, alberten wir herum und kicherten, beide mit entgleisten Gesichtszügen. Als sie sich diese Bilder ansah, kitzelte sie mich, »ob ich den Gesichtsausdruck bei dir wieder hinbekomme?«, fragte sie und wir begannen an ihrem Geburtstag mitten in der Nacht, beschickert von Party und Bier, wie Teenager herumzualbern und zu kichern und landeten schließlich balgend im Bett, sie rammte mir ihr Knie an die Möse, ich kreischte empört und wir lachten beim Ficken weiter.

Meine Eltern kamen nach Berlin, überraschend auch mein Vater. Wir verbrachten zwei Tage zusammen, aßen in Biergärten und der Kneipe mit Berliner Essen gegenüber meines Cafés, in der ich am ersten Tag mit Bea gewesen war und seitdem nicht mehr. Aus nostalgischer Erinnerung aß ich Matjesbrote. Bea lachte und sagte, dass sie meinen Geruch nach Zwiebeln und Fisch von damals noch gut in Erinnerung habe. Die Eltern übernachteten in einer Pension in der Nähe des Savignyplatzes, nicht weit von der Pension, in der Beate damals genächtigt hatte.

Dann reisten wir nach Krakau ab; mein Vater fuhr mit der Bahn zurück.

Auf den polnischen Landstraßen, meist hinter stinkenden LKWs, saß meine Mutter vorne, ich hinten, und die beiden schwatzten unaufhörlich und tauschten sich über ihre Musikvorlieben aus. Meine Mutter hatte, bis er sich auflöste, in einem Kirchenchor gesungen. Beate hatte sich ihre Kenntnisse klassischer Musik durch Radiohören angeeignet. Sie sagte, dass ihr das viele Autofahren aus der Zeit, als sie noch Lehraufträge in mehreren weit voneinander entfernten Städten hatte, fehle. Sie würde ja gar nichts mehr lernen. Ich versuchte am Anfang, mich am Gespräch zu beteiligen, schaltete dann ab und ihr Reden drang wie ferne Musik zu mir nach hinten. Als sie bei »Elias« waren und von einem Rezitativ über Engel mit einem Chor aus vielen verschiedenen Stimmen schwärmten, tönte ein Satz meiner Mutter überdeutlich zu mir, »dieses Stück ist so schön, das könnte ich mir vorstellen, dass es bei meinem Begräbnis gespielt wird.« Ich beugte mich nach vorne. »Mutter, wie kommst du darauf? Daran muss man noch nicht denken!« Beide drehten sich zu mir um, das Auto schleuderte kurz. »Himmel, Beate!«, rief ich, sie wandte sich wieder der Straße zu und meine Mutter sagte: »Das kann jedem jederzeit passieren. Ich denke immer mal wieder daran, sicher schon, seitdem ich fünfzig bin oder noch früher!«

Vera hatte als Treffpunkt ein Café auf dem bekanntesten Platz Krakaus vorgeschlagen, einem riesigen historischen Marktplatz im Zentrum. Ich hatte mich an die im Vergleich sehr große Beate gewöhnt, sodass Vera mir herzzerreißend schmal und klein erschien. Ein warmes Gefühl durchschoss mich. Keine Leidenschaft, sondern die Art von Liebe, in der man die andere einfach nur umarmen möchte, ihr nah sein, sie unterstützen, wo es nur geht. Meiner Mutter sah ich an, dass sie ähnlich empfand. Vielleicht hatte sie Vera mehr geliebt als ich. Vielleicht war das der Grund, dass meine Mutter Beate spontan nicht gemocht hatte. Vera sah müde aus, ihre Haut sehr weiß, aber das war sie immer schon. Auch an die immer etwas dunklere und sich in der Sonne in rasender Geschwindigkeit goldbraun färbende Haut von Beate war ich so sehr gewöhnt, dass ich eine Sekunde lang dachte, ist sie krank? Die ovale Brille, die Vera schon damals trug, als wir zusammenwaren, mit dem schmalen rotbraunen Rand in der Farbe ihres Haars, rutschte ihr auf die Nase. Die eine Hälfte des Ponys der Kurzhaarfrisur war lang und schräg aus der Stirn gestrichen, die andere sehr kurz. »Du hast ja eine süße neue Frisur«, begrüßte ich sie nach der Umarmung. Sie sah aus wie ein mageres Kind. Sie lachte uns an, die Freude, uns zu sehen, sprang ihr aus den Augen. Ich stellte Beate vor. Meine Mutter umarmte Vera auch. »Mensch Vera. Du hast mir gefehlt«, sagte sie. Dabei hatten wir sie so oft nun auch nicht besucht. Meine Mutter ist genauso klein wie Vera; als ich später die beiden nebeneinandersitzen sah, war ich seltsam gerührt. Beate stand bei der Begrüßung etwas steif daneben und kam sich wahrscheinlich zu groß und breit vor, wie ein muskulöser Bauarbeiter vor einer Elfe.

Vera zeigte uns ihre Stadt; später gingen wir in ein kleines Café mit Fotos von Fußballtorten an den Wänden, die wahrscheinlich seit der letzten WM dort hingen, gelb- und grünpastelligen Wände, altrosa Tischdecken. Beate trug eine zum Raum passende Farbe, das ärmellose in verschiedenen Pastelltönen gestreifte Shirt. Ich fotografierte sie vor dem Bild der bunten Fußballtorte, wie sie eine Gabel von einem riesigen Kuchenstück nahm. Zum Nachkleben in das Geburtstagsalbum. Die Kuchen waren ein Traum. Meine Mutter, die selten viel aß, schaffte zwei Stück. Beate und Vera schienen sich sympathisch; die leise Angst, die ich vor einem der unbegründeten Eifersuchtsanfälle von Beate hatte, schwand. Ihr Studium hatte Vera noch immer nicht abgeschlossen. Sie arbeitete in einer Druckerei, um sich das Geld zu verdienen. Die Druckereien hatten gute Aufträge. Vor allem aus Deutschland. Sie kümmerte sich nach dem Tod ihrer Mutter auch um ihre jüngste Schwester, die noch zur Schule ging.

Am Abend besuchten wir ein Theater, danach ein glitzerndes Nachlokal mit Musik in einem der vielen Krakauer Keller. Wie Vera neben einer grün leuchtenden Lampe mit Fransen an der Wand stand, hinter ihr drifteten zwei riesige Klaviertastaturen auseinander, da hätte ich sie wieder in den Arm nehmen mögen. Meine Mutter saß ihr gegenüber am rotglitzernden Treppengeländer und beugte sich nah zu Vera, sie redeten. Beate bewegte die Hüften und flüsterte mir ins Ohr, »deine Mutter ist auch verliebt in Vera, sie ist ja wirklich süß. Bei ihr bekomme selbst ich mütterliche Gefühle.«

»Sie wirkt so verletzlich, aber sie ist eigentlich ziemlich stark. Sie hat sich um mich gekümmert, als ich meinen Magister schrieb, hat dauernd für mich gekocht und so weiter. Also, da habe ich mich eher von ihr mütterlich versorgt gefühlt als umgekehrt.«

»Ach, und das vermisst du jetzt bei mir? Ich würde gerne mehr für dich sorgen, aber du lässt mich ja nicht! Komm lass uns tanzen, die beiden brauchen uns nicht.«

Sie zog mich durch die mit redenden und trinkenden Menschen besetzte Sofalandschaft, meine Mutter war bei Weitem die Älteste, zu einer plüschigen winzigen Tanzfläche, zog mich inmitten eine Gruppe eng umschlungen tanzender Pärchen und wir begannen uns im Rhythmus zu wiegen. Die Musik wurde wilder, die Menschen lösten sich voneinander, »wie schade, ich wollte etwas knutschen«, schrie mir Beate noch ins Ohr, bevor sie mich losließ und auch wir uns wild zu bewegen begannen und Beate ihren großen Körper so aufregend grazil in der Enge der Tanzfläche bewegte, dass ich kaum meine Augen von ihr wenden konnte und sie anschaute und zu tanzen aufhörte, doch ein Körper kann sich der Musik nicht entziehen, automatisch glitt ich wieder in den Rhythmus, bis Beate auf mich zutanzte, mich um Taille und an der Hand griff, in schwindelerregende Drehungen führte, mich eng an sich zog und im Kreisen zu küssen versuchte, und ich aufjauchzte, wie schön es hier war, wie schön, dass ich Vera wieder gesehen hatte und meine Mutter mitreiste.

Am nächsten Tag musste Vera arbeiten. Wir besuchten ein kleines Museum mit der Privatsammlung einer Prinzessin, das uns Vera empfohlen hatte. Ich weiß nicht, ob es an meinem erotisierten Blick lag, ich entdeckte auf fast allen Bildern Anzügliches und flüsterte das Beate ins Ohr. Meine Mutter fragte, »was tuschelt ihr da?« Die Mariengestalt schien unter ihrem Gewand zwischen den Beinen einen großen Dildo zu verbergen, eine andere Frau, der ein Dolch zwischen sexy hervorquellenden Brüsten steckte, hatte ekstatisch rot gefärbte Wangen, als durchwallte sie im Moment ein Orgasmus. Eine andere Frau schaute aus dem Profil zu uns herüber, Mund leicht geöffnet, die Brüste – ohne Dolch – unbedeckt, und eine Brust wendete sich uns zu, der Nippel starrte, anatomisch nicht ganz korrekt, ebenso in meine Richtung wie ihre Augen, aufregend! Als ich versuchte, ein Foto von der Maria mit Dildo zu machen, eilte aus dem Nichts eine Frau herbei, die Museumsaufsichtskraft, und sagte auf Englisch, Fotografieren sei untersagt. Auch die Schilder »Fotografieren verboten« waren nicht zu übersehen. Ich wartete, bis sie außer Sicht war, und versuchte es noch einmal, ich war inzwischen scharf auf die Maria und auch auf die mit den Brüsten, wollte sie mitnehmen, mit meiner unauffälligen Taschenkamera sollte mir das doch gelingen! Beate sagte, sie könne sicher viel bessere Fotos von den Bildern machen als ich, aber sie hatte nur ihre auffällige große Kamera in der Tasche. Ich erwischte die mit den Brüsten einigermaßen scharf. In dem Moment, als ich es mit der Maria versuchte, Beate kicherte schon, stand die Museumsfrau wieder hinter mir und sagte, jetzt sehr streng und diesmal auf Deutsch, »wenn ich Sie noch einmal dabei sehe, müssen Sie das Museum verlassen. Ich warne Sie.« Ich wagte es trotzdem ein drittes Mal, so gierig war ich auf die Maria, und wir wurden tatsächlich hinausgeworfen. Meine Mutter entschuldigte sich wortreich bei der Museumsfrau und sagte zu mir: »Musste das sein? Die arme Frau! Sie schmeißt sicher nicht gerne jemanden heraus. Was wolltest du eigentlich fotografieren?«

Beate lachte laut und sagte, »Strafe muss sein.«
Ich war feuerrot geworden, als mich die Frau zum
dritten Mal erwischt hatte, Beate flüsterte mir ins
Ohr, »heute Nacht werde ich dich dafür noch mehr
bestrafen müssen, dass du heimlich obszöne Bilder machst, zeig doch mal!«, und wir schauten uns
zu dritt die Fotos an. Die Maria war unscharf. Die
Wölbung – wahrscheinlich war es ein Stoffwulst –
an auffälliger Stelle am Ansatz ihrer Schenkel war
auch auf dem unscharfen Foto unübersehbar.

Zurück in Berlin übernachtete meine Mutter in der
WG auf dem Fernsehsofa. Wir plauderten noch etwas vor dem Schlafen. Sie sagte, »Beate ist ja doch
ganz nett. Aber irgendetwas verbirgt sie hinter ihren blauen Augen!«

»Mutter, ich verstehe nicht, wieso du immer
blaue Augen siehst. Sie hat keine blauen Augen! Sie
sind grünbraun – Vera hat graublaue Augen.«

»Ach Vera«, seufzte meine Mutter nur.

Vera hängte ihren Mails an mich seit unserer
Reise oft als Attachment einen Brief für meine
Mutter an, den ich ausdruckte und ihr schickte.

15

Auch in der nächsten Zeit verreisten wir viel. »On the roads« mit Beate, so nannte ich unsere Kurzreisephase im Nachhinein, das Geplänkel beim Autofahren, die Landschaften, der Sex in billigen Hotels vor roten und grünen und geblümten Tapeten. Ihre Späße nach dem Aufwachen. Ich, noch verschlafen, bekam den Witz meistens erst nach ihrer Erklärung mit.

Manchmal stritten wir heftig. Wenn ich unsicher fuhr, sagte sie gereizt: »Nun fahre doch!«, alternativ »Fahre doch nur!« Auch andere Dreiwortsätze wie »Die arme Kupplung!«, »Pass doch auf!«, »Der hupt schon!«. Ich wehrte mich, so gab ein Wort das andere, und im Nu waren wir beide beleidigt. Meist passierte das, wenn wir hungrig waren. Hinterher konnten wir lachen und die Unterzuckerung als Grund benennen. Bald nahm ich ihren Satz vorweg; ihr Profil im Augenwinkel, sah ich an der Mimik, dass ihr der Satz auf der Zunge lag, da sagte ich »ich weiß schon, gleich kommt ›fahre doch nur!‹« So lachten wir schon, bevor der Streit hätte losgehen können.

Sie ließ mich oft fahren. Ich müsse üben. Auf langen eintönigen Strecken unterhielt sie mich mit Nacherzählungen der Bücher, die sie gerade las.

Oder berichtete etwas, das sie über Forschungen zum Weltall gelesen hatte. Das Weltall interessierte sie. Manchmal, im Bett, wenn wir vor dem Einschlafen noch miteinander plauderten, sprach sie auch vom Weltall, von der Milchstraße, von Sternen, Planeten und Monden, und dass sich die Sterne immer weiter von uns entfernen würden. Ein wunderbares Schlafmittel, ich schlief mit ihrer Stimme im Ohr und Gedanken zur Relativität der Welt ein. Einmal fragte ich, »wieso interessiert dich das?« Da erzählte sie, dass sie von Chris, ihrer Ex, auf Astronomie und Erforschung des Weltalls gebracht worden war. »Die konnte sich stundenlang darüber unterhalten.« Mich durchfuhr ein kurzer Stich von Eifersucht, aber ich sagte nichts, diesmal.

Seit unserer Reise nach Paris hatte sich unser Sex verwandelt. Begonnen hatte es auf der Rückfahrt. Beate spielte mit Worten, sprach beim Sex mehr als in der Anfangszeit, manchmal redete sie mit mir wie mit einer unartigen Schülerin und verteilte »kleine Strafen«. Ich ließ mich darauf ein und antwortete passend. So begann es, dass wir uns beim Vögeln unterhielten, wie spielende Kinder, die Abenteuergeschichten erfinden und ein Bett ohne große Umbauten in ein Piratenschiff verwandelten. Ich dachte nicht darüber nach, fragte mich nicht, ob mir diese Spiele gefielen, sondern ließ mich einfach mitreißen.

Das Semester begann, der Winter kam; Beate und ich sahen uns im Schnitt zweimal in der Woche. Wir gingen ins Kino oder in ein Konzert, gingen essen oder eine von uns kochte. Und wir vögelten miteinander. Als ich einmal sagte, ich sei zu müde, reagierte Beate entschieden: »Ich möchte aber Sex! Und überhaupt, wir sollten es nicht lassen, was glaubst du, wie schnell die Lust einschlafen kann!« Ich fragte mich kurz, als wir loslegten mit dem Sex, ob ihre Lust mit Chris irgendwann »eingeschlafen« war.

Candy war mir in diesem Winter einige Male über den Weg gelaufen. Manchmal kam sie auch wieder in das Café. Wir sprachen nicht miteinander, grüßten uns aber. An die Briefe dachte ich kaum einmal mehr. Selbst Doro hatte ihr Nachfragen eingestellt.

Einmal konnte ich nicht widerstehen.

Eine junge Frau, die in letzter Zeit oft ins Café gekommen war, hatte mich einige Wochen lang intensiv angeflirtet und mich schließlich gefragt, ob ich lesbisch sei. Danach unterhielten wir uns manchmal, wenn das Café nicht sehr voll war. Sie schien früher Piercings getragen zu haben. In einer Augenbraue waren die Löcher noch zu sehen. Und vermutlich auch Glatze. Jetzt hatte sie knallkurzes schwarzes Haar. Stoppeln. Eines Abends sagte ich nicht Nein, sondern nahm ihr Angebot an, das sie schon mehrfach ausgesprochen hatte, nach der Arbeit noch einen Wein bei ihr zu trinken. Sie wurde ganz zapplig vor Aufregung nach meinem Ja. Darüber freute ich mich. Dass sie so aufgeregt wurde, nur weil ich eingewilligt hatte, sie nach der Arbeit zu besuchen. Als Typ war sie mir viel zu dünn. Sie hatte sehr schöne Hände – das Dünne wirkte hier filigran und edel. Und einen sexy Mund! So weich und einladend. Ich fand sie einfach nur süß. Fühlte mich geschmeichelt, wie sie mich umwarb. Verliebt war ich nicht. Wie üblich rief ich Bea kurz an, erzählte von der Arbeit. Wenn wir uns nicht sahen, telefonierten wir mindestens einmal am Tag miteinander. Kein Hauch von Misstrauen. Sie erzählte von einer aufdringlichen Studentin, die »sauschlecht schreibt. Und Kommas an solch ungewöhnlichen Stellen habe ich schon lange nicht mehr gesehen! Und stell dir vor, sie hat angedeutet, sich etwas anzutun, wenn ich die Hausarbeit nicht gut bewerten würde. Sie brauche das, um weiterzukommen. Die sieht aus wie eine sehr lang gewachsene brave Oberschülerin kurz vor der Konfirmation, hinter deren braver Oberfläche es aber entsetzlich tobt …« Ich hörte nur mit halbem Ohr zu, aber das fiel Bea nicht auf. Sie sagte beim Abschied, sie sei ziemlich müde. Für den nächsten Abend hatten wir uns bei ihr verabredet.

Diese Affäre hat meine Liebe zu Beate nicht beeinträchtigt, auch nicht die Lust, die ich beim Sex mit ihr empfand. Mir gelang es problemlos, die wenigen

Treffen mit Jana geheimzuhalten. So gerne ich Bea davon erzählt hätte. Aber Bea würde sich sicher nie für polyamouröse Beziehungen erwärmen können. Natürlich hatten wir uns vor einiger Zeit schon einmal darüber unterhalten, der Begriff war ja seit Langem in. Sie hatte sich lustig gemacht. Einen Vertragstext für Polybeziehungen, den sie irgendwo gelesen hatte, persifliert. Eifersucht, die per Vertrag untersagt würde. Regeln für Zeitprobleme, die eine Frau mit sexuellen Verhältnissen zu vier anderen habe. »Wenn A und B und C und D regelmäßig auf Sex mit ihr warteten, müsste sie viermal so oft Lust auf Sex haben. Oder wäre vertraglich vorgeschrieben, dass die anderen ebenso viele sexuelle Verhältnisse haben, damit kein Ungleichgewicht entsteht? Ein mathematisches Problem. Wer, wann, wie oft, oder ob alle zusammen.«

»Zweisamkeit«, entgegnete ich, nicht auf ihre Spitzen eingehend, »ist ein bürgerliches Konzept. Nicht jeder Mensch lässt sich auf nur einen anderen in seinen Gefühlen festlegen.«

»Nun nimm mich nicht dauernd so ernst. Wie oft sage ich dir das! Du nimmst alles zu ernst. Verstehst du keinen Spaß? Ich bezweifle nicht, dass es Menschen gibt, die gleichzeitig zwei und mehr Menschen sexuell und emotional lieben können, ich sage nur, dass es mir für mich schwer vorstellen kann. Ganz allein zu sein, keinen zu lieben, das kann ich schon eher. Ich bin leider immer fixiert auf die eine andere Frau. Auf ihren Körper, den ich immer wieder neu kennenlerne, auf die Vertrautheit, die sich entwickelt und die mir so etwas wie – ich weiß, dieses Wort klingt jetzt absolut nach Kitsch – eine Heimat gibt. Nähe, das ist etwas Schönes. Deine Rundungen, deine großen Nippel, deine Muttermale, deine Unbeholfenheit, die du manchmal zeigst und die ich so herzzerreißend finde, nee, da brauch ich keine zweite, du bist mir dreimal genug!«

»Aha, an mir magst du besonders, wenn ich ungeschickt bin, wie nett!«

Sie nahm mich in den Arm und die Nähe, von der sie gesprochen hatte, umfloss uns. Ich fühlte mich aufgehoben in den Armen dieser großen schönen Frau. Es war unvorstellbar, je ohne sie zu sein. Wir sahen uns nicht täglich. So konnte die Vorfreude wachsen. Manchmal war ich gerne alleine. Nach ein paar Tagen vermisste ich sie. Oder sie vermisste mich. Wir verabredeten uns. Und noch jedes Mal, wenn wir zusammen waren, überrollten mich Momente dieser besonderen Nähe, ob beim heftigen Sex oder in der Küche, wenn ich ihr beim Kochen assistierte, wenn ich sie nur ansah, wie sie am Schreibtisch saß, neben mir lief, immer etwas schneller als ich, wenn sie Auto fuhr und über andere Fahrer herzog. Manchmal kam dieser kleine Liebesflash auch, wenn sie ein Wort besonders betonte, ein ganz banales Wort inmitten eines beliebigen Satzes. Natürlich unterhielten wir uns über die Möglichkeit, eine andere scharf zu finden. Wir fanden heraus, dass wir ähnliche Frauen attraktiv fanden. Doch sie betonte jedes Mal, sie könne nur eine Frau zur gleichen Zeit lieben.

Aus einem mir noch immer nicht nachvollziehbaren Grund überfiel sie immer wieder einmal ein Gefühl auswegloser Einsamkeit. Der Grund mag in ihrer unschönen Kindheit liegen; aber es gab so viele schreckliche Kindheiten, ich konnte nicht glauben, dass sich ihre Einsamkeitsanfälle nur damit erklären ließen. Sie war einerseits auf Liebe, auf Nähe angewiesen, andererseits brach sie selbst immer wieder daraus aus, versteckte sich in einem undurchdringlichen Kokon. Die anderen, war sie sich in diesen Phasen sicher, würden sie nicht wirklich mögen. Auch bei mir sei sie sich dessen nicht sicher, sagte sie dann. Natürlich argumentierte ich sofort dagegen und wir gerieten in einen ausweglosen verbalen Schlagabtausch, der damit endete, dass ich oder sie beleidigt die Tür hinter sich zuknallte und ging. Sie schrie mir meistens noch hinterher, sie müsse eine Weile allein sein, es wäre überhaupt besser, wenn sie ganz allein bliebe, ich solle mich in der nächsten Zeit nicht melden. Oft war schon am Tag darauf alles wieder beim Alten, wir telefonierten, eine entschuldigte sich bei der anderen für ihr unvernünftiges Geschrei und Nicht-Aufhören-Können. Wir konnten über unsere albernen Streite lachen. In der Anfangszeit mit ihr hatte ich es als spannend und bereichernd empfunden, wenn wir in eine Auseinandersetzung gerieten. Ein Wort gab das andere. Aber beide ließen wir uns eher vergnügt als streitsüchtig davontreiben in absurde Debatten über etwas, das wir gesehen oder gehört hatten und unterschiedlich interpretierten. Jetzt ging es um uns. Sie brüllte, immer bestünde ich auf meiner Freiheit. Alle um mich herum würden sie nicht mögen. Das könne wohl nur daran liegen, dass ich nicht wirklich zu ihr stehe, dass ich sie schlecht mache. »Deine Katharina kann mich auch nicht leiden!« Katharina hatte sich gut mit ihr verstanden, als sie noch bei uns wohnte. Aber in Beates »Negativphasen« – auf diesen Begriff hatten wir uns gemeinsam geeinigt, denn außerhalb einer solchen Phase konnte Beate darüber sprechen, am liebsten zynisch – kam bei ihr nur die Empfindung aus der Anfangszeit in unserer WG-Wohnung hoch, als sie noch im gemeinsamen Zimmer arbeitete und Katharina ausstrahlte: muss dieser Klotz von Frau jetzt hier herumsitzen, wo ich entspannt auf dem Sofa lesen und fernsehen will. Beate hatte das verstanden, es musste nicht einmal eine dieser ätzenden WG-Debatten darüber geführt werden; wir hatten das Problem gelöst, indem wir ihr in meinem Zimmer den Schreibtisch aufgestellt hatten. Ich analysierte das lange nach dieser Situation im Detail für sie, erklärte, dass Katharina manchmal nicht so direkt sagen könne, wenn sie etwas störe. Sie zeige es eben indirekt, ich hätte das auch schon in anderen Situationen erlebt. Das kann man schon falsch verstehen, klar. Aber wenn man einmal wisse, wie Katharina ticke, ließe sich gut damit umgehen. Das Problem sei nur die Situation gewesen, dass sie ihr Wohnzimmerritual nicht ungestört habe ausüben können. »Das warst nicht du als Person. Katharina mag dich! Das weiß ich. Du deutest kleine Zeichen, die nicht dir als Person, sondern einer Situation gelten, als Angriff auf dich um!«

Manchmal dachte ich inzwischen auch: wieso lasse ich mich auf eine Frau wie Beate ein, die ihre Vergangenheit nicht in Griff bekommen möchte. Ihre Einsamkeits- und Verlassenheitsempfindungen kann ich nicht »heilen«. Im Gegenteil, ihre Phasen werden mich zuletzt noch selbst in einen schizophrenen Abgrund reißen. Dass ich wegmöchte von ihr und zugleich nicht wegmöchte. Wäre es nicht vernünftiger zu reagieren, wenn sie das nächste Mal sagt, sie wolle alleine sein, weil sie sowieso verlassen würde. Sie gehen zu lassen, sich zu trennen, bevor es zu spät ist. Auch Doro wunderte sich, wenn ich von diesen Situationen mit Beate berichtete.

Beate kam nicht dagegen an, dass sie sich manchmal aus heiterem Himmel angegriffen fühlte. Betrogen. Eine harmlos hingeworfene Bemerkung konnte sie als gegen sie persönlich gerichtet begreifen. Wenn ich mich daraufhin wehrte, wurde es schlimmer. Und manchmal warf sie mir Monate später eine von mir lange vergessene Bemerkung hin. Worte lassen sich nicht zurücknehmen. Worte können verletzen, das vergaß ich oft. »Ich meine es nicht so, das weißt du doch«, half nicht immer. Ihre empfindsamen Phasen waren selten. Aber ich konnte mir nie sicher sein, wann sie in eine solche Phase verfiel. »Du hast damals gesagt, ich sei geisteskrank. Hast es natürlich vornehmer ausgedrückt, kommst ja auch aus einem besseren und intellektuelleren Elternhaus als ich, da umschreibt man bekanntlich alles: du hast gesagt, ich solle mir psychotherapeutische Hilfe holen. Du hältst mich also für verrückt. Wahrscheinlich erklärst du das auch deinen Freundinnen. Daher mögen die mich nicht oder behandeln mich wie ein rohes Ei!«

»Wer ist denn von uns die Intellektuelle und arbeitet in der Uni? Ich doch nicht!«

»Die Herkunft wird man nicht los!« Und immer so weiter. Bis wir uns wieder einmal türenknallend voneinander verabschiedeten.

Es war also passiert, ich hatte ein zweites Mal in der Zeit mit ihr mit einer anderen geschlafen. Ich legte mir die bekannten Argumente zurecht: Sex ist Vergnügen, das nicht an Liebe gebunden ist. Es kann wie Sport mit unterschiedlichen Menschen ausgeübt werden. Im Gegenteil, es kann Liebe beflügeln. Kann helfen, Bettlangeweile in einer langdauernden Beziehung zu vertreiben. Dabei war es im Bett mit Beate nie langweilig. Ihr Geruch machte mich scharf, ich liebte ihren Körper, ihre zupackenden Berührungen. Sie hatte Spaß an Sex, ich auch. Sie liebte ungewöhnliche Orte. Und diese Spiele, die wir neuerdings trieben! Nein, mit ihr wurde es nicht langweilig. Ich machte mir Gedanken darüber, was genau mich zu dem Sex mit der anderen veranlasst hatte. Die Probleme, die Streitereien? Aber das gab es in jeder Beziehung. Auch wenn ich mich immer wieder mittendrin in diesen »Negativphasen« fragte, ob es wirklich gut war mit Beate oder ob ich sie gehen lassen sollte, waren diese Streite im Vergleich zu anderen Paaren nicht häufiger oder schlimmer. Im Gegenteil, das dachte ich, wenn ich mir die sich dauernd vor anderen annörgelnden Paare vor Augen rief. Dann legte ich mir die Argumente erneut zurecht: Ein Mensch kann nie nur einem anderen gehören und so weiter, ich versuchte zwischen den Treffen mit Jana erstmals, Theorie dazu zu lesen. Bea entdeckte das Buch, fragte nach und wir debattierten das zweite Mal über Polytheorien. Ich verstrickte mich in angelesene hochabstrakte Exkurse über Sehnsucht nach Fremdheit, Ekstase, Rituale in vorchristlichen Kulturen. Zugleich war es mir peinlich. Bei meinem abstrakten Reden genierte ich mich vor mir selbst. Ich hatte schon nach ein paar Malen keine Lust mehr auf die Frau gehabt, so nett und sympathisch und niedlich sie auch war. Wieso hatte ich mich nur darauf eingelassen? Nur weil mir eine schmeichelte, mir sagte, wie aufregend, wie schön, wie begehrenswert, ja, sie hatte auch noch gesagt, wie klug ich sei. Ich dachte, dass weder Bea mir noch ich ihr in der letzten Zeit solche Komplimente gemacht hatten. Und dachte zugleich, dass sie vielleicht misstrauisch würde, wenn ich auf einmal anfangen würde zu sagen, wie toll, wie schön, wie begehrenswert sie sei. Ich sagte es. Sie küsste mich, und wir beendeten die Theoriediskussion.

Die Affäre trieb mich noch zu zwei heimlichen Reisen, die ich als Bewerbungsgespräche kaschierte. So sollte ihre Hamburger Angst nachträglich ihren Grund bekommen haben. Wenn ich darüber nachdachte, fand ich mich furchtbar und war mir selbst unsympathisch. Lügen ist unschön. Dazu kommt, dass es einer ungeheuren Anstrengung bedarf, das Lügengebilde so geschickt zu spinnen, dass man sich nicht selbst darin verheddert. Aber der frische Sex mit dieser aufregenden Frau, dieser neue, kurze heiße Sex, aus dem nicht gleich eine Liebe werden musste, ich habe ihn schon sehr genossen.

In ihren Negativphasen hatte Beate mir weit mehr Affären unterstellt. Diese eine hätte sie niemals mitbekommen. Ihre Verdächtigungen konnte ich jedes Mal zu Recht empört zurückweisen. Denn sie verdächtige die falschen. Fast immer lachte sie später darüber, entschuldigte sich, und wir versöhnten uns, indem wir ausgingen. Oft in Landgasthöfe irgendwo außerhalb von Berlin. Wir aßen Aal an einem kleinen See und mieteten uns für eine Nacht in der örtlichen Pension ein und hatten abenteuerlichen Sex. Wir fuhren mit Spreestocherkähnen und knutschten im Boot. Ich genierte mich vor den anderen Gästen und dem Stocherer, aber Beate flüsterte mir nach dem Kuss ins Ohr, dass sie es jetzt völlig unauffällig weitertreiben würde, und begann ein Gespräch mit der Frau vor ihr, obwohl man, um die Stille zu genießen, eigentlich nicht reden sollte, behielt ihre Hand unter meinem weiten Hemd und ließ sie zart auf allem, was sie erreichen konnte, kreisen; ich wunderte mich, wie sie beides so unsynchron gleichzeitig machen konnte, sanft streicheln, wie ein Hauch, und mit einer fremden Frau über die Schönheit der Landschaft reden. Nachts in dem kleinen Hotel genossen wir die Stille auf dem Balkon, die nur vom Mückensirren durchzogen wurde, und trieben es, fast ohne uns zu bewegen und ohne zu reden oder zu schreien, auf den kühlen Balkonfliesen. Als ich kam, seufzte ich so leise wie sonst nie, und sie flüsterte mir ins Ohr, wie schön mein zartes Seufzen geklungen habe.

Die unbekannten Orte reichten, unsere Lust zu beflügeln.

Ich schaffte es, die Kurzaffäre zu beenden. Traf mich mit der Frau in einem Café weit weg von meiner und Beas Wohngegend und erklärte ihr das Übliche. Dass ich meine Beziehung nicht aufs Spiel setzen wolle, dass ich zu wenig Zeit für Mehrfachbeziehungen habe, dass es nicht an ihr liege, sie sei wirklich zauberhaft … Sie war so klug, meinen Entschuldigungssermon nach den ersten Sätzen zu unterbrechen: »Ach ich weiß schon, was du sagen willst. War trotzdem nett mit uns, die paar Mal! Ich könnte mich in dich verlieben«, fügte sie hinzu, »aber auf einseitige Liebe habe ich keine Lust.« Dann bestand sie darauf, mich noch zum Essen einzuladen, und umarmte mich zum Abschied, ich sah einen Schmerz in ihren Augen, der mir bisher entgangen war. Sie war vielleicht doch ernsthaft verliebt in mich gewesen. Ihr war es nicht nur um den Sex gegangen. Mir tat es auf einmal weh, dass es mir nicht möglich war, viele zu lieben. Ich küsste sie in die Augenwinkel, und ihr liefen Tränen, ich flüsterte, »nicht weinen, bitte, Jana, du bist super, so eine tolle Frau, und schön und klug bist du, wenn ich nicht schon eine andere lieben würde, könntest du es sein. Du wirst sicher bald deine große Liebe finden!«

16

Ich hatte die Geschichte mit Jana schon fast vergessen, als sie sich ein halbes Jahr später, es ging wieder auf den Sommer zu, mit einer anspielungsreichen Mail bei mir rührte. Sie hatte mir nur berichten wollen, dass sie sich verliebt hatte. Und die andere auch in sie. Die Mail kam ausgerechnet an einem Tag, an dem ich diesmal wirklich zu einem Bewerbungsgespräch unterwegs war. In eine Stadt, in die ich nicht wollte. Aber die Vorstellung, mein Berufsleben dauerhaft als Kellnerin zu verbringen, beunruhigte mich wieder einmal. Also hatte ich mich auf Stellen in der näheren Umgebung beworben. Frankfurt an der Oder war nicht einmal mehr nähere Umgebung. Aber wenn ich dort eine Zwanzig-Stunden-Stelle bekäme, könnte ich vielleicht in Berlin wohnen bleiben, dachte ich mir, als ich gleich zwei Bewerbungen losschickte. Die Europa-Universität in Frankfurt/Oder hatte gerade viele Ausschreibungen für akademische Mitarbeit. Befristete Stellen. Frauen bei gleicher Qualifikation bevorzugt. Auf meine Bewerbung für die Stelle in Gender Studies – Magister in einem geisteswissenschaftlichen Fach und Erfahrung mit Gendertheorie reichte als Voraussetzung – war ich eingeladen worden. Wahrscheinlich hatten sich hunderte beworben. Die zweite Bewerbung war an den Lehrstuhl für angewandte Sprachwissenschaften gegangen, dafür sollte ich Ideen für eine Promotion in »Sprachgebrauchslinguistik« formulieren; meine Vorstellungen hatte ich sehr vage dahinformuliert, eigentlich hatte ich keine, sodass ich nicht für ein Bewerbungsgespräch eingeladen wurde. Ich hatte bei Beate übernachtet und war sehr früh von ihr aus aufgebrochen. Im Zug bemerkte ich, dass ich vergessen hatte, mir die Adresse des Seminars auszudrucken, in dem die Professorin dieses Gender-Lehrstuhls ihre Vorstellungsgespräche machte. Es war nicht das Hauptgebäude, daran konnte ich mich erinnern. Mein Laptop stand noch bei Beate. Ich rief sie an und bat sie, in meinem Outlookposteingangsordner nach der Mail der Uni zu suchen und mir die Adresse durchzugeben. Meine älteren Privatmails hatte ich vor Kurzem gelöscht, die netten Mails von Angelita in einem versteckten Ordner gespeichert, sie waren so zauberhaft formuliert, dass ich nicht schaffte, sie zu löschen. Hätte ich Beate nur gebeten, die Adresse im Internet zu checken! Versehentlich klickte sie, das behauptete sie später, also angeblich versehentlich klickte sie dabei auf Senden und Empfangen. Es sei eine automatische Handbewegung gewesen, die einem immer passiere, gehe man an seinen Mailaccount.

Ich konnte ihr das nicht übelnehmen. Hätte mir umgekehrt auch passieren können. So las sie die erste und einzige Mail dieser längst vergangenen Affäre. Sie gab mir die Adresse und ihre Stimme klang eiskalt. Das Gebäude lag in Slubice auf der anderen Seite der Oder. Ich verstand nicht, was mit Beate los war. Als ich ansetzte nachzufragen, hatte sie schon aufgelegt. Ich schob es auf die schlechte Verbindung im Zug. Das Bewerbungsgespräch lief nicht gut. Ich entwickelte keinen Esprit. Vielleicht lag es auch daran, dass ich nicht wirklich aus Berlin wegwollte. Die Professorin wirkte streng und angespannt. Zwischen uns sprangen keine Funken über, ganz anders als in Hamburg bei den Leuten aus diesem Verlag. Ich verhaspelte mich wie ein unsicherer Teenager und fuhr nach dem Gespräch sofort zurück, obwohl ich mir eigentlich noch die Stadt hatte ansehen wollen.

Als ich schon am Nachmittag bei Beate klingelte, nicht sicher, ob sie zu Hause sein würde, öffnete sie und sagte nur, »ich möchte nicht, dass du bleibst, am besten wir sehen uns überhaupt nicht mehr.«

Ich war schockiert.

»Was ist denn nun schon wieder los?«

Sie erzählte von der Mail, die ich noch nicht kannte. Sie würde das so nicht aushalten. Es gehe nicht einmal darum, dass ich offensichtlich Sex mit anderen hätte, sondern vor allem darum, wie gut ich sie belügen konnte. Ich argumentierte und redete, redete mich in eine Hysterie hinein, heulte.

Beate lenkte überraschend ein. »Na gut. So wichtig ist so etwas vielleicht wirklich nicht, beruhige dich wieder!«, sagte sie schließlich. »Und wie war dein Bewerbungsgespräch?«

Ich weinte weiter, hörte nicht auf, mich zu entschuldigen, brauchte eine Weile, ruhiger zu werden. Ich konnte es nicht fassen, dass Beate begann, mich zu trösten. »Jetzt hör auf, Anna, ist schon gut. Ich kapier ja, dass diese Frau keine Bedeutung hatte, und selbst wenn, echt, ich muss mich vielleicht mal selbst in Frage stellen. Ist idiotisch, sich wegen so was so aufzuregen! Ich weiß, ich bin überempfindlich. Dass du das überhaupt aushältst mit mir und meinen Macken! Nun sag schon, lief es gut in Frankfurt?«

Ich erzählte ihr, noch immer mit Tränen in den Augen, detailliert von der Begegnung mit der Genderprofessorin, Gender war allerdings nicht ihr eigentliches Gebiet, sondern vergleichende Literaturwissenschaften oder Ähnliches.

Beate lachte, so schnell nach einem ihrer »Anfälle« hatte sie noch nie wieder gelacht, und sagte, » ›Gender‹ ist immer noch absolut in, das hat fast jede Uni, selbst Fachhochschulen mit technischen Fächern haben das, und da es, vermute ich, noch zu wenige gibt, die sich in Gender- und Queertheorie habilitiert haben, bekommen viele das noch zusätzlich zu ihrem eigentlichen Gebiet aufgebrummt.«

Erst mitten in der Nacht las ich die Mail von Jana und schrieb ihr, dass ich mich für sie freue. Beate musste doch gelesen haben, dass Jana eine andere liebte. Dass sie auf unsere Nächte anspielte, wurde von der viel ausführlicher geschilderten neuen Liebesgeschichte fast überdeckt. Außerdem hatte sie mit keinem Wort erwähnt, wann unsere Nächte stattgefunden hatten. Es hätte auch lange vor der Zeit mit Beate gewesen sein können. Zu spät. In diese Notlüge flüchten konnte ich mich nicht mehr. Aber vielleicht war es gut, dass ich nicht gelogen hatte. Vielleicht hatte sie deshalb so freundlich reagieren können. Vielleicht, so malte ich mir schon aus, unterstellte sie mir nun, wenn sie mal wieder in ihre »Negativphase« verfiel, keine fiktiven Affären mehr.

Es war eine Woche vor unserer Irlandreise, auf die wir uns beide sehr freuten, als der Anruf kam. Beate hatte wieder begonnen, mir von Irland vorzuschwärmen. Sie konnte nicht mehr aufhören damit. Sie erzählte von Dublin, vom Park St. Stephans Green, in dem, sobald auch nur ein Hauch Sonne zu sehen war, hunderte von Dublinern auf den Wiesen, am See, auf Bänken und Rändern von

Springbrunnen lagerten. Im Sommer gebe es Freiluftkonzerte am historischen Konzertpavillon. Das riesige Trinity-College am Ende der Grafton-Street, der Hauptgeschäftsstraße. Massen an knallgelben Bussen. Sie erzählte, dass sie und Chris eine Frau kennengelernt hatten, eine Biologie- und Chemiestudentin, die nachts im Trinity-College einen Versuch überwachte. Sie habe ihr schon gemailt. Leider scheine deren Mailadresse nicht mehr zu stimmen. Mit ihr seien sie einmal mitten in der Nacht in die zoologische Abteilung des Colleges gegangen, in einen Raum, der unordentlich vollgestopft mit Skeletten war, das sei schön unheimlich gewesen. Und an den Dekos der Oriental Cafés habe der Großvater dieser Studentin mitgewirkt, der Künstler gewesen sei. Und die Landschaften erst! An einem Tag an einer Stelle hundert Bilder. Die Landschaften seien nicht vom Wetter zu trennen. Im Nebel verschwindende melancholische Hügellandschaften in Connemara, das Grün durchsprenkelt mit dem Grau der Steine, die eine Sekunde später wild im Sonnenlicht glitzerten und bunt erschienen. Auch die gespenstisch-düsteren vom Wind zerrissenen Bäume leuchteten dann auf einmal fröhlich weiß. Wege neben einsamen schilfdurchzogenen Moorseen. Die Schafe mit ihren schwarzen Gesichtern. Verfallende Steinhäuser. Sie habe noch Stimmen alter Frauen im Ohr, die auf dem Land irisch sprachen. Ein weißer einsamer Strand, strahlend blau der Himmel, geht man ein paar hundert Meter weiter, gelangt man in eine lilagrüne schmuddlige Algenmoorlandschaft, der Himmel passt sich an und wird wieder grau. Überhaupt das Moor. Das Moor, von dem sie mir schon so viel erzählt hatte. Torf. Torfstecher, die sich gegen die EU wehren, wie sie vor Kurzem gelesen habe, da die EU Torfabbau nur noch begrenzt zulassen wolle, um die irischen Moore zu schützen. Aber viele Menschen bauen privat weiter ab. Sie können sich Heizöl nicht leisten. Sie wurde immer detaillierter, sodass ich das Gefühl hatte, bereits mit ihr dort gewesen zu sein.

»Und überall da warst du mit Chris«, fragte ich wieder einmal.

»Ja«, antwortete sie. Und dann lästerten wir. Über ihre Ehe, von der ich nicht genau wusste, ob sie nun offiziell vorüber war oder noch immer nicht. Im Gegenzug machte sie sich lustig über meine Affäre. Sie hatte es geschafft, es nicht mehr als Drama zu sehen, das unsere Liebe zerstört. Ich war glücklich. »Und irgendwann später einmal möchte ich mit dir auch nach Island reisen. Zu Zeiten der Mitsommerwende. Das ist traumhaft!«

Als wäre unsere Reise nach Irland bereits beendet und wir planten die nächste. »Warst du da auch mit Chris?«

An dem Tag, in dem Moment, als sie das erste Mal von Island zu erzählen begonnen hatte, kam der Anruf. Ihr ältester Bruder teilte ihr am Telefon mit, dass ihr Vater gestorben sei. Ich hatte nicht einmal gewusst, dass der Vater noch gelebt hatte. »Was, gestorben? Du hast nie davon erzählt, dass er noch lebt!«

»Ich hatte, seitdem wir uns kennen, keinen Kontakt mehr zu ihm«, sagte sie.

»Hast du ihn denn früher manchmal besucht?«

»Ja«, sagte sie, »in den ersten Jahren nach dem Tod meiner Mutter habe ich ihn besucht. Er tat mir leid.«

Solche versöhnlichen Worte hatte ich noch nie von ihr über ihren Vater gehört. »Und warum in der letzten Zeit nicht mehr? Ich hätte so gerne einmal jemanden aus deiner Familie kennengelernt!«

»Er hat jedes Mal von meinem tollen ältesten Bruder angefangen, wenn Chris und ich ihn aus dem Pflegeheim holten und zum Essen oder Kaffeetrinken einluden. Chris fand wichtig, dass ich Kontakt zu meiner Familie aufnahm, na ja, ich hab ihr den Gefallen getan. Aber auf einmal habe ich es nicht mehr aushalten können, dass er uns immer wieder mit dem Bruder in den Ohren lag. Als wäre ich, die ihn besucht hatte, nur unerwünschter Ersatz. ›Der gute Junge! Was macht denn der gute Junge?‹, hieß es dauernd. ›Der hat es wenigstens zu was gebracht im Leben!‹ Der ›gute Junge‹ hat ihn nie besucht. Schließlich habe ich ihn auch nicht mehr besucht. Dann kam die Trennung von Chris, und – das weißt du doch! – ich möchte von meiner Familie nichts mehr wissen!«.

»Möchtest du nicht zur Beerdigung fahren«, fragte ich vorsichtig.

Sie wollte nicht. Ich überredete sie. Wir stornierten die Irlandreise ein zweites Mal. Dank Beas Reiserücktrittsversicherung kostete es sie nichts. Der Tod eines Familienmitglieds galt als Stornierungsgrund. »Wenn du unbedingt meine Geschwister sehen möchtest! Ob wir je nach Irland reisen werden, ist mir inzwischen auch egal!«

»Mensch, Bea, Irland läuft nicht weg. Aber das ist doch mal ein Anlass, deine Geschwister wiederzusehen. So schlimm können die gar nicht sein. Sonst wärst du nicht so nett, so süß, so liebenswert.« Ich umarmte sie. »Bea, ich liebe dich so!« Sie zitterte. Mir schien, sie unterdrückte es zu weinen. »Ein bisschen was Nettes müssen die doch auch abbekommen haben, oder ist alles Liebeswerte nur bei dir gelandet?«

»Warts ab!«

Sie würdigten mich kaum eines Blickes; mit Beate wechselten sie nur mit Mühe ein paar Worte – bis auf den »guten Jungen«, ein Mann mittleren Alters, zehn Jahre älter als Beate. Er hatte Schalk in den Augen. Und bemühte sich jovial um ein Gespräch mit uns. Erzählte unterhaltsam von Schwaben. Er war nach Süddeutschland gegangen und hatte einen gut bezahlten Job als Ingenieur bei Bosch.

Wir waren froh, als das Beerdigungsessen vorüber war.

Kurz darauf erfuhr Bea, dass ihr Vater ihr das kleine zerfallende Haus vererbt hatte und ihren Geschwistern seine Ersparnisse. Das Haus war unbewohnt, seitdem ihr Vater vor Jahren kurz nach dem Tod ihrer Mutter in das Pflegeheim umgezogen war. »Das haben meine Geschwister veranlasst, weil sie der Meinung waren, er komme allein nicht klar.«

Sie wollte das Erbe ablehnen. Wir waren bei mir, saßen zusammen in der Küche, hatten mit Katharina gegessen. Katharina unterstützte mich in dem Versuch, Beate davon zu überzeugen, wenigstens einmal hinzufahren. Als Katharina zu ihrer Chorprobe aufbrach, sagte sie im Weggehen, »ich kann herumfragen, ob nicht jemand ein Wochenendhäuschen braucht. Brandenburg ist nicht weit von Berlin und alle sind gerade dabei, ihre kleinen Ersparnisse in Immobilien anzulegen.«

»Das Haus will garantiert keiner«, rief Beate ihr nach.

»Wieso bist du dir so sicher? Katharina kennt viele Kleinfamilien. Diese Ehefrauen im Chor. Die haben alle Kinder und finden ein Sommerhäuschen auf dem Land sicher sehr schick.«

»In so ein Kaff will keiner. Außerdem ist es verfallen und das Gelände drum herum ist nicht groß. Das Kaff liegt in einer Senke. Das Haus an einem Nordhang. Und es gibt auch keinen ›schicken‹ See da, nur einen Bach. Die wollen alle ein Ferienhäuschen mit See!«

»Aber ein Haus ist doch immer was wert«, entgegnete ich trotzig. Ich hatte romantische Vorstellungen von Hausbesitz. »Und wenn der Verkauf dir nur ein paar Euro bringt, ist das mehr als nichts. Du hast in den Semesterferien keine Lehrveranstaltungen. Lass uns hinfahren! Im Café kann ich ein paar Tage blau machen. Ich arbeite viel zu viel dort.« Meine erfolglose Jobsuche stand mir wieder vor Augen. Die Absage von der Uni in Frankfurt, die vor wenigen Tagen gekommen war, hatte ich erwartet, trotzdem war ich enttäuscht. »Ich werde«, sagte ich, Candys Wort dafür sprang mir auf die Lippen, »mein Leben wohl dauerhaft als ›Bedienung‹ verbringen müssen. Und ein Erbe habe ich auch nicht zu erwarten!« Meine Eltern waren noch fit. Reich waren sie nicht. Das Thema Erbe hatte mich noch nie beschäftigt. »Also, ich würde kein Erbe ausschlagen!«

»›Bedienung‹, was für ein Wort! Und wie anzüglich du das ausgesprochen hast!«, sagte Bea und ging nicht weiter auf meine Spekulationen zum Thema »Erbe« ein.

»Aber irgendwas muss das Haus wert sein«, insistierte ich. »Und wer weiß, was du darin findest. Ich finde die Vorstellung, ein altes Gemäuer nach Geheimnissen zu durchforsten, sehr romantisch!«

»Vergiss es. Ich garantiere dir, dieses Haus bringt nur Ärger. Aber«, sie grinste jetzt, und schien trotz des für sie unerfreulichen Themas »Haus« überraschend gut gelaunt, »du könntest jetzt mal als meine Bedienung arbeiten! Ich habe Lust auf Sex. Lust darauf, dass du mich bedienst.«

Vielleicht wollte sie sich auf diesem Weg abreagieren. Ich war nicht in Sexlaune. »Aber natürlich! Wie hättest du es denn gerne?«

»Lass dir was einfallen. Ich brauch's heute hart!«

Mir kam die vergessene Kiste unter dem Bett in den Sinn. Angelita. Wie lange hatte ich nicht mehr an sie gedacht! »Ich habe noch Spielzeug aus der Zeit, bevor wir uns kannten. Ein Geschenk. Hab ich noch nie benutzt. Eine Premiere! Hast du wirklich Lust, hart gefickt zu werden?«

»Ja, ich brauch das jetzt!«

»Dann zieh dich aus!«

Sie zog sich aus, ich kniete mich auf den Boden und zog die Kiste hervor. Auf dem Deckel stand »Placer y dolor y amor!«. Ich packte den größten der Dildos aus und das schicke bordeauxrote Harness, ging ins Bad, wusch das Ding, bekleidete mich damit, sagt man »bekleidet«?, ich lachte mir im Spiegel zu, es sah eindrucksvoll aus, der riesige Schwanz vor mir, und ging zurück ins Zimmer, den schon in der Hand. Meine Sexlaune kam, als ich durch den Flur in Richtung meines Zimmers lief. Gut, dass nicht gerade Esther oder Katharina in der Wohnung unterwegs waren. Beate hatte unterdessen die Kiste ausgeräumt und zwei der Vibratoren extra gelegt, »die möchte ich mal ausprobieren!«

»Nichts da mit Ausprobieren!«, herrschte ich sie an, »du wolltest es hart und kriegst es hart. Ohne Vorbereitung oder Spielzeug ausprobieren. Leg dich hin, auf den Rücken, Beine auseinander!« Ich staunte, wie locker mir diese Befehle über die Lippen kamen. Bloß nicht lachen! Ich stellte mir Angelita und Freundinnen vor, hatte ich doch nicht wirklich viel Erfahrung im Ficken mit Dildo, empfand ihre Bewegungen beim Sex mit mir; die Körpererinnerung war sofort da, wie sie mich mit unterschiedlichen Dildos ihrer Kollektion gefickt und zu knalligen Höhepunkten getrieben hatte, und auf einmal wurde ich selbst scharf. Angelitas Bewegungen kamen näher, ich ließ sie in meinen Körper übergehen, um Bea zu vögeln, riss sie an den Hüften an den Bettrand, stopfte ihr Kissen unten den Arsch, dass sie auf die richtige Höhe kam, spielte kurz und brutal mit dem Dildo zwischen ihren Lippen, sah, wie sie sich öffneten, sah, dass es glitzerte in ihnen, »wie schön du bist, Bea, wie schön sich deine Lippen mir entgegenwölben«, kam es mir über die Lippen; das passte nicht, lauter sagte ich, »ich fick dich jetzt durch, du süßes Miststück!«, dann nahm ich noch das »süß« zurück und wiederholte »ich fick dich, Miststück« und stieß in sie, glitt rein und raus, schneller, härter, ich fiel über sie und fickte weiter, »hart willst du es, du kriegst es hart!«, sie stöhnte und wand sich unter mir, die große Bea, ihr weicher Körper, ihre Brüste an mir, ich liebte sie wieder so sehr! Der Dildo flutschte rein und raus, das riesige Ding, ich schob die Hand zwischen unsere Körper und streichelte zugleich ihre Klit, wir wogten hin und her und schrien nun beide, sie zu ficken, erregte mich genauso wie sie, und dann, kurz bevor sie kam, zog ich den Dildo raus und brüllte nun wieder: »Halt! Ich besorg's dir gleich. Aber ich entscheide, wann!« Sie juchzte einmal kurz auf, brachte heraus, »ich kann nicht mehr warten«, ich fing ihre Hand auf dem Weg zu ihrer Möse ab, riss sie fort, »das kommt nicht in Frage!«, nahm den dicken blauen Dildo und schob ihn sehr langsam wieder hinein, berührte ihre G-Fläche, rieb hin und her, langsam, sehr langsam, sie wand sich, und dann stieß ich auf einmal heftig in sie und es kam ihr, juchzend, schreiend, lachend flossen die Säfte, ich zog das Ding raus, schnallte es ab und legte mich zu ihr, in ihre Nachbeben. »Noch mal«, fragte ich nach einer Weile. »Ja, bitte noch mal!«

17

Ein paar Tage später sind wir hingefahren. Sind durch die grüne Tür unter dem gemauerten Torbogen von der Straße aus in den Garten gegangen, der ein Dschungel war. Drängten uns durchs Grün zur Haustür.

Sie sah mich an. Ein feuchter Fleck im Mauerwerk neben der Tür. Vom Plastikvordach tropfte es. »Ich möchte das eigentlich nicht«, sagte sie.

»Was möchtest du nicht?«

»Warum machen das nicht meine Geschwister, ich will das nicht, das Haus ausräumen. Ist nur Müll. Da war sicher seit Ewigkeiten niemand mehr drin von denen. Die haben sich auch nicht um das alte Zeug gekümmert, die ganzen Jahre. Und jetzt hab ich das am Hals.«

Sie sah traurig aus. Ich kann mir noch heute dieses Bild vor Augen rufen, sehe sie in dem Moment, als wir vor der Tür standen, das erste Mal vor diesem Haus, wie sie mich anschaute, wie mir das einen Stich versetzte und ich einen Liebesflash hatte. Als würden sich Gefühle sprunghaft verändern, in eine neue Dimension geraten. Ich könnte diese Momente aufzählen, bis heute, wie an einer Perlenkette. Ich wollte sie küssen, sie mit einem Kuss beruhigen, nahm ihr Gesicht zwischen meine Hände und sagte: »Wird schon nicht so schlimm sein. Ein altes Haus ausräumen, wer weiß, welche Abenteuer auf uns warten. Ich finde das sehr spannend!«

Der Regen wurde lauter. Wir drehten uns um. Geglitzer. Wir blickten durch den Regenvorhang ins Sonnenlicht, auf die überwucherten alten Bäume, das hohe Gras im Wasserdampf. Irgendwo auf der anderen Seite des Hauses musste jetzt ein Regenbogen zu sehen sein. Wir standen eine Weile still und bewunderten das Schauspiel. Mir kam ein Satz in den Sinn, den Angelita mal bei einem Gewitter gesagt hatte. »Wenn Sonne und Regen aufeinandertreffen, heißt es bei uns: ›Da heiraten Hexen.‹« Ich setzte an, ihr das zu zitieren, da drehte sie sich zu mir um, ihre Wangen rot von Regen und Sonne, sie glühte, sie sah so schön aus. Ich verstummte. Wir sahen uns an, bis sie sagte, »du hast recht. Wir gehen da jetzt rein. Wird schon ein Abenteuer werden«, und die Tür öffnete. Wir traten ins Dunkel. Als sich meine Augen an den Lichtunterschied gewöhnt hatten, nahm ich als Erstes an der abblätternden Tapete gegenüber der Eingangstür vier gerahmte Schwarzweißfotos von Kindern wahr. Dann das alte Bettsofa an der Wand unter dem Fenster. Unter Spinnenfäden. Wir hatten unsere Schlafsäcke im Auto. Mich schauderte. Und zugleich erfasste mich Erregung. Wir würden auf diesem Sofa miteinander schlafen. Unter Spinnenfäden. In einer Staubwolke. Sie stand still neben mir. Ich fragte: »Seid ihr die Kinder auf den Fotos? Mal sehen, ob ich dich erkenne«, und realisierte, dass ich noch nie ein Foto von ihr als Kind gesehen hatte.

Ich erkannte sie. Sie hatte straff geflochtene Zöpfe und freche ein wenig abstehende Ohren. Eine lange Locke hatte sich aus den Zöpfen gelöst und fiel ihr in die Stirn. Auch die geschwungenen Lippen mit ihrer Andeutung von Belustigung waren unverkennbar. Ihr Haar wirkte weiß, ihr Gesicht dunkel.

Ihr Haar war im Moment wieder einmal so lang, dass die Locken sichtbar wurden und kreuz und quer um ihren Kopf wogten, als sie sich zu mir umdrehte, eine weiche Locke fiel ihr in die Stirn. Ich streichelte die Locke, ich weiß, Haare haben keine Nerven, aber ich fühlte diese weiche seidige Locke an der Fingerspitze und bildete mir ein, ihr Haar würde mein Streicheln empfinden, und sagte: »Dein schönes weiches Haar ist heute so hell wie auf dem Foto. Ich liebe es, wenn es herauswächst. Ich liebe den Moment, wenn die erste Locke sichtbar wird.« Ich küsste sie auf die Locke. »Sicher war es auch Sommer, als dieses Foto aufgenommen wurde.«

»Ja, es war Sommer. Wir waren immer draußen. Das hat ein Schulfotograf gemacht. Der kam nach den Sommerferien«, erklärte Beate. Sie sah mich wild an. »Ich mag meine Locken übrigens nicht.

Als Mädchen, ich weiß nicht mehr genau, wie alt ich war, vielleicht sieben oder acht, bin ich mal zum Friseur im Dorf marschiert und bat ihn, mir einen Igel zu schneiden. Ich wollte unbedingt eine Igelfrisur wie meine älteren Brüder und andere Jungs aus dem Kaff. Der Friseur sagte, ›du bist doch ein Mädchen! Aber selbst wenn du ein Junge wärst, könnte ich dir keinen Igel schneiden, dein Haar ist viel zu fein dafür! Du hast Engelshaar! Sei doch froh darüber!‹ Hast du nicht mal ein ähnliches Wort für mein Haar gesagt?«

Hatte ich das nicht nur gedacht? War es das Wort Feenhaar? Ich wusste doch, dass ihr zu romantische Komplimente peinlich waren.

»Keine Ahnung«, sagte ich.

»Ich war enttäuscht und schnitt mir ein paar Tage später trotzig selbst die Zöpfe ab. Mein Vater verprügelte mich dafür. Mit der siebenschwänzigen Peitsche, die er, das hat mir später mein ältester Bruder erzählt, von seinem Vater hatte. Wahrscheinlich hat der seine Kinder auch schon damit verprügelt. Ein oder zwei Jahre nach dem Zöpfe-Abschneiden habe ich ihm die geklaut und in den Bach geschmissen. Das nutzte zwar nichts, er hat weiter geprügelt, aber ich war stolz.«

Sie war aufgedreht. Fast aggressiv küsste sie mich und drängte mich auf das staubige Bettsofa, »du willst doch Sex!« So vögelten wir wirklich, wie es mir beim Eintreten in das Haus in den Sinn gekommen war, auf dem Sofa, inmitten einer Staubwolke. Ich rutschte, als ich mich ihr zuwenden wollte, hinunter und sie lachte, als ich spinnenfadenüberzogen und mit staubigen Händen zu ihr zurückkam. Ich wischte die Flusen zur Strafe an ihrem weichen Arsch ab, bevor wir weitermachten. Soviel bei Sex gelacht hatten wir beide seit Langem nicht mehr. Danach machte sie einige Nacktfotos von mir, wie ich an der Wand, an der abblätternden orange-rot gemusterten Tapete lehnte und ihr meinen bleichen Hintern hinstreckte. »Das geschieht ihnen recht«, sagte sie, »dass wir hier vögeln und unanständige Fotos machen.« Ich ging auch nackt in den Dschungel vor dem Haus, wir jagten uns, als wären wir Kinder und spielten Fangen. Wenn sie mich fing, dann vögelten wir wieder. Auf dem stachligen Boden. An einem spinnwebüberzogenen Waschbecken, das als Spüle gedient hatte und in dem noch Geschirr stand, mit versteinerten Essensresten. Grüne Kacheln, ein kleiner Spiegel unter einem herunterhängenden Kabel. Ich blickte hinein und sah ihren Blick auf mir, während sie es mir hart mit der Hand von hinten besorgte. Dann steckte sie mir das erste Mal Finger in den Arsch, während wir den Blick nicht voneinander wandten, bis ich die Augen schloss und explodierte und sie mir die Nässe ins Haar wischte, mich zu sich umdrehte, an sich zog und wir unter der altertümlichen Fünfziger-Jahre-Lampe mit fünf konischen Schirmen in einen nach Staub schmeckenden Kuss versanken.

Dann setzten wir uns hin und verschnauften. Obwohl draußen die Sonne schien und die Fenster geöffnet waren, war es klamm im Haus. In mir glühte noch der abklingende Orgasmus, als Beate sich an mich lehnte und ihr Körper war kühl, ihr Körper, der sonst immer heißer war als meiner. Auch ich begann zu frösteln. Beate sagte, sie könne sich nicht vorstellen hier zu übernachten. »Lass uns eine Pension irgendwo suchen. Morgen fahren wir hierher zurück und schauen uns genauer um.«

»Und oben«, fragte ich, »ist es nicht oben vielleicht besser? Nicht so feucht?«

»Nein, sicher nicht. Und sieh dir erst mal die Treppe an!« Ich wollte schon hochlaufen, aber sie hielt mich zurück. »Das ist gefährlich. Nachher brichst du durch! Das müssen wir vorsichtig angehen. Ich vermute, dass das Holz zwischen den Stockwerken morsch ist.«

»Habt ihr Kinder oben geschlafen?«, fragte ich.

»Ja. Im Sommer war es extrem heiß, im Winter extrem kalt. Oben wurde nicht geheizt. Die wenige Wärme, die von unten hochkam, reichte nicht. Wir sahen unseren Atem beim Einschlafen in der Kälte. Der Herd stand in der Küche und ein Kachelofen im großen Zimmer. Manchmal brachte uns unsere Mutter heiße Steine ins Bett. Sie hatte sie im Backofen heiß gemacht.«

»Was! In den Achtzigern noch einen Kohleherd und heiße Steine?«

»Ja, das gab es noch, auf dem Land, auf jeden Fall in der DDR. Mein Vater sagte jedes Mal, wenn einer meiner Brüder einen Modernisierungsvorschlag machte: ›Wir brauchen nichts Neues.‹«

»Jetzt weiß ich, warum du gerne so kalt schläfst und dabei immer glühst. Das hast du als Kind geübt«, sagte ich und lächelte sie an. Aber sie war von einer Sekunde auf die andere nicht mehr fröhlich. Ich bemerkte, wie sich verschloss.

Mein Blick fiel auf einen lieblos auf den Boden hingeworfenen Stapel von Heften und Alben. Sie folgte meinem Blick und sagte: »Meine Geschwister waren unter Garantie schon hier und haben alles mitgenommen, was etwas Wert hatte.«

Ich nahm eins der Fotoalben aus dem Stapel. Hinter dem Stapel führte die Treppe nach oben. Sie sah wirklich gefährlich aus, die Tapeten rollten sich herunter, eine Stufe war eingebrochen. Setzte mich wieder zu Bea auf das Sofa, schüttelte den Staub vom Album und öffnete es irgendwo mittendrin. Bea stand auf und stellte sich vor mich hin. Ihr Gesicht verschlossen. »Ich will das nicht sehen«, sagte sie. Ein Foto auf der aufgeschlagenen Seite. Im Garten vor der Hauswand. Sie und zwei der Geschwister waren zu sehen, ein Mädchen stand neben ihr, ein größerer Junge kauerte auf der anderen Seite im Gras, einen Stock in der Hand. Die Geschwister guckten grimmig in die Kamera, als hätten sie keine Lust, fotografiert zu werden. In der Mitte stand sie, die Hände steif unten am Rock. Ich erschrak und sah zu Bea hin, die mir schon das Album aus der Hand reißen wollte. Dann sah ich wieder auf das Foto. Ihr Blick war so furchtbar leer. Tot. Selbst auf dem kleinen bräunlich verfärbten vergilbten Schwarzweißfoto, das an die dreißig Jahre alt sein musste, sah ich diesen Blick. Ihr Mund geschlossen, ihre Augen ausgeknipst. »Bea, da siehst du aber unglücklich aus!«

»War ich auch.«

Ich blätterte weiter, ihre Eltern am Tisch, einer der größeren Jungen mit Moped, keine Bilder mehr mit ihr. Das Bild, das an der Wand hing, sah auf den ersten Blick fröhlich aus. Doch auch auf diesem Bild schienen mir jetzt, als es noch einmal ansah, ihre Augen genauso ohne Leben, obwohl sie lachte. Sicher bildete ich mir das nur ein. »Gibt es denn noch mehr Fotos, auf denen du drauf bist.«

»Keine Ahnung. Zeig mal«, sie nahm mir das Album ab und fand noch ein Bild, auf dem sie angeschnitten am Rand zu sehen war, mitten im Garten, neben einem großen Baum voller Birnen.

»Der Garten war sicher mal schön.«

»Ja«, gab Bea zurück. »Die Birnen schmeckten wirklich gut.« Ich war froh, dass sich ihre Stimmung wieder aufhellte.

»Einmal hat mein Bruder – der zweitälteste, das ist der mit dem Stock auf dem Foto – einen der Hähne scharf gemacht, ihn mit dem Stock geschlagen, in die Ecke getrieben und was weiß ich, wie noch gequält, ihn damit so dressiert, dass der aggressiv wurde und auf Menschen losging.« Als ich mir das Foto noch einmal ansah, überlief mich eine Gänsehaut. »Der ist einem ins Gesicht gesprungen. Ohne Stock bist du nicht mehr an dem vorbeigekommen. Einmal ist er aus dem Hof hinaus auf eine Nachbarin gesprungen, Frau König hieß die. Das gab ein Geschrei. Da wurde es meiner Mutter zuviel. Sie hackte ihm den Kopf ab.«

»Brutal! So war deine Mutter?« Langsam wurde mir eiskalt, »wie unheimlich!«

»Na, so schlimm war das nun auch wieder nicht. Sie hat ja auch sonst Hühner geschlachtet. Ganz normal auf dem Land. Du Stadtkind! Ich zeige dir jetzt noch die geheimen Nebengebäude.« Im Hang im Garten gab es eine gemauerte Höhle. »Der Erdkeller.« In der andere Ecke, unsichtbar, vollständig überwuchert von Brombeeren, Brennnesseln und anderem Grünzeug, stand ein massiver Schuppen aus Backsteinen mit Bühne. »Hier hat mein Vater mich einmal fast erschlagen«, sagte sie.

»Wie, erschlagen? Willst du mich mit Horrorgeschichten schocken?«

»Ich sollte die Leiter halten und er hat von oben die Backsteine runtergeschmissen, die er dort gelagert hatte und für irgendwas brauchte. Einer hat mich fast getroffen.«

In dem Kaff gab es natürlich keine Pension und kein Hotel, wir mussten in die nächstgelegene Kleinstadt, fanden eine Pension, buchten für drei Nächte und aßen aufgewärmte labbrige Kohlrouladen. Wir gingen danach gleich ins Bett und schliefen sofort erschöpft ein. Sie an meinen Rücken gekuschelt wurden wir aufeinandergeschoben vom weichen Bett, das sich in der Mitte nach unten durchbog. Ich erwachte, als ich sie im Schlaf jammern hörte, und streichelte sie beruhigend, bis sie schließlich auch aufwachte und sagte: »Ich hatte gerade einen Albtraum.«

»Erzähle!«

»Lieber nicht, ich vergesse den hoffentlich.«

»Das waren sicher die ekligen Kohlroladen vor dem Einschlafen, jeder träumt, wenn der Magen belastet ist.«

»Ich glaube, ich hatte andere Gründe zum Träumen.«

»Hast du von den Schaudergeschichten geträumt, die du mir erzählt hast? Von fallenden Steinen und scharfen Hähnen oder waren es Gänse?«

»Ja, sowas eher …«

Wir wälzten uns, das Bett war unerträglich durchgelegen und weich, die Nacht schwül, wir schwitzten und quälten uns, als wir nicht wieder einschlafen konnten, bis Bea auf die Idee kam, kalt zu duschen. Unter der Dusche lachte sie wieder, zwirbelte meine Nippel, die von der Kälte lang und hart geworden waren, »deine scharfen Titten!«, sagte sie und leckte die Nippel und streichelte mich, dass es mir beinahe unter der Dusche kam. Ach Bea. Eben noch Albtraum und dann dieser fröhliche Sex. Deine überraschenden Stimmungsschwankungen! Im Bett brachte sie mich zum Orgasmus, danach schwitzten wir wieder und duschten noch einmal. Der Morgen graute, als wir erfrischt ins Bett fielen. Wir schliefen bis zum Mittag.

Beate erwachte aufgekratzt und voller Energie. »Ich würde vorschlagen, wir fangen heute an aufzuräumen. Aussortieren, was sich vielleicht auf einem Flohmarkt verkaufen lässt, Rest in den Müll.« Wir besorgten in einem Supermarkt große Kartons und Beate telefonierte sich zur Abfallentsorgung des Bezirks durch. Der Mitarbeiter hatte ihr zunächst einreden wollen, einen Container nicht früher als in einer Woche bringen zu können. Sie konnte ihn bezirzen, den Container schon in zwei Tagen bereitzustellen. Auf meine besorgte Vermutung, dass wir so schnell gar nicht räumen könnten und dass es in einer Woche vielleicht realistischer wäre, sagte sie nur knapp, »ich möchte das so schnell wie möglich hinter mich bringen und dann weg hier.« Sie machte noch Gerümpelhändler in der Gegend ausfindig und bestellte den ersten, den sie erreichte, für den Tag darauf.

Als wir wieder im Dorf waren, klingelten wir bei den Nachbarn. Der direkte Nachbar war nicht da, die alte Frau von der Straßenseite gegenüber öffnete.

»Beate Grasemann! Das gibt's ja nicht«, sagte sie. »Du siehst aber gut aus.«

Es gab frischen Aprikosenblechkuchen und Frau König begann, Anekdoten zu erzählen. Beate hörte gut gelaunt zu, bis zu dem Moment, in dem Frau König sich in ihren endlosen Erzählungen aus der Vergangenheit unterbrach und fragte: »Weißt du eigentlich, dass eure Eltern mehrere Kinder zu Grabe getragen haben?« Beate erstarrte, schüttelte den Kopf und sagte, »wir müssen jetzt mal. Danke für den Kuchen.«

»Oh, das hätte ich nicht sagen sollen«, murmelte Frau König und packte uns den Rest Kuchen ein.

Sie war der Meinung, aus dem Dorf würde keiner das Haus übernehmen wollen. Schon gar nicht ihre Kinder, die im Übrigen schon lange nicht mehr in der Nähe wohnten. Das Haus sei doch völlig heruntergekommen. Eine Bruchbude. »Passt nur auf, dass euch darin nichts passiert!«, sagte sie zum Abschied und umarmte Beate. Sie strahlte großmütterliche Wärme aus.

Der andere Nachbar war noch immer nicht da. Beate wirkte unglücklich. Wir gingen wieder ins Haus. »Frag doch einfach deine Geschwister, ob sie dir helfen auszuräumen.«

»Deren Hilfe brauch ich nicht! Du hast die doch kennengelernt, wie kommst du auf die Idee, dass die hier helfen würden?«

Wir begannen mit Sortieren. Ich rettete die Fotoalben und die Bilder von der Wand vor dem Müll.

In einer Kommode lagen Dokumente, Geburtsurkunden, Arbeitsverträge, zwei Schubladen voll. Auch die rettete ich. Sie hätte alles weggeworfen. »Vielleicht haben deine Eltern irgendwelche Schätze, von denen du nichts ahnst, und das ist in einer der Urkunden notiert. Jetzt lass uns das doch mal durchsehen!«

»Na gut«, sagte sie, »ich werde deinen Papierkarton durchschauen. Aber dann kannst du mich nicht mehr vom Wegwerfen abhalten!«

»Das ist dein Papierkram. Ich bin nur neugierig!«, gab ich zurück.

Sie packte für sich nur die Tucholsky-Gesamtausgabe ein. »Das war meine«, sagte sie.

Wir räumten, bis es dunkel wurde. Am nächsten Tag wieder. Ein riesiger Müllberg aus alten Möbeln,

Geschirr, Decken, Klamotten und Papier türmte sich im großen Zimmer unten. »Ich vermute«, sagte sie, »wir werden alles wegschmeißen müssen.«

Ich wollte die Fünfziger-Jahre-Lampen retten. Die von der Decke und eine Stehlampe. »Quatsch. Die waren schon in meiner Kindheit uralt! Die Sicherung flog oft raus.« Sie sah auf einmal aus, als würde ihr gleich schlecht werden, wurde blass.

»Was ist los? Ist dir nicht gut?«

»Schon ok. Mir ist nur gerade etwas eingefallen.«

»Was?«

»Ach, nichts, vergiss es!«

»Jetzt zier dich nicht immer so! Erzähle!«

»Na gut. Einmal kam ich vom Spielen rein. Wie immer viel zu spät. Es hatte geregnet. Ich war nass. Sie saßen vor dem Fernseher. Es war dunkel im Zimmer. Mein Vater schimpfte, dass ich zu spät war und sagte dann: ›Steck mal die Stehlampe rein!‹ Ich folgte und kriegte fürchterlich eine gewischt. Mein Vater muss das doch gewusst haben. Ich hatte nasse Hände. Der war von Beruf Schaltelektriker.«

Ich verstand nicht gleich. »Was ist denn ein Schaltelektriker?«

»Das ist ja wohl egal, welche Sorte Elektriker der war! Fakt ist, dass er mich bewusst gefährdet haben musste! Bevor meine Mutter und er heirateten, er kam aus Sachsen, arbeitete er in einem Braunkohlekraftwerk. Er war zuständig, dass bei vielen hintereinandergeschalteten Motoren der Strom richtig läuft oder, wenn was kaputt war, einer aus dem Kreislauf genommen wurde, solche Sachen eben. Was interessiert dich das überhaupt? Also der kannte sich aus mit Strom! Nach der Heirat sind die in das Elternhaus meiner Mutter hierher gezogen. Da musste er was anderes machen, aber immer noch als Elektriker. Starkstromanlagen in Gebäudekomplexen installieren.«

»Das kann ich mir wirklich nicht vorstellen, dass er das mit Absicht gemacht hat!«

»Doch! Er war ein Tyrann.«

Ich verstummte.

»Also, die Lampen kommen auf den Müll. Wenn du die irgendwo anschließt, schmort dir garantiert sofort die Sicherung durch.« Manchmal denke ich heute noch an diese Fünfziger-Jahre-Deckenlampe, unter der wir uns geliebt hatten. Ich habe nur hässliche moderne Lampen. Irgendwann kaufe ich mir was Nostalgisches.

Der Altmöbelhändler kam. Er nahm zwei Schränkchen mit, sonst nichts. Wir schmissen das gesamte andere Mobiliar in den Container und nahmen nichts mit; die Tucholsky-Bände, einen Karton mit Alben und Schulheften und einen zweiten mit Dokumenten stellten wir ins Auto.

18

Am Abend fuhr ich zurück nach Berlin.

Sie hatte mich gedrängt. »Du musst am Wochenende im Café arbeiten. Ich rede noch mit der Verwaltung, ob sie das Grundstück vielleicht gebrauchen können oder jemanden wissen. Wenn nicht, behalte ich es notfalls noch eine Weile. Werde Anzeigen schalten. Ich habe ja Semesterferien und kann hier bleiben. Dich brauchen die jetzt dringend im Café! Es ist Sommer! Du fährst zurück. Mehr kannst du mir hier nicht helfen. Ich sehe zu, dass ich das so schnell wie möglich über die Bühne bringe.« Dann entwarfen wir noch den Anzeigentext. »Feriengrundstück in Brandenburg mit renovierungsbedüftigem Häuschen, Privatverkauf, keine Maklerprovision, Preis Verhandlungssache.«

»Vielleicht finden sich ja irgendwelche Idioten, die sowas kaufen möchten für wenig Geld.«

Ich hatte sie gefragt, ob ich das Fotoalbum und die vier gerahmten Bilder von ihr und ihren Geschwistern mitnehmen könne, sie hatte nichts dagegen. Ich bat sie, mir eine Auswahl der Fotos vom Haus zu mailen, die sie gemacht hatte.

Ich hatte das Haus am Nordhang inzwischen ins Herz geschlossen.

Wir verabschiedeten uns am Bahnsteig unter einem wunderbaren Abendhimmel, dessen Farbe zwischen Blau, Rot und Türkis changierte. Die langen Nächte im Norden. Es war ein Bummelzug, an dem man die Fenster herunterschieben konnte. Sie winkte, ich winkte, bis ich sie nicht mehr sah.

In der Wohnung schaltete ich als Erstes den PC ein. Sie hatte die Hausfotos schon gemailt. Aß etwas und blätterte noch in der Küche das Fotoalbum mehrmals durch und versuchte, mir ihre Kindheit in dem Haus, dem Dorf vorzustellen. Es war schwer. In dem Fotoalbum gab es auch ein älteres Foto, drei Mädchen und deren Mutter. Sie standen auf dem braun vergilbten kleinen Foto vor der Giebelwand des Hauses auf der Straße, links die Mutter vor dem gemauerten Eingang mit seinem runden Torbogen, an der Hand das kleinste der Mädchen, das aussah wie Bea, mit gelocktem hellblonden Haar, das ihr gerade über die Ohren gewachsen war, daneben zwei ältere, die Zöpfe streng um den Kopf geschlungen. Das Bild war verblichen. Die Gesichter waren teilweise weggewischt. War das kleinste Mädchen ihre Mutter? Ihre Mutter war in dem Haus aufgewachsen, das hatte Beate erzählt. Auch von der Großmutter hatte sie erzählt. Die Frau auf dem Bild war mir auf Anhieb sympathisch. Die Hand locker in eine Tasche ihres langen Rocks gesteckt, sie schien zu lachen.

Allerdings war nur ihr halbes Gesicht zu erkennen. Sie hatte auch im Haus gewohnt, bis sie starb. »In ihrem Zimmer hing ein Foto von Rosa Luxemburg. Sie war überzeugte Kommunistin, aber keine DDR-Kommunistin!«, hatte Bea erzählt.

Katharina setzte sich zu mir. Ich erzählte. Auch Esther kam hinzu. Zu dritt blätterten wir im Album. Fast hatte ich ein schlechtes Gewissen. Als würde ich unanständige Fotos von Bea öffentlich herumzeigen. Esther, inzwischen war sie sechzehn, sagte zu dem Bild mit Beate im Album: »Das Mädchen auf dem Bild sieht aus, als wäre sie tot.« Ich erschrak. Erklärte Esther und Katharina, dass Beas Kindheit, ich wisse zwar noch immer nicht genau warum, nicht schön gewesen sei. Und zeigte noch die beiden anderen Fotos mit Bea, von der Wand und mit dem Birnbaum. »Ach«, sagte Esther und klang erleichtert, »hier sieht sie ganz normal aus. Frech. Nett!«

Ich mailte Bea und dankte ihr für die Haus-Fotos. Das Haus sah verwunschen aus. Ein kleines Dornröschenschloss. Am nächsten Tag versuchte ich, Bea auf dem Handy zu erreichen. Erst beim dritten Versuch ging sie ran. Ihre Stimme klang gedämpft, als sie mir eröffnete: »Ich brauche hier noch eine Weile. Nimm's nicht persönlich. Ich rühre mich wieder bei dir. Es dauert noch, bis ich das mit dem Haus erledigt habe. Außerdem habe ich das

Gefühl, ich muss mich wirklich einmal mit meiner Kindheit beschäftigen. Die ist mir hier schon sehr auf die Pelle gerückt. Das ist doch ganz in deinem Sinn, oder? Hast du mir das nicht schon immer vorschlagen wollen? Ich muss dazu allein sein. Lass mir einfach Zeit.«

Ich war beunruhigt. Was sollte diese Ankündigung? Sie hatte doch gestern noch gesagt, dass sie alles so schnell wie irgend möglich hinter sich bringen wolle. Woher dieser Sinneswandel? Ich rief eine Stunde später wieder an. Nichts. Eine Stunde später noch einmal. Ihr Handy war abgeschaltet. Der Teilnehmer ist nicht erreichbar wird aber per SMS über Ihren Anruf benachrichtigt. Ich mailte. Sie antwortete nicht. Am nächsten Morgen rief ich in der Pension an. Sie war nicht da. Am Tag darauf rief ich sie wieder auf dem Handy an, diesmal am frühen Morgen. Sie mochte den Morgen und stand immer viel früher auf als ich. Vielleicht erwischte ich sie noch, bevor sie sich wohin auch immer auf den Weg machte. Das Handy war noch immer ausgeschaltet; ich rief wieder in der Pension an. Sie hatte ausgecheckt. Was sollte das? Meine Gefühle schwankten zwischen Wut und Angst. Ein paar Tage später suchte ich unter »telefonbuch.de« die Nummer von Frau König in Weltin. Sie stand drin, in der Bachgasse 6. Ich rief sie an. Sie brauchte eine Weile, um zu begreifen, wer ich war.

»Ach Beate. Sie waren mit Beate hier. Ja, jetzt erinnere ich mich. Beate war gestern noch mal hier. Mit einem Menschen, dem sie das Haus gezeigt hat.«

»Und hat sie Sie besucht?«

»Nein, sie ist nicht hochgekommen, ich habe sie nur aus dem Fenster gesehen und wir haben ein paar Worte gewechselt.«

Ich war beruhigt. Sie war noch in der Gegend. Wahrscheinlich war ihr einfach nur das durchgelegene Bett in dem muffligen Zimmer auf die Nerven gegangen und sie hatte anderswo eingecheckt. Ihr Handy war noch immer ausgeschaltet. Wieso musste ich, wenn ich mich mal ernsthaft einließ, immer an solche Frauen geraten, die ein Psychoproblem mit sich herumtrugen?

Mir war eine meiner ersten Liebesgeschichten eingefallen, im ersten Semester. Die Frau war von einem Tag auf den anderen auch aus meinem Blickfeld verschwunden. Ich hatte mir lange ausgemalt, sie wiederzutreffen, mir die abenteuerlichsten Geschichten darum herum ausgedacht. Ich habe sie nie wiedergesehen. Wieso »auch«? Beate will nur das mit dem Haus regeln. Sie ist nicht verschwunden!

Aber ich konnte nicht aufhören, über ihr rätselhaftes Verhalten nachzudenken. Katharina hatte viel zu tun und war kaum zu Hause. Ein Wunder, dass sie am ersten Abend, als ich zurückgekommen war, überhaupt da gewesen war. Ich verabredete mich mit Doro und redete ihr die Ohren wund – »Jetzt hör aber mal auf, beruhige dich!«, würgte sie mich schließlich ab. »Das verfallene Elternhaus aufzulösen, ist ein Psychotrip. Wenn sie da mal alleine sein will, ist das weder rätselhaft noch beunruhigend. Erinnerungen, die auf sie einstürmen. Ich kann gut verstehen, dass sie alleine sein will. Sie wird sicher bald wieder auftauchen! Stell dir einfach vor, es wäre dein Elternhaus – wer weiß, wie es dir dabei ginge. So etwas ist eine Reise in die Vergangenheit.«

Das konnte ich mir nicht vorstellen, unser biederes Reihenhäuschen in dem Zustand des Verfalls. Außerdem dachte ich so gut wie nie daran, dass auch meine Eltern einmal sterben würden.

Nach der Verabredung mit Doro konnte ich nicht schlafen. Es war schwül. Ich saß auf dem Bett und starrte Beas Foto an, stundenlang. Das alte Foto von ihrer damaligen homepage, das ich im Portemonnaie mit mir herumtrug. Danach schaltete ich den PC ein und beschäftigte mich bis in die frühen Morgenstunden damit, unsere Fotoordner durchzusuchen und die Fotos, auf denen sie oder wir beide zu sehen waren, in einem Extra-Ordner zu speichern. Gegen fünf – draußen begann es hell zu werden und die Nacht hatte die Schwüle vertrieben, klare frische Luft strömte ins Zimmer – begann ich mit Ausdrucken. Die Farbpatronen waren fast leer. Es wurden surreale Streifenmuster. Ich nahm mir vor, Patronen zu kaufen und an meinem nächsten caféfreien Tag daraus ein neues Album zu basteln. Dann schlief ich endlich ein und wachte gerade rechtzeitig auf, um zu meiner Schicht im Café zu erscheinen. Ich war unkonzentriert, verwechselte mehrmals die Tische, bis ich schließlich Wein zu einem Tisch mit einem entschiedenen Anti-Alkoholiker und Nichtraucher brachte, den Aschenbecher hatte er, als ich die Bestellung aufnahm, demonstrativ auf einen anderen Tisch gestellt. Als ich ihm den Wein hinstellte, begann der Typ, mir einen Vortrag darüber zu halten, wie ungesund Alkohol sei. Ich war so neben mir, dass ich mir das anhörte. Die ganze Zeit kämpfte ich gegen Tränen, bis sie schließlich liefen und der Mann sich unterbrach und sagte, »na so schlimm ist es ja auch nicht, dass Sie mir einen Wein gebracht haben, jetzt bringen Sie mir doch den Kuchen, den ich bestellt hatte!« Wie eingehüllt in einen Nebel brachte ich den Rest der Arbeitszeit herum. Als ich ging, fragte die Chefin besorgt, ob ich krank sei. »Vielleicht bahnt sich eine Sommererkältung an«, sagte ich.

»Hoffentlich nicht. Sandra ist auch krank. Ich brauche dich!«

»Ich schaff das schon. Werde heute Nacht viel Tee trinken!«

Ich schaffte es nicht. Ich wurde krank. Krank vor Angst und Liebe. Es drückte sich in einer heftigen

Sommergrippe aus, ich bekam hohes Fieber. Ich war seit langer Zeit nicht ernsthaft krank gewesen, kaum einmal erkältet. Katharina stellte mir, bevor sie zur Arbeit aufbrach, zwei Thermoskannen voller Tee ans Bett und zwang mich schließlich zu einem Arzt, der mir Bettruhe verordnete und ein fiebersenkendes Mittel. Als das Fieber weg war, arbeitete ich zur Freude der Chefin täglich im Café. Die Ferienzeit war in vollem Gange, Kolleginnen hatten Urlaub und Aushilfskräfte stellte sie nur ungerne ein, auch wenn ihr im Sommer oft nichts anderes übrigblieb.

Fast jeden Tag ging ich zu Beates Wohnung.

Schlüssel hatten wir nicht ausgetauscht, wir wollten uns gegenseitig besuchen, nicht überfallen. Ich klingelte immer wieder vergeblich bei ihr; manchmal gelangte ich in den Flur, wenn ein anderer Mieter zufällig das Haus verließ. Sie hatte keine Zeitung abonniert. Der Briefkasten quoll nicht über. Ich spähte hinein und hatte den Eindruck, nichts war darin. Das kann nicht sein, dachte ich, trotz des Aufklebers »Keine Werbung einwerfen« lag immer etwas in Briefkästen. Kommt sie und leert ihren Briefkasten? Und rührt sich nicht bei mir! Oder hat sie einen Nachsendeauftrag erteilt? Oder war es Zufall, weil Sommer war und wenige Werbesendungen kamen?

Ich hörte wochenlang nichts von Bea. Ich begann wieder, ihre T-Shirts zu tragen.

Eines Tages war Chris am Telefon, ihre Ex. »Was hast du Beate angetan!«, brüllte sie mich an. »Wieso, wir lieben uns, mehr nicht«, gab ich betont cool zurück und hielt mich davon ab, zurückzuschreien. Chris knallte den Hörer auf.

Danach begann es in mir zu arbeiten. Wieso hatte Chris angerufen. Die hat noch nie hier angerufen! Ich suchte nach Zigaretten. Hatte natürlich keine, aber ich musste jetzt rauchen. Ging raus und holte mir welche in dem Zeitungsladen an der Ecke. Zurück in der Wohnung, zündete ich mir seit Langem einmal wieder eine Zigarette an. Sofort kam mir die Stimme meiner Mutter ins Ohr: Deine Lungen werden schwarz. Ist Beate etwa bei Chris? Das konnte ich mir kaum vorstellen. Aber eine andere Erklärung fiel mir nicht ein. Ich rauchte hektisch zu Ende und suchte nach Chris' Telefonnummer, fand sie nicht. Wie hieß sie nur mit Nachnamen? Es wollte mir nicht einfallen. Sollte ich zu Chris fahren? Ich würde die Wohnung sicher wiederfinden. Ich tauschte mich mit Doro darüber aus. »Nein«, riet Doro. »Lass sie. Das ist sicher nur vorübergehend. Sie hat doch so lange mit der Frau gelebt!«

»Doro! Du schaffst es nicht, mich zu beruhigen. Das ist nicht normal!«

»Sie hat dir gesagt, dass sie eine Weile allein sein müsse. Akzeptiere das einfach. Es sind erst drei oder vier Wochen vergangen. Das ist nicht lange!

Denk mal darüber nach, ob es andere Gründe für einen solchen Anruf gegeben haben könnte. Wer weiß, vielleicht war es doch Chris mit den Briefen damals!« Doros Augen blitzten. Es machte ihr Spaß, die Spur wieder aufzunehmen. Ich ließ mich mitreißen und spekulierte. Vielleicht hatte Beate in den Unterlagen etwas gefunden, das Chris betraf. Und hatte sie deswegen angerufen. Chris kannte Beas Eltern. Vielleicht fand sich eine einfache Erklärung für Chris' Anruf. Die war vielleicht immer noch eifersüchtig. Bildete sich was ein, weil Bea sie kontaktiert hatte. Ich war Doro dankbar. Sie war so pragmatisch. Wir hatten noch einen vergnüglichen Abend.

Inzwischen waren fünf Wochen vergangen. Fünf ewige Wochen. Ich hatte die Schachtel ausgeraucht und kämpfte mit mir, ob ich eine neue besorgen sollte. Die Leichtigkeit, die ich beim letzten Treffen mit Doro empfunden hatte, war verschwunden. Ich begann, mich in eine irre Angst hineinzusteigern. Die Vorstellung, dass Bea sich umgebracht haben könnte, hatte von mir Besitz ergriffen. Sie muss von einem Anfall auswegloser Depression überfallen worden sein. Das Kind mit den toten Augen war zurückgekehrt. Sie war in ein Flashback gefallen und in ihre Kindheitsverlorenheit zurückgestürzt. In das Gefühl »die wollen mich nicht, es wäre besser wenn ich tot wäre«. Diese Gefühle schienen sie in ihrer Kindheit begleitet zu haben. Warum hatte ich ihre Andeutungen immer so schnell abgetan? Ich rief mir die Momente mit ihr in Erinnerung, in denen ihre Augen so leer wurden. Gänsehaut überzog mich. Abgrundtiefe Einsamkeit. Was weiß ich davon? Ich bin keine Psychoexpertin. Ich habe ihre Probleme immer auf die leichte Schulter genommen, habe die Gespräche woandershin gelenkt. Ich dachte, Ablenkung sei die beste Strategie zu verhindern, dass sie sich in eine ihrer »Negativphasen« hineinsteigerte. Wenn ich überhaupt etwas gedacht hatte. Wahrscheinlich war ich wirklich leichtfertig, auf mein eigenes ungetrübtes Vergnügen gepolt und hatte wenig nachgedacht. Ich schlief mit der Angst ein, sie nie wiederzusehen. Wenn ich, meist kurz nach dem Einschlafen, hochschreckte, war das Erste, das mir wie ein Blitzschlag durch Gedanken und Körper fuhr, die Empfindung, dass sie nie mehr neben mir aufwachen würde. Ich wachte innerhalb einer Nacht oft auf. Ich schlief nicht wieder ein und malte mir die letzten Szenen mit ihr aus. Wie überdreht fröhlich sie zuerst im Haus war. Wie verrückt, dass wir dort so viel Sex hatten! Das Haus erschien in meiner Erinnerung immer geisterhafter. Zugleich tat es mir leid, als wäre es ein Lebewesen. Ein kleines verlassenes Haus. Es hatte verletzlich gewirkt. Dann malte ich mir den Abschied von Beate aus. Den letzten Tag. Immer wieder von Neuem. Zwischendurch fiel ich in eine Art kurzer Ohnmachten, nur um wieder hochzuschrecken und zu denken: Beate wird sich nie mehr mit mir gleichzeitig umdrehen. Sie wird mich nie mehr mitten in der Nacht streicheln. Wenn wir beide aufwachten und nicht gleich wieder einschliefen, haben wir uns oft zu sanften Höhepunkten hochgeschaukelt, nach denen wir entspannt weiter schliefen. Nie mehr!

Ich sprach mit niemandem darüber. Ich rief immer wieder ihr ausgeschaltetes Handy an. War der festen Überzeugung, dass ich sie aus dem Zug hinaus das letzte Mal gesehen hatte. Ich rief sie mir vor Augen, wie sie unter dem schönen Abendhimmel stand. Sie trug ihre weite Leinenhose und das dunkelgrüne, oder war es ihr dunkelblaues, Shirt. Ich verzweifelte darüber, dass ich nicht mehr genau wusste, welche Farbe das T-Shirt hatte, das sie an dem Tag trug. Wie sie dort stand und winkte. Sie hatte mit Chris geredet. Das musste so gewesen sein, sonst hätte Chris nicht angerufen. Wollte sie um Hilfe bitten? Wieso war sie nicht zu mir gekommen? Wer würde benachrichtigt, wenn ihr etwas zustieße? Vermutlich ihre Geschwister, einer der Brüder oder die jüngere Schwester. Ich hatte keine Ahnung, wo die wohnten. Nicht mal an ihre Vornamen erinnerte ich mich.

Übermüdet quälte ich mich durch meine Arbeit. »Geht es dir nicht gut?«, fragte die Chefin oft und ergänzte, »hoffentlich wirst du nicht wieder krank! Das wäre zurzeit wirklich eine Katastrophe.«

Ich antwortete jedes Mal nur knapp: »Schon ok.«

In der WG war ich in fast immer alleine. Katharina hatte nicht nur viel zu tun, sondern auch wieder einen Freund. Sie war kaum mehr zu Hause, auch Esther war permanent unterwegs. Sie plante – nach dem Sommerferien würde ihr vorletztes Schuljahr beginnen – mit Freundinnen eine WG zu begründen. Katharina hatte ihr strikt abgeraten. Es ihr schließlich verboten. Wenn die beiden in der Wohnung waren, schallten ihre Streite aus der Küche in mein Zimmer. Sie wiederholten sich.

»Du musst noch so viel lernen in den letzten Schuljahren. Ein Umzug macht Stress. Das ist nicht gut für dich. Mach das, sobald du Abi hast und weißt, wohin du danach gehst. Es ist überhaupt nicht sicher, dass du einen Studienplatz in Berlin findest.«

»Ich will nicht studieren!«, brüllte Esther darauf. Und ergänzte: »Sobald ich achtzehn bin, ziehe ich in meine eigene WG! Dann kannst du mir nichts mehr verbieten!« Noch hatte Esther allerdings keine Idee, was sie nach der Schule machen wollte.

»Studieren bringt nichts, Tante Annie«, sagte sie, als ich sie eines Abends in der Küche traf und wir uns eine Weile zusammensetzten. Zurzeit nannte sie mich wieder »Tante«. »Sieht man doch an dir! Wozu hast du eigentlich studiert? Du hast doch einen guten Job. Dazu hättest du nicht mal Abi machen müssen! Ich habe auch keine Lust auf Abi! Ich such mir auch einen Job!«

Ich erklärte ihr ziemlich tantenhaft und moralisch etwas über die Freude am Lernen, über mein Interesse an Literatur und darüber, dass es in den Fächern, die ich studiert hatte, nicht leicht sei mit Jobs. Dass sie vielleicht ganz andere Interessen habe als ich. An Naturwissenschaft zum Beispiel. Mit einem solchen Studienabschluss gebe es sicher mehr Jobs. Sie habe vor Kurzem doch so von Bio und ihrer Biolehrerin geschwärmt.

»Das ist schon ewig her! Jetzt macht mir Bio keinen Spaß mehr!« Dann fragte Esther nach Bea. »Wieso kommt sie dich nicht mehr besuchen?«

Da begann ich hemmungslos vor Esther zu heulen und konnte nicht mehr aufhören. Sie nahm mich unbeholfen in den Arm. »Habt ihr euch getrennt?« Da weinte ich noch mehr. Esther sagte nichts.

Katharina dachte ernsthaft darüber nach, ihr Leben zu ändern. Einmal den Versuch zu wagen, mit einem Mann zusammenzuziehen.

Ich fühlte mich allein auf der Welt. Nicht einmal Doro, die ich oft traf und die alles versuchte, mich aufzuheitern, konnte mich mehr trösten. Sie gab mir wieder Arbeit ab. Ich unterstellte ihr, sie mache das nur, um mich abzulenken. »Nein! Im Moment hab ich viel zu viel.« Ich glaubte ihr nicht.

Einmal sagte Doro: »Du bist nicht mehr zu ertragen! Dein Selbstmitleid ist unangenehm, das muss ich dir mal sagen. Egal, was ich dir erzähle, du bekommst nichts mit, sondern denkst ununterbrochen an die Sache mit Beate. Du antwortest mechanisch, nickst mechanisch. Dass du jede Aufmerksamkeit für die Welt, die es außer Beate noch gibt, verloren hast, ist für andere unaushaltbar!«

Ich muss ihr wohl endgültig auf die Nerven gegangen sein mit meiner Jammerei und Schwarzmalerei. Doro blieb immer freundlich. Wenn ihr etwas nicht passte, zeigte sie es äußerstenfalls durch wenige und gezielte bissige Bemerkungen, die immer soweit indirekt blieben, dass man darüber lachen konnte. Dass sie mich so direkt kritisiert hatte, war noch nie vorgekommen. Sie hatte recht, ich konnte nichts anderes mehr aufnehmen, dachte wie eine Gestörte immer nur an Beate. Natürlich räumte ich das nicht ein, sondern verteidigte mich: »Nein. Das stimmt nicht. Ich höre dir natürlich zu!«

Ich hielt es nicht mehr aus. An meinem nächsten freien Tag mietete ich ein Auto und fuhr in das Dorf, zum Haus.

19

Das Haus stand nicht mehr. Es lag nur noch ein Haufen Steine herum. Der Bergkeller und der Schuppen aus Backsteinen existierten noch. Mir blieb der Atem stehen. Das arme kleine alte Haus stand mir sehr lebendig vor Augen. Ich klingelte bei Frau König. Sie kam ans Fenster.

»Was ist denn da passiert?«, rief ich.

»Das sehen Sie doch. Abgerissen«, antwortete Frau König von oben, »das ist gut, dass das endlich weg ist. Das hätte schon längst abgerissen werden müssen. Das Haus war gefährlich. Ich hatte die ganze Zeit Angst, dass sich einmal Kinder hineinverirren könnten und verunglücken. Wenn die vordere feuchte Mauer nachgegeben hätte, wäre das auf die Straße gestürzt! Stellen Sie sich das mal vor!«

»Haben Sie Beate gesehen?«

Frau König reagierte nicht auf meine Frage, sondern setzte ihre Klagerede fort. »Hier gibt es viele verlassene Häuser. Aber die meisten sind stabiler als das. Das war seit jeher ein ganz einfaches Häuschen. Das ist aus Lehm gebaut. Als meine Eltern Kind waren, war das Häuschen schon uralt. Und von der Familie kam niemand mehr, seitdem der Herr Grasemann im Heim war. Die Verwaltung hätte schon lange was unternehmen müssen. Aber da kümmert sich keiner. Die lassen ihren Ort einfach zusammenbrechen. Das ist schon mehr als zehn Jahre her, dass der Herr Grasemann weg ist.«

Beate sei beim Abriss dabei gewesen. Es habe keine zwei Tage gedauert, ein kleines Haus. Am Tag darauf war noch der Schutt abgefahren worden. Danach habe sie Beate nicht mehr gesehen. »Ich weiß nicht, ob sie was mit dem Grundstück vorhat.« Ich stand unter dem Fenster und starrte sprachlos hoch. Ein Sommergewitter zog auf. Der Himmel wurde schwarz. Frau König lud mich zum Kaffee ein. Ich wollte ablehnen. »Bleiben Sie doch nicht draußen stehen. Es regnet gleich!« Sie habe zwar keinen Kuchen diesmal, aber ein paar Süßigkeiten im Schrank.

Wir saßen in ihrer Küche, in der wir vor Kurzem zu dritt gesessen hatten, draußen regnete es und Äste eines Baums schlugen an das Fenster, vor mir ein Berg Kekse. Frau König erzählte von der Nachbarsfamilie. Davon, dass Beate schon sehr früh das Haus verlassen habe. Dann sei sie zwar noch mal kurz zurückgekommen, aber in der Zeit schien sie nicht glücklich gewesen zu sein. »Ich weiß nicht, was in der Familie los war, aber auf mich wirkte die kleine Beate einsam inmitten ihrer Geschwister. Als würde sie nicht dazugehören.« Ein trotziges Kind sei sie auch gewesen. Als kleines Mädchen, vielleicht mit sechs, sei sie abgehauen. Ins Lager der Russen. »Sie dachte, die könnten sie mitnehmen. Die haben sie natürlich sofort zu ihren Eltern zurückgebracht.« Einmal habe Beate einen kleinen Hund gefunden. »Ihr Vater verbot ihr den Hund. Die Frau Grasemann hätte den sicher genommen. Die hatte ein weiches Herz. Ich konnte mir auch nie vorstellen, das was an den üblen Gerüchten dran war, die um die Frau Grasemann im Dorf umgingen. Beate kam mit dem Hund zu uns und wir konnten nicht widerstehen. Meine beiden Jungs waren begeistert. So hatten wir dann den kleinen Hund ...«

Ich unterbrach sie und fragte: »Was denn für Gerüchte?«

»Och, das sollte ich Ihnen eigentlich nicht erzählen. Ich glaube, Beate weiß davon auch nichts. Obwohl, wahrscheinlich ist ihr schon was zu Ohren gekommen. Kinder sind so brutal. Wenn ihre Klassenkameraden was wussten, haben die ihr das sicher unter die Nase gerieben.«

»Was waren denn das für Gerüchte?«, wiederholte ich.

»Na gut, Ihnen kann ich es ja erzählen. Aber erzählen Sie Beate nichts davon, bitte. Sie hat das sicher längst vergessen, selbst wenn sie als Kind mal davon gehört haben sollte. Ich glaube nicht, dass was dran war. Also, die Familie hatte noch ungefähr drei Kinder mehr als die zwei Mädchen und zwei Jungs. Sie wissen doch sicher, dass Bea drei Geschwister hat!? Zwei der Babys kamen vor Beate. Ich erinnere mich nicht mehr genau, wann, aber vermutlich kurz nach dem ersten. Und eins kam ein Jahr nach Beate. Noch ein Jahr später wurde die kleine Raffaela geboren. Die war süß. Kennen Sie die? Sie hat sich hier leider nie mehr blicken lassen, auch schon vorher, als die Eltern noch lebten, war sie nie da. Von den anderen Kindern sind zwei angeblich sofort nach der Geburt gestorben. Die Frau war schwanger und dann waren keine Kinder da. Ein drittes, ein Mädchen, das etwas älter als Beate war, ist ein paar Jahre alt geworden und dann plötzlich gestorben, keiner wusste woran. Die haben sich im Dorf erzählt, dass Frau Grasemann die Kinder tötet, weil es ihr zu viele wären. Dabei konnte man in der DDR abtreiben! Niemals hätte sie sowas gemacht! Das waren unglückliche Zufälle. Gibt es doch oft, dass kleine Kinder sterben. Wie heißt das?, plötzlicher Kindstod. Davon habe ich schon in der Zeitung gelesen. Die Frau Grasemann war so nett, immer freundlich. Er war anders, der konnte schon mal ausrasten. Und er hatte total veraltete Vorstellungen von Kindererziehung. Das machte man in der Generation vor ihm vielleicht noch so. Mit Strafen und Schlägen. Aber sonst war der eigentlich auch kein brutaler Kerl. Eigentlich war der auch nett. Nein, an den Gerüchten war nichts dran.«

Hatte sie nicht schon, als Beate und ich sie zusammen besucht hatte, eine Andeutung in die Richtung gemacht? Es schien sie wirklich zu beschäftigen. Klang nach dramatischer Gruselgeschichte. Tote Kinder. Kam gerade oft in der Zeitung vor. Und gab es in Dörfern nicht über jede Familie Horrorgeschichten? Ich wusste nicht, was ich davon halten sollte. Während ich nachdachte, erzählte sie weiter, von anderen Nachbarn, von ihren Söhnen und vom Tod der Frau Grasemann. »Ganz schnell ging das. Die war noch nicht alt. Sie kam ins Krankenhaus und war ein paar Tage später tot. Irgendein heimtückischer Krebs. Ich glaube, Bauchspeicheldrüse. Ich weiß gar nicht, wozu die gut ist und wo die überhaupt ist. Eine andere Frau aus dem Dorf ist auch daran gestorben.« Es folgten noch mehrere Geschichten über Todesfälle aus dem Dorf. Ich verabschiedete mich schließlich und gab Frau König meine Telefonnummer mit der Bitte, dass sie mich anrufen möge, wenn sie Beate sähe.

Als ich ins Auto stieg und noch einen Blick auf den Steinhaufen und das Grundstück warf, schauderte es mich. Das Gewitter war abgezogen, die Luft nicht mehr dunstig sondern glasklar; die Sonne kam in diesem Moment wieder hervor und tauchte die Steine in ein unheimliches Licht. Sie leuchteten von innen. Mir erschien die Form des verschwundenen Hauses wie ein Gespenst. Ein furchtbares Loch im Dschungel des verwilderten Gartens. Ich wäre gerne noch einmal in das Haus gegangen. Hätte man es nicht renovieren können?

Ein paar Tage später rief Chris das zweite Mal an. »Ich bin die Einzige, bei der sie sich wirklich angenommen fühlen kann! So eine wie du, so eine Schlampe, die ist nichts für sie. Du hast sie manipuliert und krank gemacht!«

»Ist Bea bei dir, bitte gib sie mir kurz, ich möchte mit ihr persönlich sprechen!«

»Sie war verzweifelt, als sie hier war. Da muss irgendwas passiert sein. Sie braucht mich. Ich weiß, was sie durch hat. Du interessierst dich ja nur für dich selbst und deine Sexsucht!«, dann legte Chris wieder auf. Ich war empört. Was sollte das, wie kam sie auf diese Unterstellungen? Diesmal sah ich nach, ob ihre Nummer in den angekommenen Anrufen gespeichert war. Das war sie. Wieso war ich beim ersten Anruf nicht darauf gekommen, die Liste anzusehen? Ich rief zurück. Sie legte auf, als sie meine Stimme erkannte. Und ging nicht mehr ans Telefon. Sie hatte gesagt, »als sie hier war«. Also war Beate dortgewesen! Ich rief wieder und wieder an, ohne dass jemand ans Telefon ging. Am Abend telefonierte ich mit Doro, erzählte ihr von diesem Anruf und fragte sie, ob ich sie besuchen und von ihrer und ihrer Freundin Wohnung aus anrufen könne. Damit Chris die Nummer nicht erkennt. Doro reagierte mit amüsiertem Unterton: »Aha, Chris, die eifersüchtige Ex. Klar, komm vorbei.«

Ich stand unschlüssig im Zimmer herum, Doros Telefon in der Hand, sie und ihre Lehrerinnenfreundin saßen auf dem Sofa und ich sah ihren Gesichtern die Belustigung an. »Wenn du rausgehen willst zum Telefonieren, geh!«, sagte Johanne, und Doro, »jetzt lass Beate mal eine Weile für sich sein. So lange ist das ja nun noch immer nicht her, dass sie sich zurückgezogen hat. Und diese Chris kann einfach die Trennung nicht verdauen. Klar, wenn die sich in Andeutungen ergeht, dass Beate sie besucht habe, wäre ich auch neugierig. Soll nicht besser ich anrufen? Wenn die deine Stimme erkennt, legt sie sicher gleich wieder auf.«

»Und aus welchem Grund solltest du sie anrufen?«

»Doro wird schon was einfallen«, sagte Johanne. »Die ist gut im Erfinden!«

Doro rief an. Es wurde abgenommen. Doro behauptete, sie sei eine Kollegin von Beate und wolle sie fragen, ob sie im nächsten Semester eine Lehrveranstaltung gemeinsam machen könnten. Sie habe diese Nummer von Beate mal vor langer Zeit notiert. Ob sie Beate sprechen könne. Johanne grinste und ich hielt den Atem an. Doro blieb eine Weile stumm und machte uns ein Zeichen, dass wir nicht anfangen sollten zu reden oder lachen, dann sagte sie »ja, das ist aber schade«, und gab der Person am anderen Ende der Leitung ihren Nachnamen und die Nummer und verabschiedete sich freundlich.

»Was hat sie gesagt?«, fragte ich

Doro legte eine Spannungspause ein und ging in die Küche, eine Flasche Weißwein zu holen.

»Und!?«

Beate war natürlich nicht da gewesen. Chris hatte so getan, als käme Beate gleich zurück, und dann in beflissenem Ton behauptet, sie würde ihr von der Anfrage erzählen und die Nummer geben. Dann habe sie noch erzählt, dass es Beate, weil sie unter schlechten Einfluss geraten sei – Doro und Johanne feixten – nicht so gut gehe und sie nicht wisse, ob sie im kommenden Semester überhaupt Lehrveranstaltungen in Berlin machen würde.

Ich wusste nicht mehr als vorher. »Das war doch klar«, sagte Doro. »Die lügt. Irgendwann hat sie Beate gesehen, das wird schon stimmen, und daraus baut sie sich ihre Fantasiegebilde. Redet sich ein, dass dieser Besuch der Anfang davon gewesen wäre, dass Bea wieder zu ihr zurückkäme.« Wir leerten zwei Weißweinflaschen und ich vergaß meinen Schmerz in der entspannten Konversation. Beide,

Johanne genauso wie Doro, hatten großes Vergnügen daran, über andere herzuziehen und über Politik zu reden. Ich überließ mich dem Sog des Schwatzens.

Ein paar Tage danach mietete ich ein zweites Mal ein Auto, fuhr in das Dorf, zum Grundstück. Die Steine waren weg, es sah aufgeräumt aus, die Bäume waren so beschnitten, dass sie wieder wie Bäume aussahen, der Dschungel gelichtet. Frau König schien nicht da zu sein. Ich fuhr noch eine Weile in der Gegend herum und kehrte zurück, versuchte es noch einmal bei Frau König, dann bei den anderen Nachbarn. Keiner öffnete. Die Gasse war wie ausgestorben. Ich suchte im Auto nach einem Stück Papier, fand keines, beschrieb schließlich die Rückseite eines Parkscheins und steckte ihn Frau König in den Briefkasten. Ich bat sie, mich anzurufen und notierte ihr wieder meine Telefonnummer. Auch die vom Café. Sicher hatte sie vergessen, mich anzurufen. Oder den Zettel mit meiner Nummer verlegt. Auf dem Grundstück war etwas passiert. Hatte Beate einen Gärtner bestellt? Oder waren das ihre Geschwister gewesen? War sie wieder hier gewesen? Ob sie Frau König besucht, ihr vielleicht eine Adresse gegeben hatte?

Frau König rief nicht zurück.

Im September schickte Chris eine Mail. Sie führte aus, dass Beate dabei sei, zu ihr zurückzukommen. Am Ende der Mail schrieb sie: »Du wirst deine heimtückischen Versuche unterlassen, sie von ihrer Entscheidung abzuhalten! Ich warne dich! Wenn du weiter versuchst, sie von dir abhängig zu machen, dann ...« Sie endete mit vielen drohenden Punkten. Nach »ich warne dich« ungefähr zehn Ausrufezeichen.

Ich antwortete, dass ich ihr nicht glauben würde. Dass sie endlich akzeptieren müsse, dass Beate sich von ihr getrennt habe. Dass ich nichts dafür könne. Beate sei eine selbstständige Person. Und Liebe sei nicht plan- oder beeinflussbar. Sie passiere.

Daraufhin folgten in Abständen von einigen Minuten weitere Mails, in denen sie mich beschimpfte. »Du bist eine dreckige Schlampe, die Lust daraus zieht, das Leben anderer zu zerstören. Du bist in unsere Beziehung eingedrungen! Hast alles daran gesetzt, Beate zu destabilisieren. So ein Wort wie »Liebe« darf eine Person wie du nicht in den Mund nehmen. Du bist gar nicht fähig zu lieben. Du hast Beate nur geschadet, du hast sie weit zurückgeworfen. Dir geht es nur um Macht. Menschen abhängig zu machen, das gefällt dir! Deine Machtgier kannst du zukünftig anderweitig befriedigen. Beate steht nicht mehr zur Verfügung. Wenn du dich ihr noch einmal näherst, passiert was!«

»Beate steht nicht mehr zur Verfügung« fraß sich in mich. Was für eine infame Formulierung. Ich zeigte die Mails Katharina, die zufällig an diesem Abend zu Hause war.

»Anna, damit kannst du zur Polizei gehen. Antworte bloß nicht darauf. Die spinnt. Das wird nur schlimmer, wenn du antwortest. Vernünftigen Argumenten wird die sich nicht öffnen. Die steigert sich in einen Liebeswahn. Ich kann mir übrigens nicht vorstellen, dass Beate bei ihr ist oder vorhat, wieder mir ihr zusammen zu sein!«

Ich war mir nicht mehr sicher. Woher nahm Chris den Mut, ausgerechnet jetzt mit mir Kontakt aufzunehmen und zu drohen. Das hatte sie die ganze Zeit nicht getan, nicht einmal, nachdem wir Beates Sachen aus der Wohnung geholt hatten. Und selbst wenn sie es gewesen war, die diese Drohbriefe damals bei mir eingeworfen hatte: Es kamen danach keine weiteren Briefe. Es musste einen konkreten Anlass für die Mails und für die Anrufe vor einigen Wochen geben. Vielleicht war Beate wirklich bei Chris. Hatte die Konfrontation mit dem alten Haus und den Erinnerungen, die darin auf sie gelauert hatten, Beate nicht nur in ihre Kindheit sondern auch in die Zeit mit Chris zurückkatapultiert? Sehnsucht nach ihrer alten stabilen Zusammenwohn-Beziehung ausgelöst? Vielleicht stimmte es gar nicht, was sie mir gegenüber immer bestätigt hatte, dass sie nicht mehr mit einer Liebespartnerin zusammenwohnen wolle. Vielleicht hatte sie durch den Abstand von mir, während sie sich um Auflösung und Abriss des Hauses gekümmert hatte, festgestellt, dass sie sich bei der überprotektionierenden Chris aufgehobener und geschützter fühlte, geschützt vor ihren düsteren Kindheitserinnerungen und davor, was ihr bei mir passiert war. Davor, plötzlich vergessen zu werden, allein gelassen. Sie hatte sich schon damals, als ich nach meiner Begegnung mit Angelita so viel später als angekündigt zurückgekommen war, gefühlt wie von ihren Eltern am Bahnhof vergessen. Wieso hatte ich mich auch auf Angelita und auf diese andere Frau, deren Namen ich schon verdrängt hatte, eingelassen? Das musste sie ja in Unsicherheit gestürzt haben. In ein Gefühl der Bedrohung. Die Unsicherheit, jederzeit abgeschoben werden zu können. Das »hätte« hatte wieder Besitz von mir ergriffen. Vielleicht war eine Hausfrau wie Chris, die sich um alles kümmerte und immer um sie war, wirklich gut für sie? Vielleicht konnte ich nicht mit Frauen umgehen, die Probleme aus ihrer Kindheit mit sich herumtrugen? Vielleicht war ich wirklich nicht gut für jemanden wie Beate? Mit meiner Verführbarkeit zu spontanem Vergnügen, meinen Heimlichkeiten, meiner Freiheitslust. Bindungsangst, so würde es eine Psychotante benennen. Zusammenleben hatte ich mir nie vorstellen können. Ich war glücklich gewesen, dass auch Bea diese Freiheit zu mögen schien. Die Freiheit, Gast zu bleiben im Leben der anderen. Sich zu besuchen und sich jedes Mal wirklich auf die andere einzulassen. Vielleicht passte diese Freiheit nicht zu einer Frau wie Beate, die offensichtlich von der Angst gequält wurde, nicht gewollt zu sein, vergessen zu werden, abgeschoben zu werden. Zugleich kam mir ihr Lachen in den Sinn. Wie sie sich über mich lustig machte. Wie ich manchmal zuerst beleidigt reagierte, dann aber in ihr Lachen einfiel und mich in einen glückerzeugenden Abstand zu mir selbst begeben konnte. Die ironischen Fältchen, die sich dabei um ihre grün-braunen Augen zeigten, von denen meine Mutter behauptete, sie seien blau. Die weichen großen Brüste. Die Nippel, die ich daraus hervorlockte. Der Duft, wenn ich an ihren Rücken geschmiegt einschlief, der samtige Nacken. Ihre Küsse. Die nachgiebige Haut. Ihr großer Po. Sie fehlte mir so sehr.

20

Es vergingen weitere Wochen, inzwischen war der Sommer vorbei. Ich hatte begonnen, mich an ihre Abwesenheit zu gewöhnen. Doro wird recht haben, versuchte ich mir einzureden, sie braucht einfach eine Auszeit, um ihre Familiengeschichte Revue passieren zu lassen und vielleicht endlich damit abzuschließen. Ich dachte nicht mehr ununterbrochen an sie. Aber manchmal schreckte ich mitten in de Nacht aus dem Schlaf und die Angst überfiel mich wieder. Ich wurde hellwach. Mein Herzschlag raste. Dann spulte ich die verrückten Tage in ihrem Haus und der Pension ab. Wie ein Horrorfilm, in dem dasselbe wieder und wieder passiert, endlos. Oder das zermürbende »hätte ich nur …« begann in mir zu wüten. Hätte ich nur darauf bestanden, bei ihr zu bleiben. Hätte ich nur die Unterlagen mit ihr zusammen sortiert. So wie ihre Stimmungen schwankten, hätte sie sicher spätestens einen Tag später akzeptiert, dass ich bei ihr geblieben wäre. Es hätte sie gefreut, und wir hätten uns gemeinsam in ihre Erinnerungswelt begeben. Wieso bin ich ihrem Vorschlag gefolgt und abgereist. Die Arbeit im Café hätte ich doch sein lassen können. Selbst auf die Gefahr hin, den Job zu verlieren.

Aber manchmal gab es Nächte, in denen ich mir ihren Körper nicht mehr vorstellen konnte. Ich dachte an Kuhlen und Muttermale und konnte mir das genaue Bild nicht mehr vor Augen rufen. Das war fast noch schlimmer als die Nächte, in denen ich die letzten Tage mit ihr abspulte. Es konnte doch nicht so schnell gehen, dass die Verbundenheit schwand.

Ich bewarb mich wieder. Vielleicht sollte ich wirklich weggehen aus Berlin.

Es war ein kühler sonniger Oktobertag. Draußen war jeder Tisch besetzt. Ich dachte gerade darüber nach, dass die Leute lieber frieren als auch nur einen Tag Sonne zu verpassen, nahm das Tablett mit den Kaffees und machte mich auf den Weg zu Tisch sieben, als eine SMS kam. Ich balancierte das Tablett in der einen Hand und zog mit der anderen das Handy aus der Hosentasche und klickte die SMS an.

Der Teilnehmer ist jetzt wieder erreichbar. Die Kaffeetassen schwappten über und heißer schwarzer Kaffee lief mir über das Handgelenk. Ich stellte das Tablett ab, bat Sandra, die heute die Draußen-Schicht mit mir hatte, die Kaffees noch mal zu machen und an Tisch sieben zu bringen. Ein extrem dringender Anruf. Dann klickte ich Verbinden. Ich nahm meine Umgebung nicht mehr wahr, bemerkte nicht, dass ich an der Ausgabe stand, dass die anderen um mich herumgehen mussten und mir belustigte bis empörte Blicke zuwarfen. Bea ging ran.

»Bea!« Mir fehlte die Sprache.

»Hallo, Anna, wie geht's. Habe eben erst mein Handy wieder angeschaltet und schon bist du dran.«

»Beate, warum hast du dich denn die ganze Zeit nicht einmal gerührt? Ich dachte, du tauchst nie wieder auf! Ich habe sicher tausend Mal versucht, dich anzurufen.«

»Ich hatte doch gesagt, dass ich die Semesterferien für mich sein will. Habe es tatsächlich geschafft, die ganze Zeit das Handy abgeschaltet zu lassen. Echt super, mal so eine Zeitlang nicht erreichbar zu sein. Mich mit meiner Vergangenheit zu beschäftigen, war mal nicht schlecht. Aber das habe ich dir doch gesagt. Verstehe nicht, dass du dich so aufregst. Was hast du denn gedacht? Morgen ist mein Seminar, klar dass ich jetzt wieder hier sein muss. Wann hast du Zeit? Dann gehen wir essen und ich berichte. Das Haus habe ich übrigens abreißen lassen. Hoffentlich erkennst du mich überhaupt wieder. Habe nämlich auch viel für meinen Körper getan. Erzähl ich dir alles. Schlag du vor, wann wir uns sehen.«

»Sofort!« Ich stöhnte laut auf. »Also heute Abend nach meiner Schicht. Ich habe heute die Tagesschicht.«

»Heute Abend muss ich mich auf das Seminar vorbereiten. Hab so gut wie keine Ahnung, womit ich morgen anfange. Thema ist ›Ambiguität als literarische Technik‹. Mir wäre morgen lieber. Hast du Zeit? Holst du mich gegen sieben ab, dann gehen wir was essen!«

»Ja«, antwortete ich. Mir blieb fast die Stimme weg. Ich versuchte, auf sie einzugehen. »Ambiguität – was ist denn das? Soll das bedeuten, dass in Literatur alles zugleich gut und böse ist oder sowas in der Art?«

»Sowas in der Art. Also bis morgen.«

Ich legte auf. Die Welt kam zurück. Geräusche stürmten auf mich ein. Ich nahm alles hyperreal deutlich wahr. Die Chefin hinter der Theke sagte gerade zu Sandra, »die Kuchen für Tisch drei.« Jemand von draußen lachte so laut und in einem Tonfall, dass es mir eine Gänsehaut machte, Sandra stieß mich in die Seite und fragte, was das denn für ein wichtiger Anruf gewesen sei. Ich sagte: »Privat. Zu kompliziert zu erzählen.«

Sie grinste mich an und gab zurück: »Wer niemals den Verstand verliert, hat keinen zu verlieren!«

»Was?«

»Das ist ein Spruch von so einem Klassiker, ich glaube Lessing. Kam mir gerade in den Sinn, so wie du eben ausgesehen hast.« Sandra studierte Germanistik. »Du hast ausgesehen, als würdest du gerade wahnsinnig werden! Oder bekämst gleich einen epileptischen Anfall oder was ...«

Ich ging raus, die Stimmen überfielen mich, alle gleichermaßen laut, mir dröhnte der Kopf, eine Frau an Tisch acht winkte nach mir.

Ich war froh, als ich zu Hause war. Katharina war nicht da. Ich musste unbedingt mit jemandem sprechen und rief Doro an. Sie freute sich mit mir. »Hab dir doch immer gesagt, dass du dich nicht aufregen sollst!«

Am nächsten Tag konnte ich kaum arbeiten vor Ungeduld, eilte nach der Arbeit in die Wohnung, duschte, zog die schwarzen Jeans an und eins ihrer T-Shirts und darüber das alte dunkelblaue Cordhemd, zu dem sie irgendwann einmal gesagt hatte: »Darin siehst du aus wie ein Cowgirl. Sehr sexy!« Und dann hatte sie den V-Ausschnitt vergrößert, zwei Knöpfe geöffnet und mich zwischen die Brüste geküsst. Ich setzte mich in die U-Bahn und fuhr zu ihr, klingelte, rannte die Treppen hoch, stand außer Atem vor ihrer Tür.

Sie öffnete. Ich starrte sie an. Sie hatte sich wirklich verändert, hatte abgenommen, war braun gebrannt, auch ihr Gesicht hatte sich verändert. Es wirkte schmaler, die Wangenknochen traten hervor, mehr Falten zeigten sich, die Haare sehr kurz, nach hinten gekämmt, ihre hohe Stirn! Sie schien noch höher geworden zu sein. Keine freche Locke warf sich weich auf sie. Es gab Beate eine herbe, fast strenge – und sehr aufregende – Ausstrahlung. Und mir schien in dem Licht, das vom hellen Hausflur auf sie fiel, dass ihre Augen blau waren. »Ich freu mich, dich zu sehen«, sagte sie und zeigte die Andeutung eines Lächelns, die mich schon immer verrückt gemacht hatte. Dann lachte sie. Ich starrte sie immer noch an. Sie nahm meine Hand, zog mich hinein und umarmte mich. Auch ihr Körper war härter.

»Ich habe Hunger, bin mittags nicht zum Essen gekommen. Lass uns gehen. Ich schlage einen Italiener vor, in dem ich manchmal mittags mit Kolleginnen bin! Den kennst du noch nicht.«

Sie klang, als hätten wir uns letzte Woche das letzte Mal getroffen, als lägen nicht diese vielen Wochen dazwischen. Wir fuhren mit der U-Bahn zurück zum Savignyplatz.

Das Lokal war noch leer. Die sympathische Kellnerin begrüßte Bea, als wäre sie eine alte Freundin, Bea stellte uns vor, »Sevgi. Sie arbeitet schon lange hier, ohne sie würden wir sicher nicht immer wiederkommen! Und natürlich ist der Koch super – Anna, meine Freundin, sie arbeitet auch in einem Restaurant.« Sevgi führte uns an einen Ecktisch mit schönem Blick durch das kleine Lokal. Bea zückte ihren Fotoapparat, wie immer hatte sie eine ihrer beiden Kameras dabei, heute die kleine, die in die Hosentasche passte, und fotografierte. Sevgi und den Raum, ein unscharfes Bild entstand, das sie mir und Sevgi zeigte, »eine schöne Farbkomposition!« Gelb-, Orange- und Brauntöne verflossen miteinander. Sevgi eine weibliche verwischte Silhouette, als flöge sie durchsichtig im Raum. »Ein idealer Ort für Liebe«, sagte Bea und steckte die Kamera zurück in die Hosentasche. Sevgi lachte uns an und empfahl die Linguini mit Venusmuscheln.

»Sehr anspielungsreich«, sagte ich. Meine Stimme hatte einen unangenehm beleidigten Unterton, über den ich mich in dem Moment, in dem die Bemerkung heraus war, ärgerte. Weder ein Ton, in dem etwas gesagt wird, noch die gesprochenen Worte lassen sich je zurücknehmen. Auch das dachte ich und verstummte.

Und natürlich reagierte Bea umgehend, sie hatte es nicht überhört. »Was ist denn los mit dir? Also ich jedenfalls bin glücklich, hier mit dir essen zu können. Und bestelle für mich die Linguini und einen weißen Hauswein. Und du?«

Ich nahm gegrillten Polpo, der angebrannt schmeckte. Natürlich waren die von Sevgi empfohlenen Linguini viel besser.

Während wir auf das Essen warteten, begann sie zu erzählen.

»Als du weg warst, habe ich herumtelefoniert. Ein paar Bekannte von mir leben ja noch in der Gegend. Ich erreichte eine entfernte Cousine. Sie bot mir an, bei ihr zu wohnen. Pension die ganze Zeit wäre viel zu teuer geworden! Ich bin also mit meiner Tasche und den Kisten zu Annegret, dieser Cousine, gezogen. Die hatte ich seit Ewigkeiten nicht mehr gesehen. Musste die ersten Tage natürlich viel mit ihr reden. Nach ein paar Abenden habe ich ihr klarmachen können, dass ich für mich sein muss. Ich konnte bei der Familie in einem Gästezimmer im Dachstock wohnen. Mit eigenem Bad!

Ich bin dann zur Ortsverwaltung gegangen, das wusstest du doch! Das Erste, was die äußerten, als ich mich als Hausbesitzerin outete, war, ›ach Sie sind die Erbin! Es geht um das Haus in der Bachgasse 9? Da liegt schon ein Schreiben vor, das an die Erben geschickt wurde. Haben Sie das erhalten?‹ Ich wusste nicht, wovon sie redete. Der Brief war an meinen ältesten Bruder gegangen. Da mein Handy ausgeschaltet war, hätte der mich nicht einmal informieren können. Er hatte es an meine Berliner Adresse weitergeschickt. Ich habe es nach meiner Rückkehr bekommen. Die Nachbarin oben auf der Etage hatte ich gebeten, meine Post aus dem Briefkasten zu holen. ›Das Haus ist akut einsturzgefährdet! Sie werden aufgefordert, dringend etwas dagegen zu unternehmen! Als Termin wurde festgesetzt …‹, die Frau von der Verwaltungsstelle hat mir das Schreiben vorgelesen. Natürlich wussten die niemanden, der ein Grundstück mit verfallendem Haus kaufen wollte.

Danach schaltete ich die Anzeige, die wir zusammen formuliert hatten, in Lokalzeitungen und einem Anzeigenblättchen. Es meldeten sich gerade mal zwei. Sie sahen sich das Gelände an. Kein Interesse. Einer hat mich ausgelacht. Der war ekelhaft. Typ schmieriger Kleingangster. Hat gesagt, für das Haus müsste ich ihm noch was bezahlen! Ich sprach mit den Nachbarn. Ob es nicht doch einer für ein paar hundert Euro wollte. Keiner! Ich hätte es nicht einmal verschenken können. Der direkt neben uns machte Druck. Drohte, wenn ich nicht bald etwas unternähme, das Haus zu sichern, würde er noch mal zur Verwaltung gehen. Ich sagte ihm nicht, dass die mir schon einen Termin gesetzt hatten. Der hatte das also bei der Verwaltung angezeigt! So entschloss ich mich zum Abriss. Habe wieder herumtelefoniert und die günstigste Firma bestellt. Eine Woche später war es passiert. Meine ganzen Ersparnisse sind dabei draufgegangen. Ich habe das erste Mal Minus auf dem Konto. Was glaubst du, was das kostet, so ein Haus abreißen zu lassen! Als hätte mein Vater gewusst, dass er mich mit diesem Erbe noch einmal bestraft!«

»Warst du dabei? Ist es nicht furchtbar, zuzusehen, wie das eigene Elternhaus in sich zusammenfällt? In eurem Haus haben sicher schon mehrere Generationen gelebt. Was sich dort alles für Geschichten abgespielt haben müssen! Musste man es wirklich abreißen?«

»Das war nicht mehr zu renovieren. Du hast das Haus doch selbst gesehen! Der Abriss war ein trauriger Anblick, klar. Ich habe natürlich Fotos gemacht. Den Schuppen und den Bergkeller habe ich stehenlassen, die sind stabil. Aber das Haus war hinüber. Die Feuchtigkeit in den alten Lehmwänden! Es hätte jederzeit einstürzen können. Ich wusste gar nicht, dass du so nostalgisch bist.« Sie holte ihre Kamera aus der Hosentasche, klickte zu den Hausfotos zurück und reichte sie mir herüber. Die Giebelseite wie angefressen, bis kurz über die beiden Fenster, die mich aus dem kleinen Display wie winzige tote Augen anstarrten. Es versetzte mir einen Stich. Ich kämpfte gegen Tränen, Tränen über meine Ängste um Beate, Tränen über das sterbende Haus. Ich wollte nicht weiterklicken und klickte doch. Eine Staubwolke verhüllte den Zusammenbruch. Auf dem nächsten Bild stand nur noch der Steinbogen der Tür zum Garten. Und dann nichts mehr. Steine.

Noch hatte ich nicht berichtet, dass ich schon von dem Abriss wusste.

»Erst, als das Haus fort war, habe ich damit begonnen, die Kiste mit den Unterlagen durchzusehen. Darin fand ich Geburts- und Todesurkun-

den von zwei weiteren Geschwistern. Als Todes-
ursache war »plötzlicher Kindstod« eingetragen.
Du kennst mich ja etwas inzwischen. Das hat mich
in diesen Horrorzustand katapultiert. Ich war mir
sicher, dass sie mich auch hatten umbringen wollen. Annegret hat mich Gott sei Dank in Ruhe
gelassen. Habe es rausgeschafft aus diesem Horror, keine Ahnung wie, mich gezwungen, sachlich
damit umzugehen und recherchiert. Mit ein paar
alten Leuten im Dorf gesprochen. Auch mit der
Frau König – erinnerst du dich an die? Wir haben
sie besucht, die alte Nachbarin. Sie ist übrigens im
Krankenhaus, die hatte einen Schlaganfall, geht ihr
aber wieder einigermaßen.

Ein Baby war im Krankenhaus gestorben. Daran
konnte ja wirklich nicht meine Mutter schuld gewesen sein. Es gab auch das Gerücht, dass in der DDR
Kinder aus Krankenhäusern verschwanden, die den
Müttern gegenüber als tot erklärt wurden – damit sie
in irgendeine Bonzenfamilie zur Adoption gegeben
werden konnten. Also wer weiß, vielleicht habe ich
noch mir unbekannte Geschwister. Vielleicht hatte
meine Mutter durchblicken lassen, dass sie schon zu
viele Kinder hatte.«

Das Essen kam. Mir war der Appetit vergangen.
Wir aßen schweigend. Ich hatte mir vorgenommen,
auf keinen Fall noch einmal zu erwähnen, in welche
Angstfantasien ich mich hineingesteigert hatte. Es

reichte schon, dass ich das bei dem Telefonat angedeutet hatte. Als wäre ihre Abwesenheit für mich
selbstverständlich gewesen, wollte ich nur beiläufig erwähnen, dass ich mal in der Gegend gewesen
sei – einen Grund dafür hatte ich mir noch nicht
ausgedacht. Nicht dass sie denkt, ich hätte ihr
hinterherspioniert. Vielleicht wusste sie es ja
schon von Frau König. Aber dann sagte ich doch:
»Mensch Bea, du kannst dir gar nicht vorstellen,
was für Angstzustände ich hatte. Als ich dich nicht
mehr erreichte. Du hättest dich wirklich mal kurz
zwischendurch rühren können!«

»Habe jetzt keine Lust, auch noch erklären zu
müssen, warum ich mich nicht gerührt habe. Tut
mir leid, wenn ich dich damit geängstigt habe.
Echt. He, Anna, was sollte mir denn passiert sein?
Es war gut, dass ich Abstand zu allem hatte. Dieser
Horror, so in die Vergangenheit zurückgeworfen
zu werden, das lässt sich nicht immer alles mittei-
len. Du hättest nur immer wieder versucht, das zu
relativieren. Ich habe das Gefühl, jetzt geht es mir
besser. Ich kann diese Flashbacks einordnen. Sicher
passieren sie mir auch in Zukunft noch manchmal.
Irgendetwas katapultiert mich in vergleichbare
Situationen von früher zurück. Aber ich komme
immer schneller wieder raus. So, jetzt Schluss mit
diesem Mist. Ich bin wieder da. Ich bestelle mir
noch einen Nachtisch, hast du auch Lust? Die

Creme brulée hier ist super. Oben ganz knackig und hart, darunter sehr weich, selbstgemacht, ein echter Genuss. Würde ich mir nicht entgehen lassen!«

Ich bestellte auch eine. Sevgi brachte die Nachtische mit verschwörerischem Lächeln, als wüsste sie etwas, was ich nicht wusste. »Ach Anna, nun krieg dich doch wieder ein!«, sagte Bea. Sah ich so beleidigt aus?

»Erzähle einfach weiter. Ich war übrigens mal in dem Dorf. Dein Haus war da schon weg.« Jetzt war es raus.

»Wieso? Wolltest du mich suchen?«

»Ja.« Und dann erzählte ich ihr alles im Detail Meine nächtlichen Vorstellungen, sie nie wiederzusehen, ließen mich noch beim Erzählen schaudern.

»Nachdem ich dort war und gesehen habe, dass etwas in dem Grundstück passiert war, beruhigte ich mich etwas. Ach, und dann hat sich auch noch deine Ex bei mir gerührt. Hat behauptet, du würdest zu ihr zurückkommen. Wie kam die denn darauf? Oder war da was dran?«

»Oh. Ich habe sie mal besucht, stimmt, aber dass sie dich deshalb anruft, sehr seltsam. Also, die Vorgeschichte zu dem Besuch erzähle ich dir auch. Ich habe mich im Lauf der Recherchen einmal mit meinem ältesten Bruder getroffen. Ich wollte wissen, was er von den Eltern hielt und von diesen Gerüchten über die verschwundenen Kinder. Er wusste einiges darüber. Denn natürlich war mir, als ich diese Urkunden sah, eingefallen, dass ich in der Schule damit geärgert wurde. ›Deine Eltern killen Kinder! Du bist das nächste!‹ hieß es. Mein Bruder erzählte von dem Mädchen, das gestorben war – das hatte ich wirklich die ganzen Jahre vergessen – dass ich eine ältere Schwester hatte. Die war das erste Mädchen, das meine Eltern bekommen hatten. Ihm fielen Details ein. Wie Fotos würden sie ihm vor Augen stehen. Dass diese Schwester mich energisch an die Hand genommen und mir dabei auf den Po geklopft habe, damit ich schneller gehe. Sie hatte mich zum Kindergarten gebracht. Ich wollte angeblich nie dahin. Dann war die plötzlich tot. Ich erinnere mich, dass meine Mutter über ihren Tod sehr traurig war. Manchmal bildete ich mir als Kind ein, dass meine Mutter gedacht haben mag, warum musste die sterben? Wäre doch lieber Bea tot. Also das klingt jetzt alles furchtbar dramatisch. Vielleicht dramatischer, als es je war. Deine schreibende Verehrerin, du weißt schon, die aus unserem Seminar, du weißt schon, wen ich meine, also die könnte darüber sicher einen Krimi schreiben.«

»Ach die, Candy! Was du erzählst, klingt aber wirklich schrecklich!«

»So schrecklich war es nun auch wieder nicht«, sagte Bea zu meiner Verwunderung. »Wahrscheinlich waren es wirklich tragische Zufälle. So selten

278

ist es nicht, dass Babys plötzlich sterben. Die Gerüchte im Dorf haben das sicher aufgebläht.«

In diesem Moment fiel mir ein, dass meine Mutter auch einmal eine Fehlbegurt hatte. Und dass von unseren Nachbarskindern eins gestorben war.

»Ich kann mir vorstellen, wie das in deinem Unterbewusstsein gearbeitet hat! So ein Horror! Es tut mir leid, dass ich das nicht ernst genommen habe.« Dass wir hier saßen und über tote Geschwister sprachen! Wie albern waren meine Ängste dagegen gewesen. Ich zögerte, hakte dann aber doch nach: »Wolltest du mir nicht erzählen, was mit Chris war?«

Sie winkte Sevgi heran, bestellte uns Grappas und Espressos.

»Das ist ja ein richtiges Menü! Du trinkst doch sonst nie was Hochprozentiges«, sagte ich.

»Na ja, ausnahmsweise, auf unser Wiedersehen und damit du diese schrecklichen Geschichten verdaust und ich sie noch zu Ende erzählen kann. Also, mein Bruder hat mir bei unserem Treffen ein paar persönliche Sachen von meinem Vater gegeben. Seine Armbanduhr zum Beispiel. Ich erinnerte mich, dass sich Chris, wenn wir zu dritt essen waren, mit meinem Vater immer wieder über Uhren unterhalten hat. Sie ist Uhrenfan, genauso wie mein Vater. ›Das ist aber eine schöne Uhr‹, sagte sie einmal zu seiner Armbanduhr. So eine große mit Ziffern. Daraufhin sprachen sie eine Weile über

Uhren. Mein Vater behauptete, dass meine Mutter kein Gefühl für Zeit hatte. Manchmal habe sie uns zu spät für die Schule geweckt. Chris denkt überhaupt gerne über solche Sachen wie Zeit nach. Sie hat alles, Kompass, mehrere Armbanduhren, eine Wanduhr in ihrem Zimmer, Höhenmesser, Barometer. ›Einstein hat sich wegen eines Kompasses zu seinem Beruf entschlossen‹, behauptete sie, ›das mit dem Erdmagnetismus, der die Nadeln bewegt, faszinierte ihn.‹ Sie hat das auch fasziniert.«

Chris erschien mir in Beates Erzählung auf einmal weniger unsympathisch.

»Ja, und als mir das Gespräch einfiel, dachte ich, dass Chris sich sicher sehr über die Uhr freuen würde. Ich hatte außerdem Lust, eine kleine Reise zu machen, und bin einfach zu ihr gefahren. Ich habe mir Zeit gelassen und unterwegs einmal übernachtet. Eine nette Pension, in der Nähe gibt es einen riesigen See. Da könnten wir auch mal hinfahren! Ich dachte mir, wenn sie nicht da ist, packe ich die Uhr in einen Umschlag, schreibe ihr, dass mein Vater gestorben ist und er sich gefreut hätte, wenn sie die Uhr bekommt. Doch sie war da. Und war natürlich total aufgeregt, als ich einfach so bei ihr reinschneite. Die Wohnung immer noch völlig unverändert, unfassbar. Die Lücken in den Regalen, wo wir die Bücher herausgeräumt hatten, waren noch da. Na ja, ich habe ihr die Uhr gegeben. Absurd, ich weiß, so eine weite Reise. Ich fragte beim Kaffee, den sie in unserer alten schon ziemlich eklig aussehenden Kaffeemaschine gemacht hatte, ob ihr was einfalle, was mein Vater ihr noch so erzählt habe, aber sie ist nicht darauf eingegangen, sondern hat von ihrem Alltag erzählt. Als wollte sie Normalität herstellen, so als wäre ich nur mal kurz fortgewesen. Also mehr als vielleicht eine Stunde war ich sicher nicht da. Wieso hat sie denn angerufen?«

»Sie hat so getan, als würdest du gerade im Begriff sein, zu ihr zurückzuziehen. Das konnte ich mir kaum vorstellen, aber natürlich hat es mich aufgeregt. Sie musste ja irgendeinen Anlass gehabt haben. Und später hat sie auch noch Mails geschickt. In drohendem Ton. Ob die eure Trennung je verdaut? Hat sie noch immer keine neue Freundin?«

»Nein, hat sie sicher nicht, so wie die Wohnung aussah. Ich werde ihr mailen und sie zur Rede stellen. Dass sie nicht loslassen kann! Dass ich ihr die Uhr vom Vater gebracht habe, so was Banales, aber klar, das hat sie vielleicht als Wiederannäherung empfunden. Hätte ich nicht machen sollen. Ich glaube, sie könnte Hilfe gebrauchen.«

Wir redeten ununterbrochen weiter, als wir zurück zu ihr liefen. Die letzte U-Bahn war schon weggewesen. Die Strecke vom Italiener zu ihrer Wohnung ist zwar nicht romantisch, nur große Straßen, aber die

Luft war es. Ein schöner milder Oktoberabend. Wir gingen Hand in Hand. Ich kann mich nicht erinnern, dass wir jemals vorher Hand in Hand gegangen waren. Fast wären wir noch zum Schlosspark abgebogen, aber dann begann es zu regnen. »Immer, wenn wir uns treffen, beginnt es zu regnen«, sagte Beate, als wir die Treppen zu ihr hochstiegen.

Ihr Körper wieder neben mir. Mir zugewandt lag sie auf der Seite. Scheu begann ich, sie zu streicheln. Sie war härter geworden. Nicht nur dünner, sondern muskulöser. »Hast du Kraftsport gemacht?«, fragte ich. Ich fühlte mich wie in der Pubertät beim ersten Mal, wusste nicht mehr, wie ich sie anfassen sollte. Meine Bewegungen waren ungeschickt. Ihre ausladenden Hüften, ihr Po. Selbst ihr Po schien härter. Ihr Geruch war geblieben. Mir wurde heiß vor Liebe. Wir küssten uns jetzt, ich schob langsam meine Schenkel zwischen ihre Beine und ihre warme Möse liebkoste mich. »Ja eine Art Kraftsport. Ich habe mich auf meine erste Ausbildung besonnen und Baumschnitt gemacht. Das war eine tolle Ferienbeschäftigung. Danach konnte ich immer gut schlafen. Angefangen habe ich nach dem Abriss auf dem Grundstück. Daraufhin hat mich Frau König an Bekannte aus dem Dorf vermittelt. Die wollten zwar erst nicht glauben, dass man schon im Sommer Bäume schneiden kann. Aber ich konnte ihnen einreden, dass das den Bäumen gut tue, sie ja nicht mehr im Saft der Blütezeit stünden. Wenn Äste mit unreifem Obst abgeschnitten würden, behauptete ich, könne sich der Baum mehr auf die anderen Früchte konzentrieren. Die würden dann umso besser. Sie glaubten mir. Das ist Sport!« Sie vibrierte mit ihrer Möse, die ganze Zeit, während wir redeten, auf meinem Bein und ich, ich kam einfach dadurch, dass ich ihre Stimme hörte, die mir von Bäumen erzählte, dass ich ihre Möse vibrieren fühlte, und meine sich an sich selbst rieb, und dann drehte sie mich um, versenkte ihren großen kräftigen Körper auf mir, wir verhakten uns ineinander und wirbelten herum wie ein Wesen. »Bea«, sagte ich mittendrin, »mir kommt es so vor, als wäre es das dritte Mal, dass ich mich in dich verliebe! Beim Seminar, dann, als du in Berlin aufgetaucht bist, und jetzt!« Sie hielt inne, wir wurden ruhig. Sie sah mich nur an. Die Liebe übergoss uns; ich empfand es körperlich, als würde warmes Wasser um uns sein. »Ich liebe dich auch«, sagte sie dann. Und küsste sich meinen Oberarm entlang hinab in die Senke und zurück.

In der nächsten Zeit begannen wir mit Spielen. Sie hatte im Haus in der oberen Etage, in die ich nie gekommen war, ein selbst gebasteltes Monopolyspiel gefunden. »Mein ältester Bruder hat das irgendwann einmal gebastelt. Woher er die Infos hatte, wie genau das aussehen soll, keine Ahnung, West-TV, so etwas hat sich von einem zum anderen herumgesprochen. Sehr ordentlich hat er das gemacht. Dabei fiel mir natürlich auch ein, wie mein Vater einmal zu uns jüngeren Geschwistern gesagt hat: ›Nehmt euch an Vorbild an Paul! In dieser technischen Zeichnung war ein winziger Fehler. Und er hat das nicht radiert, nein er hat die ganze Zeichnung neu gemacht! Der gute Junge!‹«

Ich holte das Scrabble aus der WG.

Beate legte mit Vergnügen Fantasiewörter, wenn ihr nichts mehr einfiel. Heusex. Dann legte sie Messe an, Heusexmesse. Nur Wörter, die im Duden zu finden sind, hielten wir kaum einmal durch. Abwechselnd spielten wir Scrabble und Monopoly. Manchmal kamen Doro und Johanne dazu. Mit den beiden wurden keine Wörter, die nicht im Duden standen, geduldet. Johanne war geübte Scrabblespielerin. Sie konnte, wie uns schien, den gesamten Duden auswendig. Jedes Mal, wenn wir ein Wort anzweifelten, stand es im Duden. Fast immer gewann sie.

Eines Tages, kurz vor Weihnachten, lag ein Päckchen in meinem Briefkasten. Im Päckchen ein Krimi, Titel »Die zweite Wahl«, und eine Karte von Candy. Sie hatte einen Krimi in einem Verlag veröffentlicht, dessen Namen weder Doro noch ich noch Bea je gehört hatten. Auf der Postkarte – Motiv zwei schreiende Männchen, Text »Heute kein Sex!« – schrieb sie, dass sie sich freuen würde, wenn ich den Krimi läse und eine gute Amazonrezension dazu schriebe. »Und wenn deine Freundin das auch tut, wär ich euch dankbar. Schließlich habt ihr euch über mich kennengelernt!« Wieso über sie? Ist die eingebildet! Wir waren nur zufällig alle drei in dem gleichen Seminar. Vermutlich hatte sie die Publikation selbst bezahlt.

Aus Neugier las ich den Krimi. Beate kochte währenddessen und sang in der Küche.

Ich hatte sie lange nicht singen gehört. Ihre schöne Stimme! Ihr großer Brustkorb ein idealer Resonanzraum. Als Kind, noch vor der Schulzeit, das hatte sie mir vor einigen Tagen erzählt, wurde sie einmal an Weihnachten, als Verwandte zu Besuch waren, auf einen Hocker gestellt und sollte vorsingen. Das Lied vom Erlkönig. Das musste sie ab dann bei jedem Familienbesuch vorsingen. Alle waren gerührt. »Mein Vater, mein Vater, jetzt faßt er mich an!« Sie sang es auch mir vor. Ich habe fast geheult. Danach buchten wir zum dritten Mal eine Irlandreise, für das kommende Frühjahr. Ob wir diesmal wirklich reisen werden?

Überhaupt hat sie in der Zeit seit Oktober immer wieder von ihrer Kindheit erzählt. Es waren nicht mehr nur negative Erinnerungen, wie vorher, in der Zeit, in der sie am liebsten gar nicht darüber gesprochen hatte. Sie schilderte, wie sie als kleines Mädchen bei der kommunistischen Großmutter im Zimmer war und das Rad der Nähmaschine in die gewünschte Richtung lenken durfte. Obwohl Beates Eltern der Großmutter schon längst eine elektrische Maschine geschenkt hatten, arbeitete sie, Schneiderin von Beruf, an ihrer alten mechanischen Maschine mit Fußpedal. Ich fragte Bea, ob damals der Spaß am Lenken und Pedalebedienen in ihr aufgekommen sei. Sie grinste. Und dann erzählte sie weiter, dass es doch nicht die Nachbarin war, die veranlasst hatte, sie ins Krankenhaus zu bringen. Sondern ihre Mutter. Einmal sei Beas Hand vom Bett gefallen wie tot. Das habe ihre Mutter fürchterlich erschreckt, sie habe das noch Jahre später nicht vergessen können. Darauf haben die Eltern sofort den Krankenwagen bestellt. »Und dann saß meine Mutter im Krankenhaus an meinem Bett und versprach mir, dass sie und Vater mir alles schenken würden, was ich mir wünschte, wenn ich nur wieder gesund würde! Ich wünschte mir ein Fahrrad.«

Beate hatte scharfes Gulasch gemacht. Beim Essen erinnerte sie mich an meinen kleinen Text. Und an unsere erste Nacht. Sie hatte Chilis verwendet, und natürlich erwischte ich eine. Wir lachten, während ich so lange Brot in mich hineinstopfte, bis das Brennen erträglich wurde.

Dann bereitete sie ihr Seminar vor und ich las den nicht gerade dicken Krimi von Candy zu Ende. Er war maniert formuliert, voller Fehler, aber nicht unspannend. Leider gab es eine unglaubwürdige Auflösung und einen endlosen langweiligen Sermon danach. Beates Kommentar dazu, als ich ihr später den Inhalt des Krimis und den albernen Nachspann zusammenfasste: »Und darum wird beim happy end im Film jewöhnlich abjeblendet.« Stammte aus ihrer mitgenommenen Tucholskyausgabe, die letzte Zeile des Gedichts »Danach«. Die ganze Zeit, in der ich las, brannte ich von innen.

Es war ein Krimi über eine Stalkerin, in dem genau der Wortlaut des Briefes vorkam. Ich hatte ihn ihr gesagt, vermutlich hat sie ihn sofort notiert. Oder war doch sie es, die mir diese Briefe hatte zukommen lassen? Wir werden es vermutlich nie erfahren. Dann fiel mir ein, dass ich ihr das Bild nicht gezeigt hatte. Ich hatte es ihr nur vage beschrieben. In dem Krimi wurde das Bild so beschrieben, als hätte die Autorin es gesehen.

Das Herz ein Loch.

●

Impressum

4. Auflage 2025
© Konkursbuch Verlag Claudia Gehrke
PF 1621, D – 72006 Tübingen, Telefon: 0049 (0) 172 7233958,
Ansprechpartnerin: gehrke@konkursbuch.com
konkursbuch.de / facebook.com/konkursbuch.verlag/
instagram.com/konkursbuchverlag/
Fotos auf Titel- und Impressumsseite: Silvia Sanchis,
Cover: Bildausschnitte (Fotos Th. Karsten).
ISBN 978-3-88769-785-3